HACKERS × EZ Japan

해커스 JLPT N2 한 권으로 합격

新日檢

JLPT

N2

一本合格

模擬試題暨詳解

U0141404

實戰模擬試題 1

答案卡書寫說明

副卡時，
請注意題
號是否正
確。

受験番号
(Examinee Registration Number)

受験番号を書いて、その下のマーク欄にマークしてください。
Fill in your examinee registration number in this box, and then mark the circle for each digit of the number.

20A1010123-30123

せいねんがっぴ(Date of Birth)
Fill in your date of birth in the box.

せいねんがっぴを書いてください。

ねん Year	つき Month	ひ Day
1993	04	28

請填寫正確的出生日期，
切勿寫成考試當天日期。

もんだい 1

	①	②	③	④
れい 例	①	●	③	④
1	①	②	③	④
2	①	②	③	④
3	①	②	③	④
4	①	②	③	④
5	①	②	③	④

もんだい 2

	①	②	③	④
れい 例	●	②	③	④
1	①	②	③	④
2	①	②	③	④
3	①	②	③	④
4	①	②	③	④
5	①	②	③	④
6	①	②	③	④

もんだい 3

	①	②	③	④
れい 例	●	②	③	④
1	①	②	③	④
2	①	②	③	④
3	①	②	③	④
4	①	②	③	④
5	①	②	③	④

もんだい 4

	①	②	③	④
れい 例	①	●	③	④
1	①	②	③	④
2	①	②	③	④
3	①	②	③	④
4	①	②	③	④
5	①	②	③	④
6	①	②	③	④
7	①	②	③	④
8	①	②	③	④
9	①	②	③	④
10	①	②	③	④
11	①	②	③	④
12	①	②	③	④

もんだい 5

	①	②	③	④
1	①	②	③	④
2	①	②	③	④
3 (1)	①	②	③	④
3 (2)	①	②	③	④

問題 1

	①	②	③	④
1	①	②	③	④
2	①	②	③	④
3	①	②	③	④
4	①	②	③	④
5	①	②	③	④

問題 2

	①	②	③	④
6	①	②	③	④
7	①	②	③	④
8	①	②	③	④
9	①	②	③	④
10	①	②	③	④

問題 3

	①	②	③	④
11	①	②	③	④
12	①	②	③	④
13	①	②	③	④
14	①	②	③	④
15	①	②	③	④

問題 4

	①	②	③	④
16	①	②	③	④
17	①	②	③	④
18	①	②	③	④
19	①	②	③	④
20	①	②	③	④
21	①	②	③	④
22	①	②	③	④

問題 5

	①	②	③	④
23	①	②	③	④
24	①	②	③	④
25	①	②	③	④
26	①	②	③	④
27	①	②	③	④

問題 6

	①	②	③	④
28	①	②	③	④
29	①	②	③	④
30	①	②	③	④
31	①	②	③	④
32	①	②	③	④

問題 7

	①	②	③	④
33	①	②	③	④
34	①	②	③	④
35	①	②	③	④
36	①	②	③	④
37	①	②	③	④
38	①	②	③	④
39	①	②	③	④
40	①	②	③	④
41	①	②	③	④
42	①	②	③	④
43	①	②	③	④
44	①	②	③	④

問題 8

	①	②	③	④
45	①	②	③	④
46	①	②	③	④
47	①	②	③	④
48	①	②	③	④
49	①	②	③	④

問題 9

	①	②	③	④
50	①	②	③	④
51	①	②	③	④
52	①	②	③	④
53	①	②	③	④
54	①	②	③	④

問題 10

	①	②	③	④
55	①	②	③	④
56	①	②	③	④
57	①	②	③	④
58	①	②	③	④
59	①	②	③	④

問題 11

	①	②	③	④
60	①	②	③	④
61	①	②	③	④
62	①	②	③	④
63	①	②	③	④
64	①	②	③	④
65	①	②	③	④
66	①	②	③	④
67	①	②	③	④
68	①	②	③	④

問題 12

	①	②	③	④
69	①	②	③	④
70	①	②	③	④

問題 13

	①	②	③	④
71	①	②	③	④
72	①	②	③	④
73	①	②	③	④

問題 14

	①	②	③	④
74	①	②	③	④
75	①	②	③	④

實戰模擬試題 1

N2
聴解

あなたの名前をローマ字のかつじたいで書いてください。

Please print in block letters.

名前
Name

受験番号を書いて、その下のマーク欄に
マークしてください。
Fill in your examinee registration number
in this box, and then mark the circle for
each digit of the number.

受験番号
(Examinee Registration Number)

20A1010123-30123

せいねんがっぴを書いてください。
Fill in your date of birth in the box.

せいねんがっぴ(Date of Birth)

ねん Year	つき Month	ひ Day

〈ちゅうい Notes〉
1. 〈くろいえんぴつ(HB、No.2)でかいて 3. きたなく したり、おったり しない
　ください。〉　　　　　　　　　　　　　　でください。
　〈ペンやボールペンではかかないでく　　Do not soil or bend this sheet.
　ださい。〉　　　　　　　　　　　　4. マークれい Marking Examples
　Use a black medium soft (HB or No.2) pencil.
　(Do not use any kind of pen.)
2. かきなおす ときは、けしゴムで き
　れいにけしてください。
　Erase any unintended marks completely.

よい れい	わるい れい
Correct Example	Incorrect Examples
●	⊘ ◌ ◐ ● ◑ ◒

問題 1

	①	②	③	④
例	①	②	●	④
1	①	②	③	④
2	①	②	③	④
3	①	②	③	④
4	①	②	③	④
5	①	②	③	④

問題 2

	①	②	③	④
例	●	②	③	④
1	①	②	③	④
2	①	②	③	④
3	①	②	③	④
4	①	②	③	④
5	①	②	③	④
6	①	②	③	④

問題 3

	①	②	③	④
例	●	②	③	④
1	①	②	③	④
2	①	②	③	④
3	①	②	③	④
4	①	②	③	④
5	①	②	③	④

問題 4

	①	②	③	④
例	①	●	③	④
1	①	②	③	④
2	①	②	③	④
3	①	②	③	④
4	①	②	③	④
5	①	②	③	④
6	①	②	③	④
7	①	②	③	④
8	①	②	③	④
9	①	②	③	④
10	①	②	③	④
11	①	②	③	④
12	①	②	③	④

問題 5

		①	②	③	④
1		①	②	③	④
2		①	②	③	④
3	(1)	①	②	③	④
	(2)	①	②	③	④

N2

言語知識 (文字・語彙・文法) • 読解

（105分）

注　意
Notes

１．試験が始まるまで、この問題用紙を開けないでください。
Do not open this question booklet until the test begins.

２．この問題用紙を持って帰ることはできません。
Do not take this question booklet with you after the test.

３．受験番号と名前を下の欄に、受験票と同じように書いて
ください。
Write your examinee registration number and name clearly in each box below as written on your test voucher.

４．この問題用紙は、全部で33ページあります。
This question booklet has 33 pages.

５．問題には解答番号の 1 、 2 、 3 …が付いています。
解答は、解答用紙にある同じ番号のところにマークして
ください。
One of the row numbers 1 、 2 、 3 … is given for each question. Mark your answer in the same row of the answer Sheet.

受験番号　Examinee Registration Number	

名　前　Name	

問題1 ＿＿＿＿の言葉の読み方として最もよいものを、1・2・3・4から一つ 選びなさい。

1 イヤホンの音質が素晴らしくて感激した。

1　かんげき　　　　2　がんげき　　　　3　かんかく　　　　4　がんかく

2 家が小さくて、小型の冷蔵庫を買った。

1　こけい　　　　　2　こがた　　　　　3　しょうけい　　　　4　しょうがた

3 今回の選挙は与党の圧勝で終わった。

1　あつしょう　　　2　あつしょ　　　　3　あっしょう　　　　4　あっしょ

4 小説を読んで、その情景を心に描く。

1　なげく　　　　　2　かたむく　　　　3　いだく　　　　　4　えがく

5 飛行機の模型を集めることが好きです。

1　もうさく　　　　2　ぼうさく　　　　3　もけい　　　　　4　ぼけい

問題 2　＿＿＿の言葉を漢字で書くとき、最もよいものを 1・2・3・4 から一つ選び
なさい。

6　あの団体はそしきが二つに分かれている。

1　助織　　　　　2　組識　　　　　3　組織　　　　　4　助識

7　10年間履いてきた靴がやぶれて、新しいのを買った。

1　壊れて　　　　2　破れて　　　　3　乱れて　　　　4　荒れて

8　うちの店はていかどおりに売っています。

1　正貨　　　　　2　正価　　　　　3　定貨　　　　　4　定価

9　梅雨が続いて、家の中がしめっぽい。

1　湿っぽい　　　2　汗っぽい　　　3　汚っぽい　　　4　泡っぽい

10　毎日保険会社から加入をかんゆうする電話が来る。

1　勧秀　　　　　2　観秀　　　　　3　観誘　　　　　4　勧誘

問題3（　　　）に入れるのに最もよいものを、1・2・3・4から一つ選びなさい。

11　手先が（　　　）器用だったが、練習に練習を重ねて、ついに外科医になった。

　　1　不　　　　　　2　未　　　　　　3　非　　　　　　4　分

12　社員（　　　）をなくし、その報告が遅れたことを上司にひどくしかられた。

　　1　書　　　　　　2　省　　　　　　3　証　　　　　　4　署

13　その俳優の（　　　）演技に、多くの観客は心を動かされた。

　　1　高　　　　　　2　超　　　　　　3　真　　　　　　4　名

14　かぎが見つからなくて、部屋中、探し（　　　）しまった。

　　1　合って　　　　2　切って　　　　3　回って　　　　4　込んで

15　大人を子ども（　　　）するのはやめてほしい。

　　1　づきあい　　　2　おしえ　　　　3　あつかい　　　　4　そだて

問題4 （　　　）に入れるのに最もよいものを、1・2・3・4から一つ選びなさい。

16 来週の土曜日、（　　　）の先輩と花見に行くことになったので、とても楽しみだ。
　1　就職　　　　　2　取引　　　　　3　労働　　　　　4　職場

17 このうどん屋は以前から人気があったが、テレビで紹介されて、（　　　）人が来るようになった。
　1　ますます　　　2　いやいや　　　3　そろそろ　　　4　せいぜい

18 テレビで新商品のカップラーメンの（　　　）を見て、すぐコンビニに買いに行った。
　1　コミュニケーション　　　　　　　2　ジャーナリスト
　3　コマーシャル　　　　　　　　　　4　ショッピング

19 弟はあまり勉強が得意ではなかったが、（　　　）努力を続けた結果、大学院に進学することができた。
　1　いきいきと　　2　そわそわと　　3　こつこつと　　4　はきはきと

20 来週の水曜日の会議の時間が1時間（　　　）から、メールでみんなに伝えておいて。
　1　早まった　　　2　遅れた　　　　3　上がった　　　4　延ばした

21 会社がつぶれて失業したときはいつも不安で、（　　　）ではいられなかった。
　1　乱暴　　　　　2　冷静　　　　　3　器用　　　　　4　弱気

22 読書家の友人を（　　　）、私も毎日できるだけ本を読むことにした。
　1　取り入れて　　2　持ち込んで　　3　引き受けて　　4　見習って

問題5 ＿＿＿の言葉に意味が最も近いものを、1・2・3・4から一つ選びなさい。

23 そのうわさは<u>たちまち</u>会社内に広まった。

1　ふたたび　　　　2　だんだん　　　　3　すぐに　　　　4　ゆっくりと

24 韓国では肉を野菜に<u>くるんで</u>食べます。

1　まぜて　　　　2　のせて　　　　3　はさんで　　　　4　つつんで

25 弟は転職してから、<u>はりきって</u>働いている。

1　楽しそうに　　　　　　　　　　2　やる気を出して
3　とても忙しく　　　　　　　　　4　みんなと仲良く

26 両親は<u>年中</u>、忙しくしているから心配だ。

1　いつも　　　　2　ときどき　　　　3　しばらく　　　　4　最近

27 彼女の成績は<u>優れている</u>。

1　思っていたよりいい　　　　　　2　他の人と同じだ
3　一番いい　　　　　　　　　　　4　他と比べていい

問題6 次の言葉の使い方として最もよいものを、1・2・3・4から一つ選びなさい。

28 くどい

1　友人にお金を貸してほしいと何度も<u>くどく</u>頼んだ。

2　あの人の話は、同じことの繰り返しが多くて<u>くどく</u>感じられる。

3　家の外で、大きな声で騒いでいる人がいて、とても<u>くどい</u>。

4　彼はまじめで、難しい仕事でも<u>くどく</u>がんばっている。

29 凍える

1　野菜を何日も冷蔵庫に入れておいたので、<u>凍えて</u>しまった。

2　クーラーをつけたまま寝てしまい、お腹が<u>凍えた</u>。

3　気温が下がって雪が降ったので、今日は<u>凍える</u>ような寒さになった。

4　ジュースを<u>凍えさせて</u>、遠足に持って行った。

30 ぎっしり

1　仕事は、<u>ぎっしり</u>しなければならない。

2　昨日のパーティーで高校時代の友人に<u>ぎっしり</u>会った。

3　新聞の社説が気になったので、<u>ぎっしり</u>読んだ。

4　たんすの中には、服が<u>ぎっしり</u>入っている。

31 批評

1　日本映画を<u>批評</u>した記事を読んで、日本に興味を持った。

2　あの店の味は、海外でも高く<u>批評</u>されているらしい。

3　記者は、政府の方針を激しく<u>批評</u>した。

4　<u>批評</u>がいいレストランに行ってみたが、それほどでもなかった。

32 惜しむ

1　辛かった過去を思い出すと、胸が<u>惜</u>しまれる。

2　非常に優秀だった同僚の死をみんなで<u>惜</u>しんだ。

3　あの時、勇気を出して行動しなかったことを今でも<u>惜</u>しんでいる。

4　失敗したことは<u>惜</u>しんで、次の成功につなげたい。

問題7 次の文の（　　　　）に入れるのに最もよいものを、1・2・3・4から一つ選びなさい。

33 知り合いからリンゴを山ほどもらったから、持てる（　　　）持って行っていいよ。

1　だけ　　　　　2　など　　　　　3　ほど　　　　　4　まで

34 彼はこの学校に入学して（　　　　）、一度も休んでいない。

1　きり　　　　　2　こそ　　　　　3　まま　　　　　4　以来

35 新しいパソコンを買うか店で3時間迷った（　　　　）、結局買わないで、来月のボーナスまでがまんすることにした。

1　以上　　　　　2　あげく　　　　　3　一方　　　　　4　とたん

36 うちのチームでは、足の速さ（　　　）田中さんが一番だろう。

1　にかけては　　　2　をめぐって　　　3　に対して　　　4　に関して

37 山本「小林さんがまだ来ていませんね。休みでしょうか。」
鈴木「よく遅刻する小林さんの（　　　　）、今日も遅れるんじゃないでしょうか。」

1　はずだから　　　2　ことだから　　　3　ものだから　　　4　せいだから

38　(パーティーで)
田村「はじめまして。田村と申します。」
吉田「ああ、あなたが田村さんですか。（　　　　）、うれしいです。」

1　おいでになって　　　　　　　　2　お目にかかれて
3　お伺いできて　　　　　　　　　4　お越しになって

39 雨の日にサッカーをしたときの服の汚れが、いくら洗っても（　　　）落ちない。

1　ようやく　　　　　2　かえって　　　　　3　とうとう　　　　　4　ちっとも

40 こちらのレポートによると、町の人口の（　　　）、商店の数も減ってきたとのことです。

1　減少にこたえて　　　　　　　　2　減少にともなって

3　減少にもとづいて　　　　　　　4　減少にかかわらず

41 私の弟は、音楽家になりたいと言って音楽大学に入ったかと思うと、自転車でアジア各国を旅行したいと言って、突然海外に行ってしまった。本当に弟には（　　　）。

1　びっくりさせた　　　　　　　　2　びっくりさせていた

3　びっくりさせられる　　　　　　4　びっくりされている

42 彼が入学試験に合格したのは、努力の（　　　）。

1　結果しかない　　　　　　　　　2　結果にほかならない

3　結果よりほかない　　　　　　　4　結果次第だ

43 夫は、ビールを一口でも（　　　）、具合が悪くなってしまう。

1　飲もうものなら必ず　　　　　　2　飲もうとなったらいずれ

3　飲むからにはきっと　　　　　　4　飲むとすれば思わず

44 社長から電話があったんですが、道が混んでいて30分ぐらい遅れ（　　　）。

1　るようだというものです　　　　2　てしまったというわけです

3　そうだとのことです　　　　　　4　るはずだといえます

問題8 次の文の___★___に入る最もよいものを、1・2・3・4から一つ選びなさい。

（問題例）

あそこで _____ _____ ___★___ _____ は山田さんです。

　　1　テレビ　　　　2　人　　　　　3　見ている　　　　4　を

（解答のしかた）

1. 正しい文はこうです。

あそこで _____ _____ ___★___ _____ は山田さんです。
1　テレビ　　4　を　3　見ている　2　人

2. ___★___に入る番号を解答用紙にマークします。

（解答用紙）

（例）れい	①	②	●	④

---

[45]　このすし屋は前からおいしいと聞いていたのですが、サービス _____ _____
___★___ _____ と思いませんか。

　　1　店とは　　　　　2　からして　　　　3　ちがう　　　　4　他の

[46]　買ってすぐこわれた時計を _____ _____ ___★___ _____ 、今日中には修理で
きないということだった。

　　1　修理カウンターに　　　　　　　　2　ところ

　　3　聞いてみた　　　　　　　　　　　4　持って行って

47 楽しみにしていた休暇だったが、＿＿＿＿　＿＿＿＿　★　＿＿＿＿　なかった。

1　遊びにいく　　　2　どこかに　　　　3　病気になって　　4　どころでは

48 よく　＿＿＿＿　＿＿＿＿　★　＿＿＿＿　、どこかに無理なところがあったのか、予定通りに過ごせた日は一日もなかった。

1　立てた　　　　　2　旅行の計画を　　3　考えて　　　　　4　ものの

49 今回、小さい　＿＿＿＿　＿＿＿＿　★　＿＿＿＿　夢がかなえられたのは、皆さんの支えのおかげです。

1　店を持つ　　　　2　自分の　　　　　3　という　　　　　4　ながら

ペットの買い方

先日、日本に来て6年になるイギリス人に会う機会があった。彼は犬が大好きだ。そこで、私が犬を飼うことを検討しているという話をすると、彼は「犬はどこからもらうのですか。」と聞いてきた。「もらうのではなく、ペットショップで買うのです。」そう私は答えた。彼はさっきまで　50　、急にまじめな顔になってこう言った。「ペットショップで犬や猫を買うのはよくないですよ。できるだけブリーダーから買ってください。　51　買うのをやめないことには犬や猫への被害は止まりません。」そして彼は以下のことを教えてくれた。

19世紀、イギリスでは世界初と言われる動物を守るための法律が生まれた。　52　、イギリスでは、動物との接し方や販売、飼い方に関して法律が存在している。最近では、犬や猫を粗末に扱い、安く販売するという質の悪い販売者をなくすための運動が進んでいる。生まれて間もない幼い犬や猫を目の前にすれば、誰だってすぐに自分の家に連れて帰りたくなってしまう。彼らは、こうした人の心を上手く使って商売をする。悲しいことに、売れずに残った犬や猫は殺されてしまうらしい。そして、質の悪い販売者だけでなく、これに近いことをしているペットショップもあるというのだ。こういった情報が知られる　53　、欧米では、ペットショップではなくブリーダーから直接買おうという意識が強くなっていったそうだ。

彼は最後にもう一度、強く私に言った。「ペットショップで買うという考えを　54　。」

（注）ブリーダー：動物に出産をさせ、ペットとして売ることを職業とする人

50

1　笑っていた上に	2　笑っていたばかりか
3　笑っていたあげく	4　笑っていたかと思うと

51

1　ペットショップで	2　ブリーダーから
3　日本で	4　イギリスから

52

1　これ以外　　　　2　このように　　　3　それ以降　　　4　そのうち

53

1　につれて　　　　2　につけて　　　　3　にしても　　　4　にかかわらず

54

1　改めるに違いない	2　改めるしかありません
3　改めるべきです	4　改めることだろう

問題10 次の(1)から(5)の文章を読んで、後の問いに対する答えとして最もよい
ものを、1・2・3・4から一つ選びなさい。

（1）

　昔から母の日には母親にカーネーションをあげるというのが一般的だ。最近ではブランドも
のの財布やバック、親子旅行など、少しお金をかけた贈り物をする人も多くなった。しかし、
街_{まち}で母親たちに行ったインタビューの結果を見ると、多くの人がもらって一番うれしいものは
「ありがとう」という言葉だと答えていた。形があるプレゼントもよいが、母の日に「ありがと
う」という気持ちを表現することを、まずは大切にしたいと思った。

55　筆者の考えに合うのはどれか。
　　1　母の日には、お金をかけてプレゼントをしたほうがいい。
　　2　母の日には、感謝の言葉をきちんと伝えるのが大切だ。
　　3　母の日には、「ありがとう」と言って、プレゼントも渡すのがいい。
　　4　母親たちは、感謝の言葉より、形あるプレゼントを送るべきだ。

（2）

以下は、ある町の掲示板にあったお知らせである。

令和2年5月1日

町内会の皆様

東町内会　会長

ごみ捨てについて

　現在、ごみの回収日は月木金土となっています。月曜日と金曜日は生ごみ、木曜日は缶とビン、土曜日はプラスチックごみの回収日です。しかし、近ごろは、ごみ回収日の前日にごみを捨てる方がいるようで、翌日までに猫やカラスにより、ごみが食い散らかされてしまう場合があります。

　つきましては、再度ごみの回収日を確認のうえ、ごみは前日には捨てず、マナーを守っていただけますよう、お願いいたします。

56　この文章を書いた、一番の目的は何か。

1　ごみの回収場所を片付けることを求める。

2　ごみの回収場所を確認することを求める。

3　ごみ回収日の前日にごみを捨てることを求める。

4　ごみ回収日の前日にごみを捨てないことを求める。

（3）

　言葉の使い方一つで印象は変わる。語彙力を育て、ちょっと気の利いた言葉を交ぜることで相手が抱く印象がポジティブになることがある。その一方で、間違えた敬語をそのまま使い続けていると、悪印象を与えてしまうこともある。

　特に新入社員や若手ビジネスマンは、大人の日本語、言葉遣いを身につけることで、仕事でのコミュニケーションもスムーズになるはずだ。敬語を上手く使えれば、言葉で損をするケースは一気に減るだろう。

[57]　筆者の考えに合うのはどれか。
　　1　新入社員や若手ビジネスマンは大人の日本語を使わなければならない。
　　2　悪印象を与えても、気の利いた言葉で印象をポジティブに変えられる。
　　3　敬語を上手く使うことで、仕事でのトラブルも減らすことができる。
　　4　敬語をうまく使えなければ、言葉で損をするケースは減る一方だ。

（4）

　日本人の仕事を一時間あたりの金額で考えると、800円台から8万円まで100倍の差があります。そのなかでも今後AIに取って代わられるのは、およそ3,000〜5,000円のゾーンで、これはすなわち会社員や公務員の事務の仕事だと言われています。また、複雑な情報を処理する仕事も人の手から機械の手に渡るでしょう。そんな世界では、AIと争うことになる仕事は不利になります。これからは、自分にオリジナルの価値をつけて「貴重な存在」を目指す必要があります。

（注）AI：人工知能、英語でartificial intelligence

58　筆者の考えに合うのはどれか。
　　1　AIと争う仕事は不利になるので選ぶべきではない。
　　2　AIが使われる世界では、自分に価値を付ける必要がある。
　　3　AIに取って代わる貴重な存在を目指す必要がある。
　　4　AIの利用が進み、会社員や公務員の仕事は今後全てなくなる。

（5）

以下は、ある会社の社内メールである。

あて先：営業担当の皆様

件　名：追加研修の件

お疲れ様です。

今回のプロジェクトでは、残念ながら今期の売り上げ目標を達成することができませんでした。

そのため、営業担当の皆様を対象に追加研修を行うことになりました。

6月28日（金）10:00-12:00　第一会議室

研修では、コーディネーターから今回のプロジェクトにおける営業成績を報告いたします。

チームリーダーには、各チームの抱える課題について、発表していただきますので、ご準備ください。

よろしくお願いします。

ラージ商事株式会社

営業部コーディネーター　山田

59　このメールの内容について正しいのはどれか。

1　研修を受けるのは、売り上げ目標を達成できなかった営業担当者だけである。

2　研修を受けるのは、課題を発表しなければならないチームリーダーである。

3　研修を行うのは、今期の売り上げ目標を達成できなかったからである。

4　研修を行うのは、チームの課題について報告してほしいからである。

問題11 次の(1)から(3)の文章を読んで、後の問いに対する答えとして最もよい
ものを、1・2・3・4から一つ選びなさい。

（1）

　『若いビジネスパーソンのための働き方』という本を開いたら、時間を守る、挨拶は省略しな
い、公私混同はしないなどの基本的なことから、自己紹介のコツ、上司へのマナー、電話のマ
ナー、断り方、謝り方など、大変細かく色々書いてあった。その通りだとは思うが、それは働く
場所だけでなく、全ての人間関係や社会生活において必要なマナーであろう。そのマナーを
会社でのみ、必死に守ろうとすると、むしろおかしなことになりかねない。友人や家族、全く
の他人に対しても、同じように敬意をもって向き合うべきである。仕事も人生も行動には責任
が伴うことを忘れてはならない。働く姿勢というより、<u>生きる姿勢</u>と考えた方がいい。

　また、キャリア形成のためには「will　何をしたいか」「can　何ができるか」「must
今、何をすべきか」を明確にすることが、自己の本来の価値発見につながるという教えも、そ
のまま人生に置き換えられる。良いビジネスパーソンを目指すのではなく、良い人間になろう、
良い人生を送ろうと思うことが大切だ。きちんとした大人になれば、自然に立派なビジネス
パーソンにもなるだろう。仕事は人生の一部であり、その逆はない。

（注１）ビジネスパーソン：ここでは会社員
（注２）公私混同：働いているときとそれ以外のときを区別しないこと

60 本の内容について、筆者はどのように述べているか。

　1　本に書かれている内容は正しいので、職場では必死に守るべきである。

　2　本に書かれている内容は正しいが、職場以外でも必要なことだ。

　3　本に書かれている内容はおかしいので、職場以外でのみ必要なことだ。

　4　本に書かれている内容は、職場で守ろうとすると笑われてしまう。

61 筆者によると、生きる姿勢とはどのようなことか。

　1　働くときだけ、仕事のマナーを守ろうとすること

　2　会社のマナーには責任が伴うことを忘れないこと

　3　周りにいる人々に敬意を払うこと

　4　敬意をもって仕事に向き合うこと

62 仕事と人生について、筆者の考えに合うのはどれか。

　1　仕事は良い大人になるために必要なことの一部である。

　2　良いビジネスパーソンを目指すことは、人生の一部である。

　3　良い人生を送るためには、良いビジネスパーソンになることが必要だ。

　4　良い人間になろうと思うことで、立派なビジネスパーソンにもなれる。

（2）

　動物園は入園料が安く、人気があります。例えば、東京の上野動物園や北海道の旭川動物園は、普段見ることができないパンダやシロクマなどのめずらしい動物を見ることができるので、特に人気です。そのため、休日にはたくさんの人が全国から集まり、とても混んでいます。

　一方、無料で入園できる動物園もあります。無料の動物園と聞くと大したことがないのではないかと思ってしまうかもしれませんが、そんなことはありません。めずらしい動物はいなくても、ライオンやゾウなどの大きな動物もいて、ウサギやモルモットなどの小さな動物と直接ふれあえる広場があったりもします。また、無料でも草花がきちんと管理されていて、春から夏にはさくらやバラ、秋には紅葉などを見ることができます。さらに、冬はイルミネーションに力を入れる動物園も多く、一年を通して十分楽しめます。

　このような動物園はお金がかからないので、主に近所の親子連れや若い人たちに人気があり、遠くから来る人は少ないようです。動物の観察をしたり、散歩がてら訪れるなど、楽しみ方もいろいろあるので、おすすめです。次の休みの日は、家族や友人と無料の動物園を訪れてみてはいかがでしょうか。

（注）イルミネーション：電気のあかりで、建物や風景をかざること

63 動物園について、筆者はどのように述べているか。

1 入園料が安くて人気があり、無料の場合もある。

2 どの動物園でもめずらしい動物が見られる。

3 大きい動物が見られる動物園は人気がある。

4 無料の動物園にはたくさんの人が全国から集まる。

64 無料の動物園について、筆者はどのように述べているか。

1 めずらしい動物がいないので、お金がかからない。

2 無料でも、動物だけでなく、様々なものが楽しめる。

3 草花やイルミネーションが楽しめるので、とても混んでいる。

4 大きな動物園ではないので、小さな動物だけの広場がある。

65 筆者によると、なぜ無料の動物園がおすすめなのか。

1 すいていて、動物がよく見えるから

2 遠くから来る人が少ないので、散歩できるから

3 無料ではない動物園は人が多すぎるから

4 一年を通して楽しみ方がいろいろあるから

（3）

　産業化が進むにつれて、生活は少しずつ形を変えた。服や食べ物の製造過程は細かく分けられ、大量に生産されるようになった。先進国では余るほどたくさんの食べ物が手に入るようになり、また、安くて丈夫でおしゃれな商品が当たり前のように手に入るようになった。近年はさらに発展が進み、製造の場は外国にも広がり、世界レベルで商品の生産が行われるようになった。そのため、私たちの手に届く商品からは、作り手の「顔」が失われていった。自分たちの衣食住に関係するものが、どこで、誰の手で、どのように作られているのかがわからなくなってきたのである。

　毎日、消費しきれないほどの商品が作られる一方で、多くの物が捨てられていく。しかし、私たちは、どこでどのくらいのものが、どのように捨てられているかについて、ほとんど目にすることなく暮らしている。変わり続ける流行に合わせて、服を簡単に取りかえられる生活は私たちを豊かにしたのだろうか。

　さらに、大量に捨てられるものをどう処理し、コストをどう負担するかという大きな問題もある。こうしたことに目を向けずにいれば、そのまま、環境問題や健康問題として私たちに返ってくる可能性があるだろう。

66 産業化が進むことで、先進国ではどのように生活が変わったか。

1　少しずつ形を変えながら、服や食べ物をたくさん作るようになった。

2　たくさんの食べ物と、質の良い衣服が簡単に手に入るようになった。

3　どうやって捨てるかを気にしないで、どんどん物を捨てられるようになった。

4　余るほどの商品を作れるぐらい豊かになり、外国にも輸出するようになった。

67 産業化が進んだことでどのような問題が生まれたのか。

1　見えないところで多くの物が作られ、捨てられるようになった。

2　作り手の「顔」が失われたので、製造の場が外国に移った。

3　世界レベルでの工場がたくさん作られ、不便になった。

4　豊かになったが、たくさんのものを捨てなければならなくなった。

68 筆者が一番心配しているのは、どのようなことか。

1　簡単に服を捨てられるので豊かにならないこと

2　誰<ruby>誰<rt>だれ</rt></ruby>がどこで、どうやって作ったものかが分からなくなってしまうこと

3　捨てる時の費用がますますふえていくこと

4　自分たちの健康や環境に影響が出るかもしれないこと

問題12　次のAとBはそれぞれ、美術館の予約制度について書かれた文章である。二つの文章を読んで、後の問いに対する答えとして最もよいものを、1・2・3・4から一つ選びなさい。

A

　先日、美術館に行ったところ、入口に長い行列ができていた。大変な人気だと聞いてはいたが、2時間待ちだと言われ、あきらめた。なんと3時間待ちのこともあるらしい。平日の昼間のせいか若者より中高年の姿（すがた）が多く、夏の暑い午後に長時間立っている人を見ると、他人の事ながら体調は大丈夫かと心配になった。今は、予約制の美術館もあると聞いた。料金は多少高くなっても、日時を指定してスムーズに見学できる方が、長時間待つよりもいいと思う。特に、お年寄りや、旅行で時間が限られている人には、そちらの方がありがたいだろう。だいたい3時間も待たされたら、どんな人でも疲れてしまう。お目当ての絵をやっと見ることができても、感動より疲労の方が記憶に残りそうだ。

B

　ぜひ行きたい絵画展（かいがてん）があるのだが、大混雑が予想されるため、予約制となっている。美術館というのは、好きな時に好きなだけ滞在できる場所だと思っていたので、少し変な感じがする。絵を見るために予約し、日時を決めなければならないということが、今ひとつ納得できない。絵はいつでもそこにあって、私達を待っていると思うからだ。いつ見に行ってもいいというオープンな点が、美術館の良さではないだろうか。高齢者や旅行者など、予約制の方がいい人もいるということは分かる。しかし私は、長時間待つことになっても、自由に見せてくれる方が絵との出会いにはふさわしい気がする。

69　ＡとＢのどちらの文章にも触れられている点は何か。

1　美術館の予約制は、高齢者や旅行者にはいい制度だ。

2　長時間待つことは、絵を見るためにふさわしくない。

3　予約制は、料金が少し高くなることが納得できない。

4　絵画はいつでも自由に見ることができるものであってほしい。

70　ＡとＢの筆者は、美術館の予約制度についてどのように述べているか。

1　Ａは中高年だけが長時間待つことになると述べ、Ｂは美術館は好きなだけいられるほうがいいと述べている。

2　Ａはお年寄りや旅行者は短時間でも待ちたがらないと述べ、Ｂは美術館はいつもオープンであるべきだと述べている。

3　Ａは長時間待つ必要がなくていいと述べ、Ｂは予約なしで自由に見られるほうがいいと述べている。

4　Ａは料金が高くなるので見るのをあきらめる人がいると述べ、Ｂは待ち時間が短くなるのでいいと述べている。

問題13 次の文章を読んで、後の問いに対する答えとして最もよいものを、1・2・3・4から一つ選びなさい。

能力、身体、経験、人種、身分など、人間にはあらゆる違いや差がある。様々な立場や格差を超えて友情が生まれる物語は、今も昔も広く世界中で愛され、あこがれる人も多いだろう。私もその一人であるが、いったい人と人の間に生まれる友情とは何だろうか。

「上から目線」という言葉がある。他人を自分より下に見る態度のことであり、あまり良い意味では使われない。人間は本来、自分の方が上、優れている状態に安心するものだろうが、特に意識せず何かを言ったり教えたりしたことが、最近はすぐに「上から目線」だと言われることもあり、少々神経質にも思われる。しかし実際、上下関係でしか物事を見ない人はいる。収入、学歴、社会的立場、顔や身体、経験や知識の豊富さ、何かが得意であるなど、全てがその対象となるらしい。知り合いの中に、まさにそういう人がいる。その人は面倒見が良いところもあり、あれこれと仲間の世話をやいているが、本人が期待するほど、好かれても信頼されてもいないように思う。悪い人ではないが、正直言って私も距離を感じている。どれほどお世話になっても友情を抱けないのは、「上から目線」を感じるからだろう。

ある港町を舞台にした映画に、忘れられない場面がある。貧しい老人が、不法入国してきた少年を助ける話である。老人は、貧しい生活の中から少年のためにお金を用意し、自分にとっても危険がおよぶ計画を迷わず進めていく。いよいよ少年を送り出す時、少年が「あなたのことは忘れません」と言ったのに対し、老人は「私もだ」と答えたのだ。「私も忘れない」と。その時まさに、二人は同じ地平に立っていた。少年は親切にしてくれた老人のことを忘れないだろう。そして、老人も少年のことを忘れないだろう。それだけのことだ。年齢も人種も立場も越えた、人間同士の好意と信頼がそこにあった。同じ目線に立つ、それが友情だと思う。世話をした人も受けた人も互いに忘れないというシンプルな会話は二人の間に流れる温かさを伝えるものだった。

近い立場でも、様々な違いがあっても、誰であれ友人となる第一歩は、同じ地平に立つことだ。易しいようで難しいかもしれないが、できるだけ水平な目を持ち続けていたい。

（注）地平：ここでは、立場

71 そういう人とは、どのような人か。

1　他の人よりすばらしい経験や知識が多い人

2　他の人と自分を比べることで人間関係を作る人

3　他の人に何かを教えたり世話をしたりする人

4　他の人の細かいところが気になる神経質な人

72 友情について、筆者の考えに合うものはどれか。

1　お互いを比べて違いを認めることが友情である。

2　お互いの間に起きたことを忘れないことが友情である。

3　違いや差を超えて、同じ場所にいるのが友情である。

4　同じ目線に立ち、信頼し合うのが友情である。

73 この文章で筆者が最も言いたいことは何か。

1　友人を作るには、他人を自分より下に見てはいけない。

2　友人を作ることは簡単に思えるが、実はとても難しいことだ。

3　友情は年齢や社会的立場などの差にこだわらないことから生まれる。

4　お互いのしたことを忘れないことが友情を育てる一番簡単な方法だ。

問題14 右のページは、あるプールのホームページに載っている案内である。下の
　　　　問いに対する答えとして最もよいものを、1・2・3・4から一つ選びなさい。

74　チェさんは、今度の金曜日に弟とプールに行こうと考えている。チェさんは16歳の高校
　　生で弟は10歳の小学生である。2人が一緒に利用できるのは何時までか。

　　1　午後6時

　　2　午後8時

　　3　午後10時

　　4　午後10時半

75　ジーンさんは日曜日に家族でプールを利用した。ジーンさん夫婦と7歳の娘、65歳の
　　ジーンさんの母4人で行き、2時間半利用した。ジーンさんがプールで払った金額は家
　　族全部でいくらか。

　　1　300円

　　2　600円

　　3　1,200円

　　4　1,800円

中央市民プール利用案内

利用時間	9:00～21:30（入場は21:00まで） ※ 金曜日は25mプールのみ9:00～22:30まで（入場は22:00まで）
休館日	第2・4月曜日（祝日は開館します。）年末年始 ※ 7月20日～8月31日までは無休で開館します。

利用料金について

利用料金（2時間まで）			超過料金（1時間ごと）		
大人	子ども	高齢者	大人	子ども	高齢者
400円	200円	200円	200円	100円	100円

※ 子ども料金は4歳以上中学生以下が対象となります。

※ 高齢者料金は65歳以上の方が対象となります。

※ 利用時間には着替えなどの時間を含みます。

※ 2時間以上利用した場合は、お帰りの際に入退場ゲートの横にある精算機で超過料金をお支払いください。

[ご利用方法]

・入場の際は入口の販売機で利用券を購入し、入退場ゲートのカード入れ口に入れて通過してください。その際、退場予定時刻が表示されますので必ずご確認ください。

・4歳未満のお子様は利用できません。

・小学校入学前の幼児は16歳以上の保護者と一緒にご利用ください。

・18:00以降の小学生だけでの利用はできかねます。16歳以上の保護者と一緒にご入場いただく必要があります。ただし、小学生の利用は20:00までです。

・持ち物はロッカーに入れて必ず鍵をかけてください。ロッカー使用の際は100円硬貨が1枚必要になります。使用後は硬貨が戻りますので忘れずにお持ち帰りください。

・場内は終日禁煙です。喫煙はプールの入口に設置された喫煙場所でお願いいたします。

・プール内及びプールサイド、更衣室での飲食は禁止です。ご飲食は休憩コーナーでお願いいたします。

・プールに入る際は、水着、水泳帽子を必ず着用してください。また、ピアス・ブレスレット・ネックレスなどのアクセサリー類は必ずはずしてください。

N2

聴解

（50分）

注　意
Notes

1．試験が始まるまで、この問題用紙を開けないでください。
　　Do not open this question booklet until the test begins.

2．この問題用紙を持って帰ることはできません。
　　Do not take this question booklet with you after the test.

3．受験番号と名前を下の欄に、受験票と同じように書いて
　　ください。
　　Write your examinee registration number and name clearly in each box below as written on your test voucher.

4．この問題用紙は、全部で13ページあります。
　　This question booklet has 13 pages.

5．この問題用紙にメモをとってもかまいません。
　　You may make notes in this question booklet.

受験番号　Examinee Registration Number	

名　前　Name	

もんだい
問題1

問題1では、まず質問を聞いてください。それから話を聞いて、問題用紙の1から4の中から、最もよいものを一つ選んでください。

れい
例

1 しゅうかつサイトでテストを受ける

2 どういう仕事がしたいか決める

3 希望の仕事をサイトに登録する

4 やりたい仕事の企業について調べる

1番

1　ホームページに案内をのせる

2　大学で案内の紙を配る

3　和室を予約する

4　予約をキャンセルする

2番

1　資料の文字数を減らす

2　グラフを大きくする

3　課長にメールを送る

4　プレゼンテーションの練習をする

3番

1 田中さんの代わりに発表する

2 他のグループに発表日を変えてもらう

3 先生の研究室に行く

4 データ送信をたのむ

4番

1 病院に鳥を連れて行く

2 インターネットに情報をのせる

3 けいさつに届けを出しに行く

4 鳥の写真をとる

5番

1 ア ウ

2 ア エ

3 イ ウ

4 イ エ

もんだい
問題2

問題2では、まず質問を聞いてください。そのあと、問題用紙のせんたくしを読んでください。読む時間があります。それから話を聞いて、問題用紙の1から4の中から、最もよいものを一つ選んでください。

れい
例

1 長い時間、ゆっくりしたいから

2 集中して本を読みたいから

3 田舎の自然を思い出したいから

4 おいしいケーキが食べたいから

1番

1　レポートを書いていたから

2　友達と電話で話していたから

3　部屋のエアコンがこわれたから

4　友達とゲームをしていたから

2番

1　新商品の写真をさつえいする

2　ほうそうの色をへんこうする

3　今月の売り上げを知らせる

4　調査結果について知らせる

3番

1 観光地を案内すること

2 ロビーをそうじすること

3 部屋を案内すること

4 ホテルを予約すること

4番

1 大学院の勉強についていけるかということ

2 子供が一人で家にいる時間が長くなること

3 夫が大学院に行くのを反対していること

4 レストランの新しいスタッフが仕事に慣れないこと

5番
ばん

1 かぜを引いたから
ひ

2 事故にあったから
じ こ

3 けいさつに行くから
い

4 レポートがまだだから

6番
ばん

1 科学にはまだわからないことが多いこと
か がく　　　　　　　　　　　　　　　　　　おお

2 勉強会への参加者が減っていること
べんきょうかい　　さん か しゃ　へ

3 科学にきょうみがない子供が増えたこと
か がく　　　　　　　　　こ ども　ふ

4 親が子供のために時間を使えないこと
おや　こ ども　　　　　　じ かん　つか

問題3

問題3では、問題用紙に何もいんさつされていません。この問題は、全体としてどんな内容かを聞く問題です。話の前に質問はありません。まず話を聞いてください。それから、質問とせんたくしを聞いて、1から4の中から、最もよいものを一つ選んでください。

- メモ -

もんだい
問題4

問題4では、問題用紙に何もいんさつされていません。まず文を聞いてください。それから、それに対する返事を聞いて、1から3の中から、最もよいものを一つ選んでください。

- メモ -

問題5

問題5では、長めの話を聞きます。この問題には練習はありません。
問題用紙にメモをとってもかまいません。

1番、2番

問題用紙に何もいんさつされていません。まず話を聞いてください。それから、質問とせんたくしを聞いて、1から4の中から、最もよいものを一つ選んでください。

- メモ -

3番
<ruby>番<rt>ばん</rt></ruby>

まず<ruby>話<rt>はなし</rt></ruby>を<ruby>聞<rt>き</rt></ruby>いてください。それから、<ruby>二<rt>ふた</rt></ruby>つの<ruby>質問<rt>しつもん</rt></ruby>を<ruby>聞<rt>き</rt></ruby>いて、それぞれの<ruby>問題用紙<rt>もんだいようし</rt></ruby>の
1から4の<ruby>中<rt>なか</rt></ruby>から、<ruby>最<rt>もっと</rt></ruby>もよいものを<ruby>一<rt>ひと</rt></ruby>つ<ruby>選<rt>えら</rt></ruby>んでください。

質問1
<ruby>質問<rt>しつもん</rt></ruby>

1　Aコース

2　Bコース

3　Cコース

4　Dコース

質問2
<ruby>質問<rt>しつもん</rt></ruby>

1　Aコース

2　Bコース

3　Cコース

4　Dコース

實戰模擬試題 2

實戦模擬試題 2

N2

言語知識（文字・語彙・文法）・読解

あなたの名前をローマ字のかつじたいで書いてください。
Please print in block letters.

名前
Name

受験番号を書いて、その下のマーク欄に
マークしてください。
Fill in your examinee registration number
in this box, and then mark the circle for
each digit of the number.

受験番号
(Examinee Registration Number)

20A101010123-301 23

せいねんがっぴを書いてください。
Fill in your date of birth in the box.

せいねんがっぴ(Date of Birth)

ねん Year	つき Month	ひ Day

問題 1

1	①	②	③	④
2	①	②	③	④
3	①	②	③	④
4	①	②	③	④
5	①	②	③	④

問題 2

6	①	②	③	④
7	①	②	③	④
8	①	②	③	④
9	①	②	③	④
10	①	②	③	④

問題 3

11	①	②	③	④
12	①	②	③	④
13	①	②	③	④
14	①	②	③	④
15	①	②	③	④

問題 4

16	①	②	③	④
17	①	②	③	④
18	①	②	③	④
19	①	②	③	④
20	①	②	③	④
21	①	②	③	④
22	①	②	③	④

問題 5

23	①	②	③	④
24	①	②	③	④
25	①	②	③	④
26	①	②	③	④
27	①	②	③	④

問題 6

28	①	②	③	④
29	①	②	③	④
30	①	②	③	④
31	①	②	③	④
32	①	②	③	④

問題 7

33	①	②	③	④
34	①	②	③	④
35	①	②	③	④
36	①	②	③	④
37	①	②	③	④
38	①	②	③	④
39	①	②	③	④
40	①	②	③	④
41	①	②	③	④
42	①	②	③	④
43	①	②	③	④
44	①	②	③	④

問題 8

45	①	②	③	④
46	①	②	③	④
47	①	②	③	④
48	①	②	③	④
49	①	②	③	④

問題 9

50	①	②	③	④
51	①	②	③	④
52	①	②	③	④
53	①	②	③	④
54	①	②	③	④

問題 10

55	①	②	③	④
56	①	②	③	④
57	①	②	③	④
58	①	②	③	④
59	①	②	③	④

問題 11

60	①	②	③	④
61	①	②	③	④
62	①	②	③	④
63	①	②	③	④
64	①	②	③	④
65	①	②	③	④
66	①	②	③	④
67	①	②	③	④
68	①	②	③	④

問題 12

| 69 | ① | ② | ③ | ④ |
| 70 | ① | ② | ③ | ④ |

問題 13

71	①	②	③	④
72	①	②	③	④
73	①	②	③	④

問題 14

| 74 | ① | ② | ③ | ④ |
| 75 | ① | ② | ③ | ④ |

実戦模擬試題 2

N2
聴解

〈ちゅうい Notes〉
1. 〈くろいえんぴつ(HB、No.2)でかいて ください。〉
   ペンやボールペンではかかないでく ださい。
   Use a black medium soft (HB or No.2) pencil.
   (Do not use any kind of pen.)
2. かきなおすときは、けしゴムできれいにけしてください。
   Erase any unintended marks completely.
3. きたなくしたり、おったりしないでください。
   Do not soil or bend this sheet.
4. マークれい Marking Examples

よい れい Correct Example	わるい れい Incorrect Examples
●	⊘ ○ ◐ ⊖ ◑ ●

あなたの名前をローマ字のかつじたいで書いてください。

Please print in block letters.

名前
Name

受験番号
(Examinee Registration Number)

20A101010123-30123

| 9 8 7 6 5 4 ③ 2 ● 0 |
| 9 8 7 6 5 4 3 2 1 ⓪ Ⓑ |
| 9 8 7 6 5 4 3 ● 1 0 |
| 9 8 7 6 5 4 3 2 ● 0 |
| 9 8 7 6 5 4 3 2 1 ⓪ |
| 9 8 7 6 5 4 3 2 ● 0 |
| 9 8 7 6 5 4 3 2 1 ⓪ |
| 9 8 7 6 5 4 3 ● 1 0 |
| 9 8 7 6 5 4 3 ● 1 0 |
| 9 8 7 6 5 4 3 2 ● 0 |
| 9 8 7 6 5 4 3 2 ● 0 |
| 9 8 7 6 5 4 3 ● 1 0 |
| 9 8 7 6 5 4 3 2 1 ⓪ |
| 9 8 7 6 5 4 3 2 ● 0 |

せいねんがっぴを書いてください。
Fill in your date of birth in the box.

せいねんがっぴ(Date of Birth)

ねん Year	つき Month	ひ Day

問題 1

	問題
例	① ② ③ ●
1	① ② ③ ④
2	① ② ③ ④
3	① ② ③ ④
4	① ② ③ ④
5	① ② ③ ④

問題 2

	問題
例	① ● ③ ④
1	① ② ③ ④
2	① ② ③ ④
3	① ② ③ ④
4	① ② ③ ④
5	① ② ③ ④
6	① ② ③ ④

問題 3

	問題
例	① ● ③ ④
1	① ② ③ ④
2	① ② ③ ④
3	① ② ③ ④
4	① ② ③ ④
5	① ② ③ ④

問題 4

	問題
例	① ② ● ④
1	① ② ③
2	① ② ③
3	① ② ③
4	① ② ③
5	① ② ③
6	① ② ③
7	① ② ③
8	① ② ③
9	① ② ③
10	① ② ③
11	① ② ③
12	① ② ③

問題 5

	問題
1	① ② ③ ④
2	① ② ③ ④
3 (1)	① ② ③ ④
(2)	① ② ③ ④

N2

言語知識 (文字・語彙・文法) • 読解

（105分）

注　意
Notes

１．試験が始まるまで、この問題用紙を開けないでください。
Do not open this question booklet until the test begins.

２．この問題用紙を持って帰ることはできません。
Do not take this question booklet with you after the test.

３．受験番号と名前を下の欄に、受験票と同じように書いてください。
Write your examinee registration number and name clearly in each box below as written on your test voucher.

４．この問題用紙は、全部で33ページあります。
This question booklet has 33 pages.

５．問題には解答番号の 1 、 2 、 3 …が付いています。解答は、解答用紙にある同じ番号のところにマークしてください。
One of the row numbers 1 、 2 、 3 … is given for each question. Mark your answer in the same row of the answer Sheet.

受験番号　Examinee Registration Number	

名　前　Name	

39 時間を間違えて会議に遅刻したのは、不注意だったと（　　　）。

1 　言わざるを得ない

2 　言いかねない

3 　言っている最中だ

4 　言いがたい

40 （ホテルで）

客「明日の10時に、タクシーを呼んでおいてくれますか。」

ホテルスタッフ「はい、10時でございますね。確かに（　　　）。」

1 　お聞きしました

2 　参りました

3 　承りました

4 　おいでになりました

41 うちの子は毎朝、（　　　）自分で起きて、学校に行くことができるんですよ。

1 　起こさないと

2 　起こされなくても

3 　起こされても

4 　起こさせないと

42 彼の足の調子は（　　　）、あと1週間もすれば走れるようになると言える。

1 　回復しだしたところで

2 　回復してきているうちに

3 　回復しはじめようとして

4 　回復しつつあることから

43 家事は、妻一人に任せるのではなく、夫婦で協力して（　　　）。

1 　行うことがある

2 　行うそうもない

3 　行うばかりだ

4 　行うべきだ

44 この本は、子供向けに書かれたそうだが、大人の私が読んでも（　　　）。

1 　おもしろいはずだった

2 　おもしろいわけがない

3 　おもしろかった

4 　おもしろくなかった

問題8 次の文の＿＿★＿＿に入る最もよいものを、1・2・3・4から一つ選びなさい。

（問題例）

あそこで ＿＿＿＿ ＿＿＿＿ ＿★＿ ＿＿＿＿ は山田さんです。

　　1　テレビ　　　　2　人　　　　3　見ている　　　　4　を

（解答のしかた）

1．正しい文はこうです。

あそこで ＿＿＿＿ ＿＿＿＿ ＿★＿ ＿＿＿＿ は山田さんです。
1　テレビ　　4　を　　3　見ている　　2　人

2．＿★＿に入る番号を解答用紙にマークします。

（解答用紙）

（例）	①	②	●	④

45　彼は医者にダイエットしろと言われているが、あんなに毎日 ＿＿＿＿ ＿＿＿＿
＿★＿ ＿＿＿＿ だろう。

　　1　やせられる　　　　　　　　　　2　アイスクリームを

　　3　わけがない　　　　　　　　　　4　食べていたら

46　市民センターには2つのプールがありますが、こちらの ＿＿＿＿ ＿＿＿＿ ＿★＿
＿＿＿＿ お楽しみいただけます。

　　1　問わず　　　　　　　　　　　　2　プールでは

　　3　年齢を　　　　　　　　　　　　4　水中ウォーキングを

47 この日本語のテキストは、仕事で日本語を使えるようになりたい人のために ＿＿＿＿＿ ＿＿＿＿＿ ＿★＿ ＿＿＿＿＿ います。

1　作られて　　　　　　　　　　2　ビジネス会話に

3　実際の　　　　　　　　　　　4　基づいて

48 この俳優はまだ若いけれど、演技が ＿＿＿＿＿ ＿＿＿＿＿ ＿★＿ ＿＿＿＿＿ とても人気がある。

1　上手で　　　　2　すばらしい　　　3　歌も　　　　4　のみならず

49 最近のコンビニエンスストアのスイーツはとてもおいしいので、 ＿＿＿＿＿ ＿＿＿＿＿ ＿★＿ ＿＿＿＿＿ んです。

1　いられない　　2　買わずには　　　3　見つけると　　4　新商品を

問題9 次の文章を読んで、文章全体の内容を考えて、 50 から 54 の中に入る最もよいものを、1・2・3・4から一つ選びなさい。

「言葉の変化」

　最近、若い人の日本語の使い方が変化してきているという。私は以前、20代から30代までの日本語の母語話者に調査を行ったことがある。

　先生や年上の人などの自分より立場が上の人にたいして「ご苦労様」や「お疲れ様」と声をかけることを間違いだと思うかという質問 50 、「全く思わない」「あまり思わない」と答えた人が半分くらいだった。もともと、「ご苦労様」や「お疲れ様」という表現は自分より立場が下の人や同僚、友人などの関係で使われていたが、最近では、職場や学校などのいろいろな場面で使われているのをよく目に 51 。

　敬語の間違った使い方や、「さかなが食べれる」のような「食べられる」から「ら」を抜いた「ら抜き言葉」にも同じことが言えるだろう。「さかなが食べれる」のような「ら抜き言葉」は、今では多くの年代で使われていて、「 52 」という人のほうが多いとも言われている。

　「言葉は生きもの」と言うが、時代の流れや社会の変化とともに言葉も変わる。これは日本語だけでなく、ほかの言語でも同じだろう。新しい変化を学ぶことは大切だが、それと同時に使い方についてよく考えてみることも大切だろう。 53 、間違った使い方について深く考えすぎずに、言葉の変化を積極的に取り入れることも必要かもしれない。そうすれば、言葉にたいする考え方も広がり、奥が深い言葉の世界をもっと楽しむことができる 54 。

50

1　にとって　　　　2　にたいして　　　3　によって　　　　4　にしては

51

1　しそうになった　　　　　　　　2　しきりになった
3　することになった　　　　　　　4　するようになった

52

1　間違うおそれがある　　　　　　2　間違っているので使わない
3　間違うはずがない　　　　　　　4　間違っていないと思う

53

1　そして　　　　　2　したがって　　　3　そうすれば　　　4　つまり

54

1　わけだろう　　　　　　　　　　2　のではないだろうか
3　はずがないだろう　　　　　　　4　よりほかない

問題10 次の(1)から(5)の文章を読んで、後の問いに対する答えとして最もよい
ものを、1・2・3・4から一つ選びなさい。

（1）

　プラスチックごみの海洋汚染によって、多くの生物が悪い影響を受けている。海のごみを減らすために、コーヒーショップなどで、プラスチック製のストローの使用をやめる動きが広がっているそうだ。

　しかし、ストローをやめるだけで本当に海洋汚染の解決になるのだろうか。何より大切なのは、環境を守るために、私達一人一人が何ができるかを考え、実行することだ。ストローの使用中止は、美しい海を取り戻すきっかけに過ぎないのである。

55　筆者の考えに合うのはどれか。

1　プラスチック製のストローの使用をやめれば、海はきれいになる。

2　プラスチック製のストローの使用をやめることは、海の環境のためにとてもいいことだ。

3　海のごみを減らすきっかけは、プラスチック製のストローの使用をやめたことだった。

4　海のごみを減らすために、みんなが各自できることを考え、実際に行動することが必要だ。

（2）

　以下はある会社のお知らせである。

お客様各位

お知らせ

　昨今の天候不順や、深刻な災害等による原材料費・光熱費の価格上昇に伴い、４月１日よりお弁当商品の価格を50円ずつ値上げさせていただくことになりました。（おみそ汁は除きます。）

　コスト削減の努力をしてまいりましたが、経営が極めて厳しく、赤字になりかねないため、値上げせざるを得なくなりました。

　ご迷惑をお掛けしますが、ご理解をお願い申し上げます。

おいしいべんとう屋

56　　このお知らせで一番伝えたいことはどれか。

　1　原材料が値上がりしていること

　2　商品の値段を上げること

　3　値上げしない商品もあるということ

　4　コストを減らそうとしたこと

（3）

　SNSなどで意見を発信する人が多い。その中には、こんなすばらしい文章が書けたらと思う
ものも、子どもが書いたのかと思うような文章もある。どうすればいい文章が書けるのだろう
か。最近、文章がうまい人は読書家であることに気が付いた。本を読むことで教養が身に付く
のはもちろん、語彙力、思考力も身に付くからではないだろうか。何もないところからは何も生
まれない。自分の中に一度入れないと表現することもできないのである。

（注）SNS：ソーシャルネットワークサービス = Social Network Service

57　筆者の考えに合うのはどれか。

1　子どもが書いた文でもいい文章と言えるものがある。

2　いい文章を書くために、本を読むことが大切だ。

3　使える語彙を増やすと、上手な文章が書けるようになる。

4　自分のことをよく知った上で、意見を発信するといい。

（4）

以下は、ある航空会社が出したメールの内容である。

あて先：adams@mail.co.jp

件　名：ご予約いただきありがとうございます。

このたびはJJ航空6月1日（木）羽田発557便をご予約いただきありがとうございます。

航空券のお支払いが確認でき次第、ご予約を確定いたします。（注1）

以下よりご予約の詳細をご確認の上、5月25日（木）までにお支払いをお済ませください。（注2）

万一、期限日までにお支払いが確認できない場合は、自動的にキャンセルとなります。

あらかじめご了承ください。

ご予約のご確認・お支払いはこちら

→ https://jjsky.com

（注1）確定：しっかり決まること、決めること

（注2）詳細：くわしい内容

58　この航空会社からのメールに書いてある内容について、正しいものはどれか。

　1　5月25日（木）までに航空券のお支払いができない場合、予約が取り消される。

　2　5月25日（木）までに航空券の予約を確認しなければならない。

　3　6月1日（木）までに航空券のお支払いが確認できると、予約が確定される。

　4　6月1日（木）までに航空券のお支払い確認できないと、予約がキャンセルされる。

（5）

　「ゴミを捨てるな。まわりまわって口の中」と書かれた看板を登山中に見つけた。自分の捨
てたゴミが動物や植物に害を与え、周りの環境を悪くし、最終的に自分の食卓に戻ってくると
いう意味だろう。人間関係でも、相手を嫌な気分にさせたり、手を抜いたりすると、結局自分
も嫌な目にあうことがある。悪い行いは時間をかけ、形を変え、また自分に戻ってくるのだ。
「自分の行動に責任を持つ」とは、これを意識することでもあると思う。

59　　筆者の考えに合うのはどれか。

　　1　　自分の言ったことで、最終的に相手を嫌な気分にさせることはない。

　　2　　自分の悪い行いが、周りの環境を悪くし、最終的に自分が嫌な目にあう。

　　3　　自分が悪い行いをしても、最終的には自分が嫌な目にあうことはない。

　　4　　相手を悪い気分にしないか考えていると、自分の気分がよくなる。

問題11　次の（1）から(3)の文章を読んで、後の問いに対する答えとして最もよいものを、1・2・3・4から一つ選びなさい。

（1）

　今、人生で初めてのパン作りをしている。定年退職後、のんびり旅行などと考えていたら、妻が思わぬケガで入院し、彼女が手伝っている「子ども食堂」ボランティアを私が代わりに引き受けることになったのだ。子ども食堂とは、経済面など様々な困難を抱える家庭の子供達が、安心して食事ができる場所を提供しようという地域活動である。妻が手作りのパンを届けているのは知っていたが、私はそれまであまり積極的に参加する気になれなかった。社会のためにと張り切るのは、少し苦手だったからだ。

　しかし、参加してみると「働く」ことがこんなにも気持ちいいものかと、この年齢になって新鮮な驚きがある。食堂に来る人がパンを食べてくれることが心からうれしい。ボランティアは本来、人のためであるが、何より自分のための活動だと、体験してよく分かる。自分の行動が誰かに届く、その充実感と喜びは、こちらの生命力が増すような思いだ。妻は、ボランティアはしたいからするのだと笑いながら言っていた。

　また、職場だけでは出会わない様々な人々、ボランティア仲間や食堂に来る人達と知り合えることも良い意味でのカルチャーショックである。「旅行もいいけど、ボランティアも文化との出会いなのよ」と言う妻に、今、私はクリームパンの作り方を教わっている。

60 筆者はなぜパンを作り始めたのか。

1 旅行に行けなくなって、時間ができたから

2 ボランティアをしていた妻が作れなくなったから

3 妻がボランティアの代わりを探していたから

4 子ども食堂を筆者が提供することになったから

61 筆者がボランティアを①自分のための活動だと考えたのはなぜか。

1 ボランティアでしたことがほかの誰かの元に届くから

2 ボランティアで働くことがいいことだと感じられるから

3 ボランティアをして、自分が充実感と喜びを感じられるから

4 ボランティアをすると、子供たちがパンを食べてくれるから

62 筆者が②カルチャーショックだと感じている点は何か。

1 仕事では出会えないような人々と出会えること

2 ボランティアが新しい文化を作り出すということ

3 パンの作り方を家族から習うようになったこと

4 旅行もボランティアも文化との出会いだということ

（2）

　声には本心、つまり本当の気持ちが表れるものだと思う。あるロック歌手のライブを聴き、
あらためてそう感じた。1960年代から70年代にかけて、世界的な大ヒット曲を作った彼は、天
才的な音楽の才能を持ちながら、創作の苦しさや人間関係によって精神の病気となり、長く表
舞台から姿を消していた。しかし、近年少しずつ回復してツアーを開始、生で聴いた彼の歌声
に涙が出そうになった。音の高低は不安定で、少々心配になるような歌い方だったが、心に響
くのだ。音楽のすばらしさがストレートに伝わってくる。音楽が好きだ、音楽は楽しいと彼が心
からそう思い、伝えたい気持ちがあるからだと思う。もちろん曲の良さもあるが、同じ曲を別の
歌手が上手に歌っても、その震えるような感動はない。彼の声には彼の真実があった。
　　　　　　　　　　　　　　　　　　　　　　　　　　　　　　　　　　　（注1）

　歌でなくとも、その人が本当に心から信じていることを語る言葉には説得力がある。心打た
　　　　　　　　　　　　　　　　　　　　　　　　　　　　　（注2）
れるスピーチなどが良い例である。これは悪い方でも同じだと思う。つまり、たとえ悪い考えで
も、それを心から信じている人の声には伝わる力がある。

　だからこそ、悪い方向に影響されることもあるのだということを忘れないでおきたい。そして、
芸術家のような表現力がなくても、自分の声にも本心が出るものだと気を付けたほうがいい。

（注1）真実：本当のこと
（注2）説得力：他の人にその通りだと思わせる力

63 筆者は歌手の歌を聞いてどのように思ったか。

1　とても悲しくなった。

2　心配になって困った。

3　すばらしいと思った。

4　感動しなかった。

64 筆者によると、言葉に説得力があるのはどのような場合か。

1　本当のことだけを話しているとき

2　心から信じていることを話しているとき

3　上手なスピーチを聞いているとき

4　悪い考えを信じているとき

65 筆者によると、声を出すときに気を付けなければいけないことはどのようなことか。

1　表現力がないと、自分の気持ちが声に表れてしまうこと

2　よくない考えに心を動かされて、話すことを忘れること

3　話す声には、自分の本当の気持ちが表れるということ

4　心から信じていないことは伝わらないということ

（3）

　一般的に、日本人は昔から議論が苦手だとされてきた。島国であり、小さな共同体で協調性が求められる。問題が起こらないようにみんなと同じ意見を持つのがいいこととされるので、自分の意見はあまり言わない。それらが主な理由である。しかし、グローバル社会である現在、習慣も価値観も違う様々な相手と向き合うためには、話す力が必要だ。今、必要な議論とは、決して相手を負かすためのものではなく、より良い可能性を見つけるための「対話」である。

　対話とは、自分の考えを述べつつ、相手の話を聞き、普遍性を探し求めるものである。注意すべき点は、始めから結論を設定しないこと。お互い、自分の結論に向かって意見を押し通すだけでは議論にならない。相手の考えをどれだけ理解できるかが重要だ。

　対話のおかげで考えが変わることもあるだろう。対話とは自分の考えを変えるためにするものだという人もいる。必要なのは柔軟な姿勢であり、人の意見に流されるのではなく、考えを変えることができることだ。

　そして真の協調とは、AとBの意見があって、A一色、B一色になるのではなく、新しい色を探すことであろう。そう思えば、議論への苦手意識も、少しは軽減するのではないだろうか。

（注１）普遍性：広く行きわたること、例外なくすべてのものにあてはまること
（注２）柔軟：考え方や態度などを、その場に合うように変えられること

66 筆者によると、日本人が議論が苦手な理由は何か。

1　日本は島国なので、問題が起こることがあまりないから

2　小さい社会の中で、人と違う意見を言うと問題になると思うから

3　問題が起こったら、皆と同じ意見を言わなければならないから

4　習慣や価値観が違う相手にも、同じ意見を持つように言うから

67 筆者の考える対話において、重要なことは何か。

1　相手の話を聞きながら、自分の意見を押し通すこと

2　どのような結論にするかを決めてから、話しはじめること

3　相手の話をよく理解し、自分の意見もわかってもらうこと

4　自分の考えを変えるために、相手の意見に従うこと

68 新しい色を探すこととはどのようなことか。

1　お互いの意見を聞いてから、それぞれの意見とは違う新しい結論を出すこと

2　お互いの意見を聞いてから、それぞれの意見の苦手な部分を探すこと

3　意見を出した後、問題が起こらないように別の意見を考えること

4　意見を出した後、いい可能性を見つけられたかもう一度考えること

問題12 次のＡとＢは同窓会について書かれた文章である。二つの文章を読んで、後の問いに対する答えとして最もよいものを、1・2・3・4から一つ選びなさい。

A

　高校の同窓会があり、大いに盛り上がった。ほとんどの人が卒業以来、初めての再会である。現在48歳の私達だが、会えばたちまち高校生の時の姿を思い出す。目の前にいるのは、中年のおじさん、おばさんなのだが、あっという間に30年の年月は消え、教室や先生や文化祭、体育祭、クラスメイトのことなど思い出話が次々に出てきて、とても楽しかった。40代ともなれば皆、仕事、結婚、子供のことなど様々な問題を抱えているはずである。同窓会に参加しているのだから、ある程度生活が安定しているのだろうと考える人もいるが、それは分からない。同級生の現在の状況を特別知りたいとも思わない。少しの間10代の若い気持ちに戻って、活力を取り戻したような気がした。

B

　「卒業して30年経ちました」という案内に心が動き、初めて同窓会に参加した。少し緊張しつつも、とても楽しみにしていた。本当に久しぶりに会う顔ばかりでなつかしく、盛り上がったのだが、高校時代の思い出話ばかりで、少々期待外れだったというのが正直なところだ。確かに、学校生活のいろいろなエピソードは、知っていることも知らないことも一緒に笑い合える。しかし、せっかく同級生に会ったのだから、昔の話ばかりでなく、皆の現在の話をもっと聞きたかった。40代後半、まさに人生の中間点である。それぞれ仕事、結婚、子供などいろいろあるだろう。10代の時とは違う今の生活、悩みや自慢だっていい、同じ年齢だからこそできる新しい話を期待していた。

69 AとBのどちらの文章にも触れられている点は何か。

1 40代ともなると、仕事や家庭のことなど様々な生活がある。

2 学生時代の友人に会うと、すぐに十代のころの気持ちが戻ってくる。

3 同窓会に参加した人が皆、安定した生活を送っているかどうかはわからない。

4 同窓会では、仕事や家庭のことなどたくさん話せてとても満足した。

70 AとBの筆者は、同窓会での話についてどのように考えているか。

1 AもBも今のいろいろな問題について話したかったと考えている。

2 AもBも高校の思い出話ができ、盛り上がってよかったと考えている。

3 Aは昔の思い出話を楽しかったと考え、Bはそれぞれの今の状況について話したかったと考えている。

4 Aは友人達の安定した生活のことを知りたかったと考え、Bは悩みや自慢話を聞きたかったと考えている。

問題13 次の文章を読んで、後の問いに対する答えとして最もよいものを、1・2・3・4から一つ選びなさい。

　今、世の中は「所有」から「利用」へ移行している時だという。高級車やブランド品、絵画など様々な分野で新しいレンタルサービス、つまり、モノを貸すサービスが次々に登場している。毎月定額で好きな品を選ぶことができ、取り換えも可能というビジネスモデルもあるそうだ。ますます便利に、合理的になっている。

　そんなニュースの中で、人をレンタルするという話題が出ていた。ある人が自分を「何もしないけれど、ただそこにいる人」として貸し出しているそうだ。その人は「一人で入りにくい店に行きたい時、ゲームで人が足りない時など、ただ一人分の人間の存在が欲しい時に利用して下さい」と言っている。とても興味深い思いつきと活動である。実際、若い人を中心に1千件以上の依頼があり、その活動の記録は本となり出版されている。ビジネスとしても成功したわけだが、それはさておき、本当に様々な依頼があり、おもしろい。コンサートの席を埋めてほしい、勉強をさばらないよう見ていてほしい、好きなアイドルの話を聞いてほしいなど、様々な場面で「一人分の人間の存在」が必要とされ、利用されている。中でも引っ越しの時に見送ってほしいという依頼は印象的だった。誰かに見送ってほしいという気持ちは分かるが、それが全くの他人であってもいいというのはどういうことか。別れという、感情的な場面でのレンタル利用である。その人に歴史も人格も必要ないならば人型ロボットでもいいのではないかと考えたが、人でもモノでも対象に価値や意味を見出すのは自分の心なのかもしれないと気が付いた。

　物理的な「一人分の存在」は、ほぼモノと同じであろう。そして、たとえ自分が所有しているモノでも、大切に思う気持ちがなければ、「さよなら」に意味はない。見送りを依頼した人は、自分に「さよなら」を言ってくれる存在をレンタルしたことで、大切にされている自分を作り出したのだ。そして、貸し出された人には、一時的に「私にとって大切な誰か」になってもらったのかもしれない。一時的な利用であっても、そこに満足感や慰め^{（注）}を感じることができるのだ。

　より便利に合理的に、人もモノも何でも利用できる世の中で、満足感や慰めを得られるかどうかは自分の心次第なのだろう。

（注）慰め：悲しみ、苦しみ、さびしさなどから気をまぎらせる、心を楽しませること

71 筆者によると、レンタルされた人はどのような事をするのか。

1　依頼した人に、頼まれたいろいろなことを教える。

2　一人の人としているだけで、何もしない。

3　一人でいることが必要な人と一緒に頼まれたことをする。

4　自分という存在を大切に思ってくれる人とおもしろい活動をする。

72 引っ越しの見送りに人を借りることについて、筆者の考えに合うのはどれか。

1　全くの他人なので、人ではなくロボットでもかまわない。

2　感情的になる場面なので、価値や意味がある。

3　借りることに価値や意味をつけるのは、借りた人自身である。

4　全くの他人でモノと同じなので、見送ることに意味はない。

73 人をレンタルすることについて、筆者はどのように考えているか。

1　レンタルすることで満足できるかどうかは、利用する人の気持ちで変わる。

2　レンタルすることで自分が満足できるなら、所有しなくても大切なものになる。

3　所有しないことに満足できるかどうかは、利用する人に聞かないとわからない。

4　所有しないことは便利で合理的なので、ますます満足する人が増えていく。

問題14　右のページは、船のサービスをしている会社のサービス案内である。下の
　　　　　問いに対する答えとして最もよいものを、1・2・3・4から一つ選びなさい。

74　マリアさんは、来週末に同僚2人と船で食事をしようと思っている。3人で全体の予算
は8千円である。個室にしなくてもいい。マリアさんの希望に合うクルーズコースはどれ
か。

1　周遊コースのランチタイム

2　周遊コースのティータイム

3　周遊コースのディナータイム

4　片道コース

75　チェさんは、来週末に孫と一緒に周遊コースのランチタイムを利用したい。チェさんは
67歳、孫は6歳で、特別個室を予約しようと思っている。チェさんたちの料金はどのよう
になるか。

1　チェさん 2,500円、孫は無料、個室追加料金1,000円

2　チェさん 2,000円、孫1,000円、個室追加料金1,000円

3　チェさん 2,200円、孫1,250円、個室追加料金1,000円

4　チェさん 2,500円、孫1,250円のみ

クルーズのご案内

よこはまクルーズ社

よこはまクルーズ社では、片道コースのほか、船内でのお食事やお飲み物がセットになったクルーズコースをご用意しております。観光の思い出にぜひご利用ください。

【周遊コース】

◎ランチタイム　11:00～13:00（所要時間2時間）

	大人	子ども	シニア
平日	2,000円	1,000円	1,700円
土日・祝日	2,500円	1,250円	2,200円

◎ティータイム　15:00～16:00（所要時間1時間）ケーキセットのみ

	大人	子ども	シニア
平日	1,500円	750円	1,200円
土日・祝日	2,000円	1,000円	1,700円

◎ディナータイム　18:00～20:30（所要時間2.5時間）

	大人	子ども	シニア
平日	3,000円	1,500円	2,700円
土日・祝日	3,500円	1,750円	3,200円

★特別個室予約可能★

よこはまクルーズ社のクルーズコースでは、特別個室をご用意しております。仲のよいご友人やご家族と個室でゆっくりと海を眺めながらお食事をしてみてはいかがでしょうか。また、小さなお子様がいる場合も個室であれば周りを気にせずゆっくり過ごすことができるのでおすすめです。特別個室は一部屋（最大5名利用可能）1,000円の追加料金をいただきます。

【片道コース】　横浜駅東口～みなとみらい21～山下公園

運行時間　10:00～18:00

出発時刻　毎時00分および30分発。食事、ドリンク無しの片道20分コースです。

料金（平日、土日祝日共通）大人800円、シニア600円、こども400円

※両コース共通

大人：中学生以上、シニア：65歳以上、子ども：4歳～小学生以下（3歳以下は無料）

ご予約・お問い合わせ先

よこはまクルーズ社（代表）045-123-4455

N2

聴解

（50分）

注　意
Notes

１．試験が始まるまで、この問題用紙を開けないでください。
Do not open this question booklet until the test begins.

２．この問題用紙を持って帰ることはできません。
Do not take this question booklet with you after the test.

３．受験番号と名前を下の欄に、受験票と同じように書いてください。
Write your examinee registration number and name clearly in each box below as written on your test voucher.

４．この問題用紙は、全部で13ページあります。
This question booklet has 13 pages.

５．この問題用紙にメモをとってもかまいません。
You may make notes in this question booklet.

受験番号　Examinee Registration Number	

名　前　Name	

<ruby>問<rt>もん</rt></ruby><ruby>題<rt>だい</rt></ruby>1

<ruby>問題<rt>もんだい</rt></ruby>1では、まず<ruby>質問<rt>しつもん</rt></ruby>を<ruby>聞<rt>き</rt></ruby>いてください。それから<ruby>話<rt>はなし</rt></ruby>を<ruby>聞<rt>き</rt></ruby>いて、<ruby>問題用紙<rt>もんだいようし</rt></ruby>の1から4の<ruby>中<rt>なか</rt></ruby>から、<ruby>最<rt>もっと</rt></ruby>もよいものを<ruby>一<rt>ひと</rt></ruby>つ<ruby>選<rt>えら</rt></ruby>んでください。

<ruby>例<rt>れい</rt></ruby>

1　しゅうかつサイトでテストを<ruby>受<rt>う</rt></ruby>ける

2　どういう<ruby>仕事<rt>しごと</rt></ruby>がしたいか<ruby>決<rt>き</rt></ruby>める

3　<ruby>希望<rt>きぼう</rt></ruby>の<ruby>仕事<rt>しごと</rt></ruby>をサイトに<ruby>登録<rt>とうろく</rt></ruby>する

4　やりたい<ruby>仕事<rt>しごと</rt></ruby>の<ruby>企業<rt>きぎょう</rt></ruby>について<ruby>調<rt>しら</rt></ruby>べる

1番
1 希望表を提出する

2 代わりの人を探す

3 電話をする

4 メールをする

2番
1 会議室へ行く

2 マイクを取りに行く

3 名前を書く

4 料金を払う

3番

1 店を予約する

2 集合場所を決める

3 部長に連絡する

4 参加者にメールをする

4番

1 2,000円

2 2,800円

3 3,600円

4 3,700円

5番

1 免許証を探す

2 妻に連絡する

3 家に帰る

4 カードを返す

問題2

問題2では、まず質問を聞いてください。そのあと、問題用紙のせんたくしを読んでください。読む時間があります。それから話を聞いて、問題用紙の1から4の中から、最もよいものを一つ選んでください。

例

1　長い時間、ゆっくりしたいから

2　集中して本を読みたいから

3　田舎の自然を思い出したいから

4　おいしいケーキが食べたいから

1番

1 かっこいい俳優が出ていること

2 男が大企業をやめたこと

3 見ていて不安になること

4 自分たちの会社に似ていること

2番

1 英語が話せたこと

2 絵でコミュニケーションできたこと

3 とてもいいホテルで泊まったこと

4 ホテルが安かったこと

3番
ばん

1 サッカーの試合があるから
しあい

2 雨で延期になるから
あめ　えんき

3 車で行けないから
くるま　い

4 仕事があるから
しごと

4番
ばん

1 昨日、お酒を飲みすぎたから
きのう　さけ　の

2 昨日、夜中に目が覚めてしまったから
きのう　よなか　め　さ

3 夜、水が止まらなくて、寝られなかったから
よる　みず　と　ね

4 課長に残業を頼まれたから
かちょう　ざんぎょう　たの

5番

1 図書館に本を返すため

2 男の学生のレポートを手伝うため

3 おいしい店を探すため

4 レポートを提出するため

6番

1 新しい店が駅から遠いこと

2 朝から歯が痛いこと

3 歯医者の予約が取れないこと

4 仕事ができないこと

問題3

問題3では、問題用紙に何もいんさつされていません。この問題は、全体として
どんな内容かを聞く問題です。話の前に質問はありません。まず話を聞いてください。
それから、質問とせんたくしを聞いて、1から4の中から、最もよいものを一つ選んで
ください。

- メモ -

問題4

　問題4では、問題用紙に何もいんさつされていません。まず文を聞いてください。それから、それに対する返事を聞いて、１から３の中から、最もよいものを一つ選んでください。

- メモ -

問題5

問題5では、長めの話を聞きます。この問題には練習はありません。
問題用紙にメモをとってもかまいません。

1番、2番

問題用紙に何もいんさつされていません。まず話を聞いてください。それから、質問とせんたくしを聞いて、1から4の中から、最もよいものを一つ選んでください。

- メモ -

3番

まず話を聞いてください。それから、二つの質問を聞いて、それぞれの問題用紙の
1から4の中から、最もよいものを一つ選んでください。

質問1

1 英会話

2 スポーツ体験

3 盆踊り

4 講演会

質問2

1 英会話

2 スポーツ体験

3 盆踊り

4 講演会

實戰模擬試題 3

實戰模擬試題 3

N2
言語知識（文字・語彙・文法）・読解

あなたの名前をローマ字のかつじたいで書いてください。
Please print in block letters.

名前 Name	

受験番号を書いて、その下のマーク欄に マークしてください。
Fill in your examinee registration number in this box, and then mark the circle for each digit of the number.

受験番号
(Examinee Registration Number)

2 0 A 1 0 1 0 1 2 3 - 3 0 1 2 3

せいねんがっぴを書いてください。
Fill in your date of birth in the box.

せいねんがっぴ(Date of Birth)

ねん Year	つき Month	ひ Day

問題 1
1	① ② ③ ④
2	① ② ③ ④
3	① ② ③ ④
4	① ② ③ ④
5	① ② ③ ④

問題 2
6	① ② ③ ④
7	① ② ③ ④
8	① ② ③ ④
9	① ② ③ ④
10	① ② ③ ④

問題 3
11	① ② ③ ④
12	① ② ③ ④
13	① ② ③ ④
14	① ② ③ ④
15	① ② ③ ④

問題 4
16	① ② ③ ④
17	① ② ③ ④
18	① ② ③ ④
19	① ② ③ ④
20	① ② ③ ④
21	① ② ③ ④
22	① ② ③ ④

問題 5
23	① ② ③ ④
24	① ② ③ ④
25	① ② ③ ④
26	① ② ③ ④
27	① ② ③ ④

問題 6
28	① ② ③ ④
29	① ② ③ ④
30	① ② ③ ④
31	① ② ③ ④
32	① ② ③ ④

問題 7
33	① ② ③ ④
34	① ② ③ ④
35	① ② ③ ④
36	① ② ③ ④
37	① ② ③ ④
38	① ② ③ ④
39	① ② ③ ④
40	① ② ③ ④
41	① ② ③ ④
42	① ② ③ ④
43	① ② ③ ④
44	① ② ③ ④

問題 8
45	① ② ③ ④
46	① ② ③ ④
47	① ② ③ ④
48	① ② ③ ④
49	① ② ③ ④

問題 9
50	① ② ③ ④
51	① ② ③ ④
52	① ② ③ ④
53	① ② ③ ④
54	① ② ③ ④

問題 10
55	① ② ③ ④
56	① ② ③ ④
57	① ② ③ ④
58	① ② ③ ④
59	① ② ③ ④

問題 11
60	① ② ③ ④
61	① ② ③ ④
62	① ② ③ ④
63	① ② ③ ④
64	① ② ③ ④
65	① ② ③ ④
66	① ② ③ ④
67	① ② ③ ④
68	① ② ③ ④

問題 12
| 69 | ① ② ③ ④ |
| 70 | ① ② ③ ④ |

問題 13
71	① ② ③ ④
72	① ② ③ ④
73	① ② ③ ④

問題 14
| 74 | ① ② ③ ④ |
| 75 | ① ② ③ ④ |

N2
聴解

受験番号を書いて、その下のマーク欄に
マークしてください。
Fill in your examinee registration number
in this box, and then mark the circle for
each digit of the number.

受験番号
(Examinee Registration Number)

20A1010123-30123

せいねんがっぴを書いてください。
Fill in your date of birth in the box.

せいねんがっぴ(Date of Birth)

ねん Year	つき Month	ひ Day

名前
Name

あなたの名前をローマ字のかつじたいで書いてください。

Please print in block letters.

問題 1

	①	②	③	④
例	①	②	●	④
1	①	②	③	④
2	①	②	③	④
3	①	②	③	④
4	①	②	③	④
5	①	②	③	④

問題 2

	①	②	③	④
例	①	●	③	④
1	①	②	③	④
2	①	②	③	④
3	①	②	③	④
4	①	②	③	④
5	①	②	③	④
6	①	②	③	④

問題 3

	①	②	③	④
例	①	●	③	④
1	①	②	③	④
2	①	②	③	④
3	①	②	③	④
4	①	②	③	④
5	①	②	③	④

問題 4

	①	②	③
例	①	●	③
1	①	②	③
2	①	②	③
3	①	②	③
4	①	②	③
5	①	②	③
6	①	②	③
7	①	②	③
8	①	②	③
9	①	②	③
10	①	②	③
11	①	②	③
12	①	②	③

問題 5

	①	②	③	④
1	①	②	③	④
2	①	②	③	④
3 (1)	①	②	③	④
(2)	①	②	③	④

N2

言語知識 (文字・語彙・文法) • 読解

(105分)

注　意
Notes

1．試験が始まるまで、この問題用紙を開けないでください。
   Do not open this question booklet until the test begins.

2．この問題用紙を持って帰ることはできません。
   Do not take this question booklet with you after the test.

3．受験番号と名前を下の欄に、受験票と同じように書いて
   ください。
   Write your examinee registration number and name clearly in each box below as written on your test voucher.

4．この問題用紙は、全部で33ページあります。
   This question booklet has 33 pages.

5．問題には解答番号の 1 、 2 、 3 …が付いています。
   解答は、解答用紙にある同じ番号のところにマークして
   ください。
   One of the row numbers 1 、 2 、 3 … is given for each question. Mark your answer in the same row of the answer Sheet.

受験番号　Examinee Registration Number	

名　前　Name	

問題1 _____の言葉の読み方として最もよいものを、1・2・3・4から一つ選びなさい。

1 寿命が長くて丈夫な傘を探しています。
  1 じゅめい　　　2 しゅめい　　　3 じゅみょう　　　4 しゅみょう

2 仕事帰りに迷子の子供を見つけた。
  1 まいご　　　2 まいし　　　3 めいご　　　4 めいし

3 この事件は証拠も犯人も見つからない。
  1 じょうこう　　　2 しょうこ　　　3 しょこ　　　4 じょこう

4 最近車を汚す猫にずっと悩まされている。
  1 もどす　　　2 おこす　　　3 よごす　　　4 かくす

5 求人サイトに載っていた会社の面接を受けた。
  1 しんじん　　　2 しんにん　　　3 きゅうにん　　　4 きゅうじん

問題2 _____の言葉を漢字で書くとき、最もよいものを1・2・3・4から一つ選びなさい。

---

6 我がチームは優秀な選手で<u>こうせい</u>されている。

1 講成 2 講盛 3 構盛 4 構成

---

7 誤解を<u>まねく</u>ことは言わない方がいいです。

1 招く 2 呼く 3 送く 4 迎く

---

8 彼のスピーチを聞いた人々は<u>かんげき</u>して涙を流した。

1 恩激 2 感極 3 感激 4 恩極

---

9 面接に行く時、<u>こい</u>化粧はよくないと思います。

1 深い 2 薄い 3 厚い 4 濃い

---

10 このケーキは冷蔵庫で<u>ほぞん</u>してください。

1 保存 2 補存 3 保在 4 補在

問題3 （　　　）に入れるのに最もよいものを、1・2・3・4から一つ選びなさい。

11　正月は、ホテルや旅館の宿泊（　　　）が高くなる。

　　1　額　　　　　　2　料　　　　　　3　値　　　　　　4　金

12　この図書館は、有名な建築（　　　）が設計した建物だ。

　　1　員　　　　　　2　家　　　　　　3　師　　　　　　4　者

13　ピアノが得意でおとなしい妹は、サッカーが得意で活発な姉とは（　　　）対照だ。

　　1　反　　　　　　2　正　　　　　　3　好　　　　　　4　逆

14　電車の時刻を調べたくて、かばんからスマートフォンを取り（　　　）。

　　1　向いた　　　　2　立てた　　　　3　止めた　　　　4　出した

15　コンサート会場内に食べ物を持ち（　　　）ことはできません。

　　1　込む　　　　　2　入れる　　　　3　出す　　　　　4　回る

問題4 （　　　　）に入れるのに最もよいものを、1・2・3・4から一つ選びなさい。

16　世界には様々な資源があるが、その中でも（　　　）資源の一つは水である。
　　1　厳重な　　　　　2　貴重な　　　　　3　多大な　　　　　4　重大な

17　この家は家族との思い出が（　　　）詰まっているので、とても離れがたい。
　　1　ぎっしり　　　　2　ばっちり　　　　3　はっきり　　　　4　ぴったり

18　夏休みが近いので、そろそろ旅行の（　　　）を立てなきゃいけないね。
　　1　デザイン　　　　2　モデル　　　　　3　スタイル　　　　4　プラン

19　今までほとんど使ったことがないので、パソコンの（　　　）はあまり得意ではありません。
　　1　操作　　　　　　2　運転　　　　　　3　運用　　　　　　4　動作

20　昨年からの事業拡大にともない、さらに社員を（　　　）ことにした。
　　1　働く　　　　　　2　勤める　　　　　3　雇う　　　　　　4　稼ぐ

21　将来の夢は（　　　）になることなので、今、学校に通っています。
　　1　翻訳　　　　　　2　直訳　　　　　　3　英訳　　　　　　4　通訳

22　運動会で（　　　）動く子供達を見て、楽しい気分になった。
　　1　順調に　　　　　2　容易に　　　　　3　気楽に　　　　　4　活発に

問題5 _____の言葉に意味が最も近いものを、1・2・3・4から一つ選びなさい。

23 この表現には、相手をうやまう気持ちが含まれる。

1 なつかしいと思う   2 よくないと思う

3 平等にあつかう   4 大切にあつかう

24 この道をまっすぐ行くと、ひっそりした公園がある。

1 有名な   2 古い   3 静かな   4 美しい

25 計画の実行はきわめて難しいだろう。

1 非常に   2 やはり   3 当然   4 実際に

26 近々、駅の近くに引っ越します。

1 しばらく   2 急に   3 最近   4 もうすぐ

27 彼の判断は妥当（だとう）だったと思う。

1 間違っていた   2 状況に合っていた

3 決めるのが早すぎた   4 しかたがなかった

問題6 次の言葉の使い方として最もよいものを、1・2・3・4から一つ選びなさい。

[28] 失望

1 あんなに失望していたのに、彼女はもう新しい恋人を見つけたようだ。

2 自分のミスを他の人のミスだと部長に報告するなんて、彼には失望した。

3 行きたい大学に合格できず、失望して何もしたくない。

4 いつも行っているレストランが休みで、ランチが食べられなくて失望した。

[29] さからう

1 鍵を落としてしまったようなので、道をさからって探してみよう。

2 今回の計画について、誰かさからって意見がありますか。

3 お客様からいただいたメールにはすぐにさからってください。

4 中学生の頃は、よく親にさからっていたものだ。

[30] 目下

1 彼は普段から後輩などの目下の人にも丁寧に接している。

2 私は彼より後に入社したので、彼の目下だ。

3 彼女は服装が若いせいか、よく目下に見られるそうだ。

4 私は兄より2歳目下です。

[31] 熱中

1 町の開発について、参加者全員で熱中して話し合った。

2 隣の夫婦は子供の教育にとても熱中する。

3 何かに熱中すると、時間が経つのも忘れてしまう。

4 大好きな歌手のコンサートのチケットが当たって、熱中した。

[32] 再三

1 鈴木さんとは小学校からの友達で、会社で働き始めた今でも再三会っている。

2 明日の会議の時間について先週連絡しておきましたが、再三連絡しておきます。

3 今週2度も遅刻してしまったので、再三遅刻するわけにはいかない。

4 出発前に再三説明したのに、弟はパスポートをかばんに入れ忘れたようだ。

問題7 次の文の（　　　）に入れるのに最もよいものを、1・2・3・4から一つ
選びなさい。

33 私がアルバイトをしているレストランでは、お客様の意見や感想（　　　）新しいメ
ニューを考えている。

1　に対して　　　　2　に基づいて　　　3　にとって　　　　4　につれて

34 給料が安いのに、借金（　　　）して高級ブランドの洋服を買うなんて、信じられない。

1　まで　　　　　　2　ぐらい　　　　　3　さえ　　　　　　4　だけ

35 明日からのスキー旅行は、妻が1か月前に列車の切符を予約してくれた（　　　）、通
常料金の半額で行くことができる。

1　ばかりに　　　　2　おかげで　　　　3　わりに　　　　　4　せいで

36 会社を辞めてパン屋を始めることは、家族とよく話し合った（　　　）、決めた。

1　限りでは　　　　2　からには　　　　3　もので　　　　　4　上で

37 いい選手が、（　　　）いいコーチになれるわけではないように、人を育てるのは難
しいものだ。

1　おそらく　　　　2　かならずしも　　3　いったい　　　　4　なかなか

38 本日は、雨の中、わざわざ（　　　）、ありがとうございます。

1　いらっしゃり　　2　お越しになり　　3　おいでくださり　4　お伺いいただき

39 水泳の授業で先生に「準備運動を（　　　　）、プールで泳いではいけませんよ」と注意された。

1　するからには　　　　　　　　　2　するとすれば

3　してはじめて　　　　　　　　　4　してからでなければ

40 40歳を過ぎたころから、（　　　　）、小さい文字が見えにくくなってきた。

1　年を取るにわたって　　　　　　2　年を取るによって

3　年を取るにしたがって　　　　　4　年を取るにあたって

41 仕事のやり方は野元さんが知っています。（　　　　）から、やったほうがいいですよ。

1　教えさせて　　　2　教えてくれて　　　3　教えてもらって　　4　教えさせられて

42 昼ご飯を食べようとオフィスを出たところ、雷の音が（　　　　）。

1　聞こうともしなかった　　　　　2　聞こえそうだった

3　聞こうとしてきた　　　　　　　4　聞こえはじめてきた

43 インフルエンザになってしまったので、明日は大事な会議があるが、会社を（　　　　）。

1　休むにすぎない　　　　　　　　2　休むよりほかない

3　休むおそれがある　　　　　　　4　休むものではない

44 午後から降り出した雪で、電車もバスも止まってしまったので、学校から家まで歩いて（　　　　）。

1　帰るしかなかった　　　　　　　2　帰るわけだ

3　帰るべきではなかった　　　　　4　帰ることもあった

問題8 次の文の ___★___ に入る最もよいものを、1・2・3・4から一つ選びなさい。

（問題例）

あそこで ＿＿＿＿ ＿＿＿＿ ＿★＿ ＿＿＿＿ は山田さんです。

　　1　テレビ　　　　2　人　　　　　3　見ている　　　　4　を

（解答のしかた）

1. 正しい文はこうです。

あそこで ＿＿＿＿ ＿＿＿＿ ＿★＿ ＿＿＿＿ は山田さんです。
1　テレビ　4　を　3　見ている　2　人

2. ___★___ に入る番号を解答用紙にマークします。

（解答用紙）　| （例） | ① | ② | ● | ④ |

45　この仕事は大変だけれど、誰が何を ＿＿＿＿ ＿＿＿＿ ＿★＿ ＿＿＿＿ 進むと思う。

　　1　決めておけば　　2　するか担当　　　3　さえ　　　　4　ちゃくちゃくと

46　学校のテストの点が悪かった ＿＿＿＿ ＿＿＿＿ ＿＿＿＿ ＿★＿ でしょう。

　　1　がっかりする　　2　くらいで　　　　3　ことはない　　4　そんなに

47　今回のプロジェクトではエンジン部品の組み立てなど、通常では、＿＿＿＿ ＿＿＿＿ ＿★＿ ＿＿＿＿ させてもらった。

　　1　し得ない　　　2　体験を　　　　　3　経験　　　　4　貴重な

48 山下さんの気持ちはわかるが、プレゼンが ＿＿＿＿ ＿＿＿＿ ★ ＿＿＿＿ ほかの仕事に影響が出かねない。

1	いつまでも	2	うまくいかなかった
3	落ち込んでいては	4	からといって

49 円高になるのは日本国内の輸入業者にとってはうれしいことだが、輸出業者 ＿＿＿＿ ＿＿＿＿ ★ ＿＿＿＿ といえるだろう。

1	売り上げの減少	2	にしてみれば
3	大問題だ	4	につながる

問題9 次の文章を読んで、文章全体の内容を考えて、 50 から 54 の中に入る最もよいものを、1・2・3・4から一つ選びなさい。

食のスタイル

　皆さん、「こしょく」という言葉を聞いたことがあるでしょうか。使われる漢字によって意味の違いがあるのですが、その中でも代表的な「孤食」と「個食」の二つをご紹介したいと思います。

　「孤食」は漢字の「孤」の意味が「ひとりぼっち、一人だけでいること」であることからわかるように、一人でご飯を食べることです。最近は両親が仕事をする家庭も多くなり、それ 50 、一人で晩ご飯を食べる子供も多くなっています。もう一つは「個食」です。「個人、個別」などの言葉からもわかるように、家族が一緒にテーブルを囲んでいても、同じものを 51 それぞれ好きなものを食べることです。

　この二つの「こしょく」は子供にとってどんな問題があるのでしょうか。「孤食」はご飯が用意されていても、その中の好きな物だけを食べて、きらいなものを残しがちになり、栄養のバランスが悪くなることが心配されています。 52 、食事の際の家族のコミュニケーションが不足することによって、子供の食べ物の好みだけでなく、普段の生活で起きる変化についても、家族が気がつくことが難しくなると言われています。「個食」も自分で好きなメニューが選べるので、「孤食」と同じように 53 が心配されています。また、せっかくの家族で過ごす時間でも、同じものを食べて「おいしいね」、「この魚は何かな」などと食べ物について話を共有できないさびしさもあるように思います。

　そのほかにも、「固食」や「粉食」、「小食」などもあるようです。漢字の意味から、どんな食のスタイルかを想像してみるのもおもしろい 54 。

1　にそって　　　　2　にともなって　　　3　にたいして　　　4　にかけて

1　食べながら　　　2　食べつつ　　　　3　食べてから　　　4　食べずに

1　したがって　　　2　しかし　　　　　3　さらに　　　　　4　こうして

1　コミュニケーション不足　　　　2　栄養のバランス
3　食べ物の好み　　　　　　　　　4　生活の変化

1　のではないでしょうか　　　　　2　というわけです
3　にこしたことはありません　　　4　ものと思われます

問題10 次の(1)から(5)の文章を読んで、後の問いに対する答えとして最もよいものを、1・2・3・4から一つ選びなさい。

（1）

　美術館が次々とリニューアルオープンしている。地震が起こったときへの対策や高齢者などが使いやすいようにする対策も考えられ、様々な人が行きやすくなった。特に、美術館内に子供向けの図書室が新たに作られた美術館もあり、子供も楽しめる場所になったのはすばらしいことだ。日本の美術館といえば、大人が鑑賞する所というイメージが強いが、欧米では美術館で授業が行われるなど、子供たちも楽しめる所である。美術館はただ作品を飾るスペースではなく、子供たちの心を豊かに育てる場所であってほしい。

（注）リニューアル：建物などを新しくすること

|55| 筆者の考えに合うのはどれか。

1　美術館は、地震や高齢者などへの対策をもっと進めてほしい。

2　全ての美術館に、子供向けの図書室を作ってほしい。

3　美術館は、大人だけでなく子供にも楽しめる場であってほしい。

4　日本の美術館も欧米の美術館のように、新しくしてほしい。

（2）

　インターネットの普及により、町から書店が消えてしまった。書店に行かなくても、本や雑誌が読めるようになったからだ。簡単にメールで連絡もできるので、手書きの手紙も減ってしまった。では、書店や手紙は本当にいらないのだろうか。

　ある書店は、好きな本を並べ、カフェを備えて、店と客の間にあたたかい関係を作っている。また、私は友人から手書きの手紙をもらうととてもうれしい。このような心のつながりはインターネットでは味わえないだろう。私ももう一度手紙を書いてみよう。

56　この文章で筆者が最も言いたいことは何か。
　1　書店や手紙が減るのは、しかたのないことだ。
　2　インターネットが便利だから、書店や手紙は必要ない。
　3　書店や手紙には、インターネットにはない良さがある。
　4　心のつながりを大事にするために、手紙を書きたい。

（3）

以下は、ある商品の説明の一部である。

△ ご注意 △

　お風呂のフィルターについた湯あか、ゴミ、糸くずなどはこまめに歯ブラシなどで洗い落としてください。これらのゴミがあると、詰まりが原因でお風呂の温度が設定したとおりにならないことがあるので、掃除は適切に行ってください。なお、フィルターのふたは左に回すとはずれるので、再度閉める際は、ふたの印を合わせてはめ込み、右に回して固定してください。その他、故障時などは下記コールセンターまでご連絡ください。

お風呂マスター　コールセンター

営業時間　10:00-18:00（平日）、

10:00-17:00（土日祝）

（注）フィルター：ごみを取るための部品、英語でfilter

57　この文章で一番伝えたいことは何か。

1　お風呂の温度を設定とおりにするため、きちんと掃除すること

2　お風呂の掃除のときには必ず歯ブラシを使用すること

3　フィルターのフタをはずすときは右に回して、閉めるときは左に回すこと

4　フィルターにゴミがつまったらすぐに連絡すること

（4）

　ドラッグストアにはとても多くの商品が並んでいておもしろい。洗濯洗剤ひとつをとっても、液体または粉のもの、柔軟剤入りのものなど、違う種類のものがたくさんある。また、室内で干してもくさくならない、香りが長く続く、汚れをしっかり落とせるなど、強みもいろいろある。その分、商品選びには時間がかかるかもしれないが、これだけの数がそろっていれば、自分の好みのものを見つけられるだろう。

58　ドラッグストアについて、筆者の考えに合うのはどれか。

　1　とても多くの商品があるが、商品を選ぶのに時間がかかりすぎる。

　2　とても多くの商品があるが、自分の好きなものを見つけるのは難しい。

　3　いろいろな商品があるので、自分の好きなものを見つけられそうだ。

　4　いろいろな商品がありすぎるため、商品数を減らすべきだ。

（5）

以下は、ある会社の社内文書である。

20XX年2月28日

社員各位

総務部長

館内一斉清掃に関するお願い

この度、３月第四週目の週末にビル全体の清掃と防虫作業を行うことになりました。作業に伴い、事前にデスク周りや廊下等に置かれている荷物の整理をお願いいたします。

失くしたり壊れたりしては困るものは外に置かず、各自でしっかりと管理するようにしてください。また、重要な書類等は鍵のついたロッカーにしまうよう徹底をお願いいたします。

59 この文書の内容について、正しいものはどれか。

1　３月の末に掃除と防虫作業を行いながら、デスク周りや廊下にある荷物を整理しなければならない。

2　３月の末に掃除と防虫作業を行うので、デスク周りや廊下にある荷物は捨てておく必要がある。

3　３月の末に掃除と防虫作業を行うが、大切な書類などは、自分の机に鍵をかけて入れておく必要がある。

4　３月の末に掃除と防虫作業を行うが、大切な書類などは、鍵がかかるロッカーに入れておかなければならない。

問題11 次の(1)から(3)の文章を読んで、後の問いに対する答えとして最もよい
ものを、1・2・3・4から一つ選びなさい。

（1）

スウェーデンでは、捨てられたゴミのうち、埋め立て処理されるのはたった1％。残りの半分_(注1)
はリサイクル、もう半分はゴミ処理場にて燃やす際に、電力に変えて再利用している。現在で
は、この電力で25万世帯分もの電力が作られている。さらには、国内から出るゴミの量だけで
は足りなくなり、外国からゴミを輸入しているというのだ。

スウェーデンだけでなく、<u>リサイクルを続けるための工夫や、ゴミを増やさないための努力</u>
をしている国は他にもある。

例えば、ドイツでは、スーパーに置いてあるリサイクル用の回収ボックスにペットボトルや瓶
を入れると、30円ほどのお金が返ってくる。この「キャッシュバック制度」によってリサイクル_(注2)
が徹底された。
てってい

また、アイルランドでは、住宅にもともと家具や家電が備え付けられているため、引っ越しの_(注3)
際に大きなゴミが出なくて済む。よって、「仕方なく捨てる」という状況を自然と減らすことが
できている。

これらを聞くと、日本はまだまだ、リサイクルに対する意識が低いと言える。中古品の売買
サービスや、中古品販売店は存在するものの、必要のない物はゴミとして捨てられていること
の方が多い。国や企業をあげて、日本に合ったリサイクル方法の考案や、環境教育などに力
こうあん
を入れるべきだ。

（注1）埋め立て：ゴミなどを川や海などに積み上げて埋めること

（注2）キャッシュバック：お金を払い戻すこと

（注3）備え付ける：もともと設備としてそこに用意する

60 スウェーデンがゴミを輸入しているのは、なぜか。

1 外国で捨てられたゴミを使い、リサイクルや電力へ転換することが得意なため

2 よりたくさんのゴミを手に入れることで、国外でも使える電力を増やしたいため

3 国内のゴミだけでは、25万世帯分の電力が作れなくなったため

4 よりたくさんのゴミを手に入れることで、よりリサイクルが得意になるため

61 リサイクルを続けるための工夫や、ゴミを増やさないための努力について、正しいものはどれか。

1 ドイツでは、リサイクルした人への「キャッシュバック制度」を導入している。

2 ドイツでは、スーパーの回収ボックスで、リサイクルが体験できる。

3 アイルランドでは、家具のような大きいゴミを捨てることを禁止している。

4 アイルランドでは、中古品販売店の数をだんだん減らしている。

62 筆者によると、日本でリサイクルに対する意識が低い理由は何か。

1 日本の住宅には家具や電化製品が備え付けられていないから

2 日本では、必要のない物はゴミとして捨てられていることが多いから

3 日本には、中古品の売買サービスの利用者が減ってきているから

4 日本では、学校での環境教育を行っていないから

（2）

　日本の国土の面積は全世界のたった0.28％しかありません。しかし、全世界で起こったマ
グニチュード6以上の地震の20.5％が日本で起こり、全世界の活火山の7.0％が日本にありま
す。さらに日本は、地震だけでなく、台風、大雨、大雪、洪水、土砂による災害、津波、火山
噴火などの自然災害が一年中起こりやすい国土です。日本に住む以上は、常に何らかの災害
が起こることを意識しておく必要があります。

　そして大変なことに、洪水なら川から離れた場所へ、地震なら周りに高い建物のない場所
へ、台風なら丈夫な建物の中へ、といった具合に、災害の種類や自分のいる場所に応じて避
難する先を変えないといけません。また、地震によって津波が起こることもあれば、土砂災害
が起こることもあります。災害が起こると、まず、自分がどんな場所にいるのかを考えて行動す
る必要があります。

　しかし、日本人は常に災害を恐れながら、毎日を過ごしているわけではありません。例え
ば、一般の住宅を建てる際には、その地域の地形に応じて、地震や水害に耐えられるように設
計されます。公共の施設は災害などがあれば、避難場所として使えるようになっています。常
に災害について考え、できるだけの対策をしているのです。

（注1）国土：国の土地

（注2）水害：洪水による被害

（注3）耐える：ここでは、壊れない

（注4）施設：ある目的のために作った建物など

63 日本で、災害を意識しておかなければいけない理由は何か。

1　日本は一年中、自然災害が発生しやすい国だから

2　日本は一年中、絶えず地震が発生している国だから

3　全世界の地震の約2割が日本で起こっているから

4　全世界の活火山の7％が日本にあるから

64 大変なことにとあるが、何が大変なのか。

1　いつも災害が起こると意識しなければならないこと

2　洪水や地震など、いろいろな災害が起こること

3　災害の種類によって、避難場所を変えなければならないこと

4　避難する場所がどこにあるか考えて行動しなければならないこと

65 日本の災害について、筆者の考えに合うのはどれか。

1　日本では、何らかの自然災害の被害を受けることは多いが、常に災害について考え、対策をしている。

2　日本では、一年中何らかの自然災害が発生するため、災害ごとに避難の場所を作らなければならない。

3　自然災害が発生しても、自分がどういう場所にいるのかを考えることができれば、安心して暮らせる。

4　ある程度の地震や水害に強い家が建てられているので、いつ自然災害が起きても大丈夫だ。

(3)

　「場数を踏む」という言葉がある。あることについて、経験を積んで慣れるという意味だ。私が初めて経験を積むことの意義を知ったのは、20歳の時である。成人した私を、父が食事に誘ってくれたのだ。そこは家族でいつも行っていたような場所ではなく、決まったメニューがない和食のお店だった。何が出てくるのかワクワクし、出てきた料理は初めての味で、名前や食べ方のマナーなどを父からひとつひとつ教わった。本やテレビなどで知ってはいたが、実際に体験すると想像と違うことも多く、父に連れて行ってもらわなければ知らない世界だった。

　その後も父から、就職後は上司や先輩達から、同じような「大人の店」で食事のしかたやマナー、お店のスタッフとのやり取りなど、多くのことを教わった。今では初めての場所でも、ほとんどトラブルなく振舞うことができる。全てそのころの経験のおかげだ。

　しかしあのころ、何も考えずに料理だけを楽しんでいたら、何も身に付かなかっただろう。「あの時スタッフにはこう言っていたな」とか「支払い時はあのようにするとスマートだな」など、後から思い返すことで、次の機会につながる。仕事や人との付き合い方なども同じで、上手になりたかったら、何度も経験することだ。場数を踏むことは、できることを増やすチャンスなのである。

66 筆者が経験を積むことの大切さを知ったきっかけは何か。

1　家族で和食の店に行ったこと

2　父が食事に連れて行ってくれたこと

3　父に食事のマナーを注意されたこと

4　メニューがない店で緊張したこと

67 筆者は、いろいろな人と食事をしたことで何ができるようになったのか。

1　行ったことのないレストランでの食事

2　初めての場所で困ったときの対処^{たいしょ}

3　大人が行くような食事の場所での振舞^{ふるま}い

4　料理を楽しみながらのスタッフとの会話

68 仕事や人との付き合い方なども同じでとあるが、何が同じなのか。

1　後から思い返すことで、次の機会を探すこと

2　楽しむだけでなく、話し方なども学ぶこと

3　経験することで、次の機会により上手になること

4　できることを増やしながら、仕事を楽しむこと

問題12 次のAとBの文章を読んで、後の問いに対する答えとして最もよいものを、1・2・3・4から一つ選びなさい。

A

　歯を磨くことについての研究はここ数年で進んだ。それにともなって人々の意識も変化してきている。かつて日本人の多くが歯を磨くのは、朝と夜の合計二回程度であった。しかし、最近ではテレビ番組の特集（とくしゅう）やコマーシャルでも歯磨きについて学ぶ機会が増え、その大切さがわかるようになった。そして、昼にも歯を磨く人が増え、食後には歯を磨くという習慣になってきたといえる。とはいえ、食後の歯磨きには注意も必要だ。なぜなら、食後すぐに歯を磨くと、歯が溶けてしまうこともあるというのだ。そのため、食後すぐに歯磨きをするのではなく、30分ほど経ってからの歯磨きをすすめる歯科医（しかい）もいる。虫歯だけでなく、良い歯でいるためには、歯磨きの仕方に気をつけるべきである。

B

　日本人へのアンケートによると、歯医者に行くタイミングは歯のトラブルを自覚（じかく）した時だという。しかし、スウェーデンでは歯医者へいくのは習慣となっている。歯のトラブルを起こさないために事前に歯医者へ行くのだ。また、歯に付着（ふちゃく）した汚れは時間とともに取れにくくなるため、虫歯予防のために食後はできるだけ早くきちんと歯を磨くことが大切になる。最近では日本人の歯磨き習慣にも変化が見えていて、歯ブラシだけでなく、フロスや歯間（しかん）ブラシ、液体歯磨きなどを使用する人や、定期的に歯医者へ行く人も増えた。やはり、こうした歯への意識を高めることで、良い歯でいることができるのだろう。

69 日本人の歯磨きについて、AとBはどのように述べているか。

1 AもBも、日本人の歯磨きの習慣はよくなってきていると述べている。

2 AもBも、日本人の歯磨きは昔から変わらないと述べている。

3 Aは昼食後の歯磨きをする習慣がないと述べ、Bは歯に対する意識が高いと述べている。

4 Aは昼食後に歯磨きをする人が増えたと述べ、Bは歯磨きをしても汚れが取れにくいと述べている。

70 よい歯でいるために大切なことについて、AとBはどのように述べているか。

1 AもBも、定期的に歯医者へ行くことだと述べている。

2 AもBも、歯への意識を変えることだと述べている。

3 Aは歯磨きの仕方だと述べ、Bは歯への意識を高めることだと述べている。

4 Aは食後すぐに歯を磨くことだと述べ、Bは歯への意識を高めることだと述べている。

問題13 次の文章を読んで、後の問いに対する答えとして最もよいものを、1・2・3・4から一つ選びなさい。

　はな子という名前のゾウが、東京に住んでいた。タイで生まれて、日本に来たのは1949年。戦争で傷ついた日本の子ども達を笑顔にしようというタイの実業家(じつぎょうか)の呼びかけがきっかけで、日本に贈られたそうだ。その後、69歳になるまで生きたはな子は、東京にいる間のほとんどを小さい動物園で人に囲まれて生活していた。

　そんなはな子のことがインターネットで世界中に広まったのは、2015年のことだ。ゾウはもともと1頭で暮らす動物ではない。狭い場所に入れられて、何十年も1頭でいるのはあまりにかわいそうではないか。そんな声が世界中から集まり、はな子の環境を変えてほしいという多くの(注1)意見が動物園に届いたと聞いている。しかし最後まで、環境は変えられることはなかった。

　最近、動物園の世界では「行動展示」というのがはやっているらしい。動物達をただ見せるのではなく、できるだけ自然に近い環境を作り、動物の持つ能力やその行動を見せる方法だそうだ。日本では、北海道にある動物園をはじめ、多くの動物園が行動展示をするようになってきた。それぞれの動物が走ったり、泳いだり、飛んだりする。そのような動く瞬間のすごさや美しさを見てもらおうというのだ。多くの人々に動物達に興味を持ってもらい、来園してもらうと、動物園の収入も増えるだろう。収入が増えれば、動物達にもっといい環境を作ることも可能になるかもしれない。そして何より、動物園の目的である「動物の調査研究」や「動物の多様性(たようせい)を守ること」に時間とお金を使うことができるようになる。(注2)

　動物園というところは不思議なところだ。多くの動物が檻(おり)の中にいて、人々がそれを見る。(注3)もちろん動物は、私達を楽しませるために存在しているわけではないが、動物園が人々への教育とレジャーの場所であることも確かだ。そこにいる動物達のために、せめてのびのびと走れる、泳げる、飛べる場所を作ってあげたい。

　はな子はおそらく日本に来てから走ったことなどなかったのではないだろうか。動物園には、多くの動物達がはな子とは違う生活ができるような場所作りが今、求められている。

（注1）あまりに：とても

（注2）多様性(たようせい)：いろいろな種類がいること

（注3）檻：動物を入れて、出ないようにしておくための囲いや部屋

---

71 筆者によると、2015年にゾウのはな子が世界中で有名になったのはなぜか。

1　はな子がとても長く生きているゾウだから

2　はな子がよくない環境で生活しているから

3　はな子の写真がインターネットに出たから

4　はな子の環境が最後まで変わらなかったから

---

72 筆者によると、動物園が「行動展示」をする目的は何か。

1　動物園の収入を増やして、多くの動物を動物園で育てるため

2　多くの人に動物に興味を持ってもらい、動物園に来てもらうため

3　動物達の環境を変えて、お客さんにすごいと思ってもらうため

4　自然に近い環境で、動物の能力や行動している様子を見せるため

---

73 筆者は、これからの動物園にどのようになってほしいと考えているか。

1　動物達のため、自然に近い環境を作ってほしい。

2　人々の教育のためにもっと力を入れてほしい。

3　動物達が走れるような場所を作ってほしい。

4　調査研究などにより多くのお金を使ってほしい。

問題14 右のページはある旅行会社の日本の地域別のホテル案内と、外国人旅行客用の新幹線の料金表である。下の問いに対する答えとして最もよいものを、1・2・3・4から一つ選びなさい。

74 リュウさんは来月、妻と子供2人を連れて日本旅行をすることになった。滞在期間は5日。北海道に3泊、大阪に2泊する予定だ。北海道では、夜、ホテルで日本食を食べたいが、大阪では外食するつもりだ。どのホテルを予約するといいか。

1　北海道では③、大阪では⑤を予約する。

2　北海道では④、大阪では⑥を予約する。

3　北海道では③、大阪では⑥を予約する。

4　北海道では④、大阪では⑤を予約する。

75 テイさんは来月、仕事で日本各地の企業を訪問することになった。大阪に7泊、東京に6泊する予定だ。出張中は新幹線で各地を訪問する。東京では洗濯室があるホテルを探している。また、ホテルや新幹線での移動中は仕事をしたいと考えている。どのホテルと新幹線チケットを予約するといいか。

1　ホテルは大阪では⑤、東京では②、新幹線チケットはⅢを予約する。

2　ホテルは大阪では⑤、東京では①、新幹線チケットはⅡを予約する。

3　ホテルは大阪では⑥、東京では②、新幹線チケットはⅥを予約する。

4　ホテルは大阪では⑥、東京では①、新幹線チケットはⅤを予約する。

◆ 地域別　ホテル案内 ◆

東京		
	ホテル①	ホテル②
宿泊タイプ	*シングル	シングル／*ファミリー両方
こんな方に	ビジネス	ビジネス・観光客
宿泊費	1泊お一人様 4,000円	1泊お一人様 6,000円
食事	朝食のみ（洋食）	朝食のみ（日本食・洋食）
オプション	FREE Wi-Fi	FREE Wi-Fi／洗濯室
北海道		
	ホテル③	ホテル④
宿泊タイプ	シングル／ファミリー両方	ファミリー
こんな方に	ビジネス・旅行	観光客
宿泊費	1泊お一人様 8,000円	1泊お一人様 12,000円
食事	朝食のみ（洋食）	朝食、夕食付き（ともに日本食）
オプション	FREE Wi-Fi／洗濯室	FREE Wi-Fi／温泉付き
大阪		
	ホテル⑤	ホテル⑥
宿泊タイプ	シングル／ファミリー両方	ファミリー
こんな方に	ビジネス・観光客	観光客
宿泊費	1泊お一人様 4,000円	1泊お一人様 10,000円
食事	食事なし	朝食、夕食付き（ともに日本食）
オプション	FREE Wi-Fi／洗濯室	FREE Wi-Fi／温泉付き

*シングル：単身での宿泊　　　*ファミリー：家族での宿泊

外国人旅行者用　新幹線料金表

種類	グリーン車用		普通車用	
こんな方に	座席が広い方がいい方 仕事をする方 静かに過ごしたい方		なるべく安く乗りたい方 家族で会話を楽しみたい方	
7日間	Ⅰ	38,880	Ⅱ	29,110
14日間	Ⅲ	62,950	Ⅳ	46,390
21日間	Ⅴ	81,870	Ⅵ	59,350

N2

聴解

（50分）

注　意
Notes

1．試験が始まるまで、この問題用紙を開けないでください。
　　Do not open this question booklet until the test begins.

2．この問題用紙を持って帰ることはできません。
　　Do not take this question booklet with you after the test.

3．受験番号と名前を下の欄_{らん}に、受験票と同じように書いて
　　ください。
　　Write your examinee registration number and name clearly in each box below as written
　　on your test voucher.

4．この問題用紙は、全部で13ページあります。
　　This question booklet has 13 pages.

5．この問題用紙にメモをとってもかまいません。
　　You may make notes in this question booklet.

受験番号　Examinee Registration Number	

名　前　Name	

問題1

問題1では、まず質問を聞いてください。それから話を聞いて、問題用紙の1から4の中から、最もよいものを一つ選んでください。

例

1 　しゅうかつサイトでテストを受ける

2 　どういう仕事がしたいか決める

3 　希望の仕事をサイトに登録する

4 　やりたい仕事の企業について調べる

1番

1　パンフレットを社員全員に配る

2　パンフレットが届いたことを知らせる

3　パンフレットを取りに来るよう知らせる

4　課長にパンフレットを持って行く

2番

1　図書館に本が戻るのを待つ

2　大学の中の本屋で買う

3　金曜までにもう一度探す

4　他の大学から借りる

3番

1 係の人に使えるかどうか聞く

2 自転車置き場の利用料を払う

3 保険証を取りに家に帰る

4 申込書を事務所に出す

4番

1 カルチャーセンターで授業を見学する

2 インターネットでコースを申し込む

3 電話で着物の貸し出しを申し込む

4 着物の店を紹介してもらう

問題4

問題4では、問題用紙に何もいんさつされていません。まず文を聞いてください。それから、それに対する返事を聞いて、1から3の中から、最もよいものを一つ選んでください。

- メモ -

<ruby>問<rt>もん</rt></ruby><ruby>題<rt>だい</rt></ruby>5

<ruby>問<rt>もん</rt></ruby><ruby>題<rt>だい</rt></ruby>5では、<ruby>長<rt>なが</rt></ruby>めの<ruby>話<rt>はなし</rt></ruby>を<ruby>聞<rt>き</rt></ruby>きます。この<ruby>問<rt>もん</rt></ruby><ruby>題<rt>だい</rt></ruby>には<ruby>練<rt>れん</rt></ruby><ruby>習<rt>しゅう</rt></ruby>はありません。

<ruby>問<rt>もん</rt></ruby><ruby>題<rt>だい</rt></ruby><ruby>用<rt>よう</rt></ruby><ruby>紙<rt>し</rt></ruby>にメモをとってもかまいません。

1<ruby>番<rt>ばん</rt></ruby>、2<ruby>番<rt>ばん</rt></ruby>

<ruby>問<rt>もん</rt></ruby><ruby>題<rt>だい</rt></ruby><ruby>用<rt>よう</rt></ruby><ruby>紙<rt>し</rt></ruby>に<ruby>何<rt>なに</rt></ruby>もいんさつされていません。まず<ruby>話<rt>はなし</rt></ruby>を<ruby>聞<rt>き</rt></ruby>いてください。それから、<ruby>質<rt>しつ</rt></ruby><ruby>問<rt>もん</rt></ruby>とせんたくしを<ruby>聞<rt>き</rt></ruby>いて、1から4の<ruby>中<rt>なか</rt></ruby>から、<ruby>最<rt>もっと</rt></ruby>もよいものを<ruby>一<rt>ひと</rt></ruby>つ<ruby>選<rt>えら</rt></ruby>んでください。

- メモ -

3番

まず話を聞いてください。それから、二つの質問を聞いて、それぞれの問題用紙の1から4の中から、最もよいものを一つ選んでください。

質問1

1　アニメーション

2　サスペンス

3　ドキュメンタリー

4　ラブストーリー

質問2

1　アニメーション

2　サスペンス

3　ドキュメンタリー

4　ラブストーリー

答案與解析

言語知識（文字・語彙）

問題 1	**1** 1	**2** 2	**3** 3	**4** 4	**5** 3		
問題 2	**6** 3	**7** 2	**8** 4	**9** 1	**10** 4		
問題 3	**11** 1	**12** 3	**13** 4	**14** 3	**15** 3		
問題 4	**16** 4	**17** 1	**18** 3	**19** 3	**20** 1	**21** 2	**22** 4
問題 5	**23** 3	**24** 4	**25** 2	**26** 1	**27** 4		
問題 6	**28** 2	**29** 3	**30** 4	**31** 1	**32** 2		

言語知識（文法）

問題 7	**33** 1	**34** 4	**35** 2	**36** 1	**37** 2	**38** 2
	39 4	**40** 2	**41** 3	**42** 2	**43** 1	**44** 3
問題 8	**45** 1	**46** 3	**47** 1	**48** 1	**49** 1	
問題 9	**50** 4	**51** 1	**52** 3	**53** 1	**54** 3	

讀解

問題 10	**55** 2	**56** 4	**57** 3	**58** 2	**59** 3	
問題 11	**60** 2	**61** 3	**62** 4	**63** 1	**64** 2	**65** 4
	66 2	**67** 1	**68** 4			
問題 12	**69** 1	**70** 3				
問題 13	**71** 2	**72** 4	**73** 3			
問題 14	**74** 2	**75** 4				

聽解

問題 1	**1** 3	**2** 1	**3** 3	**4** 4	**5** 4		
問題 2	**1** 4	**2** 4	**3** 3	**4** 2	**5** 3	**6** 4	
問題 3	**1** 2	**2** 2	**3** 4	**4** 2	**5** 3		
問題 4	**1** 2	**2** 3	**3** 1	**4** 2	**5** 1	**6** 3	
	7 3	**8** 2	**9** 1	**10** 2	**11** 1	**12** 2	
問題 5	**1** 3	**2** 4	**3** 第1小題 1	第2小題 2			

1

耳機的音質出色，令人感動。

解析 「感激」的讀音為 1 かんげき。請注意正確讀音為かん，而非濁音。

單字 **感激 かんげき** 图感動｜**イヤホン** 图耳機｜**音質 おんしつ** 图音質
素晴らしい すばらしい い形出色的

2

家裡空間小，所以買了小型的冰箱。

解析 「小型」的讀音為 2 こがた。請注意「小型」為訓讀名詞，「小（こ）」和「型（がた）」皆屬訓讀。

單字 **小型 こがた** 图小型｜**冷蔵庫 れいぞうこ** 图冰箱

3

這次的選舉在執政黨大獲全勝下落幕。

解析 「圧勝」的讀音為 3 あっしょう。請注意あっ為促音、しょう為長音。

單字 **圧勝 あっしょう** 图大獲全勝｜**今回 こんかい** 图這次
選挙 せんきょ 图選舉｜**与党 よとう** 图執政黨

4

閱讀小說，並在心中描繪其情景。

解析 「描く」的讀音為 4 えがく。

單字 **描く えがく** 動描繪｜**小説 しょうせつ** 图小說
情景 じょうけい 图情景｜**心 こころ** 图心

5

我喜歡收集飛機的模型。

解析 「模型」的讀音為 3 もけい。請注意「模」有兩種讀法，可以唸作も或ぼ，寫作「模型」時，要唸作も。

單字 **模型 もけい** 图模型｜**集める あつめる** 動收集

6

那個團體分成了兩個組織。

解析 「そしき」對應的漢字為 3 組織。先分辨「助（じょ）」和「組（そ）」，刪去選項 1 和選項 4，再分辨「識（しき）」和「織（しき）」，刪去選項 2。

單字 **組織 そしき** 图組織｜**団体 だんたい** 图團體
分かれる わかれる 動分開

7

10 年來穿的鞋破了，所以買了新的。

解析 「やぶれて」對應的漢字為 2 破れて。

單字 **破れる やぶれる** 動破損｜**壊れる こわれる** 動壞掉
乱れる みだれる 動混亂｜**荒れる あれる** 動荒廢

8

我們的店是按照定價販售。

解析 「ていか」對應的漢字為 4 定価。先分辨「正（せい）」和「定（てい）」，刪去選項 1 和選項 2，再分辨「貨（か）」和「価（か）」，刪去選項 3。

單字 **定価 ていか** 图定價｜**うち** 图我們

9

梅雨一直下，家裡很潮濕。

解析 「しめっぽい」對應的漢字為 1 湿っぽい，其餘選項皆為不存在的單字。

單字 **湿っぽい しめっぽい** い形潮濕的｜**汗 あせ** 图汗
汚れる よごれる 動髒掉｜**泡 あわ** 图泡沫｜**梅雨 つゆ** 图梅雨
続く つづく 動持續｜**家の中 いえのなか** 图家裡

10

保險公司每天打電話來勸誘加入保險。

解析 「かんゆう」對應的漢字為 4 勧誘。先分辨「勧（かん）」和「観（かん）」，刪去選項 2 和選項 3，再分辨「秀（しゅう）」和「誘（ゆう）」，刪去選項 1。

單字 **勧誘 かんゆう** 图勸誘｜**保険会社 ほけんがいしゃ** 图保險公司
加入 かにゅう 图加入

11

儘管手（　　）靈巧還是不斷練習，最後終於成為外科醫師。

解析 本題要選出適當的字詞，搭配括號後方的單字「器用だ（靈巧）」，因此答案為接頭詞 1 不，組合成「不器用だ（不靈巧）」。

單字 **不器用だ ぶきようだ** な形不靈巧的
手先 てさき 图手指｜**重ねる かさねる** 動累積
ついに 副終於｜**外科医 げかい** 图外科醫師

12

弄丟了員工（　　），而且很晚才報告，所以被上司嚴厲斥責。

解析 本題要選出適當的字詞，搭配括號前方的單字「社員（員工）」，因此答案為接尾詞 3 証，組合成「社員証（員工識別證）」。

單字 **社員証 しゃいんしょう** 图員工證｜**なくす** 動弄丟

報告 ほうこく 名報告｜**遅れる おくれる** 動推遲

上司 じょうし 名上司｜**ひどい** い形嚴屬的

しかる 動斥責

13

那個演員的（　　）演技打動了許多觀眾的心。

解析 本題要選出適當的字詞，搭配括號後方的單字「演技（演技）」，因此答案為接頭詞4名，組合成「名演技（精湛演技）」。

單字 名演技 めいえんぎ 名出色演技｜**俳優 はいゆう** 名演員

観客 かんきゃく 名觀眾

心を動かす こころをうごかす 動人心弦

找不到鑰匙，所以在房間（　　）。

解析 本題要選出適當的字詞，搭配括號前方的單字「探す（尋找）」，因此答案為3回って，組合成複合詞「探し回る（到處尋找）」。

單字 探し回る さがしまわる 動到處找

見つかる みつかる 動發現｜**部屋中 へやじゅう** 名房裡

希望你別把大人當作小孩（　　）。

解析 本題要選出適當的字詞，搭配括號前方的單字「子ども（小孩）」，因此答案為接尾詞3あつかい，組合成「子どもあつかい（當小孩對待）」。

單字 子どもあつかい こどもあつかい 名當成小孩對待

やめる 動停止；作罷

下週六要和（　　）的前輩去賞花，真令人期待。

1　就職　　　　　　　　2　交易

3　勞動　　　　　　　**4　職場**

解析 四個選項皆為名詞。括號加上其後方內容表示「職場の先輩（職場的前輩）」最符合文意，因此答案為4職場。其他選項的用法為：1就職のサポート（就業支援）；2取り引きの持続（持續交易）；3労働の義務（工作義務）。

單字 先輩 せんぱい 名前輩｜**花見 はなみ** 名賞花

楽しみ たのしみ 名期待｜**就職 しゅうしょく** 名就職

取引 とりひき 名交易｜**労働 ろうどう** 名勞動

職場 しょくば 名職場

17

這間烏龍麵店從以前就很受歡迎，電視介紹後人又變得（　　）多了。

1　更　　　　　　　　2　勉強

3　是時候　　　　　　　4　頂多

解析 四個選項皆為副詞。括號加上前後方內容表示「テレビで紹介されて、ますます人が来るようになった（經電視介紹後，有越來越多人來）」最符合文意，因此答案為1ますます。其他選項的用法為：2いやいや出席する（不願參加）；3そろそろ出発する（差不多該出發）；4せいぜい努力する（盡可能努力）。

單字 うどん屋 うどんや 名烏龍麵店｜**以前 いぜん** 名以前

人気 にんき 名人氣｜**紹介 しょうかい** 名介紹｜**ますます** 副更

いやいや 勉強｜**紹介 しょうかい** 名介紹｜**そろそろ** 副是時候｜**せいぜい** 副頂多

看到電視上的杯麵新品（　　）後，馬上就去便利商店買了。

1　溝通　　　　　　　　2　記者

3　廣告　　　　　　　4　購物

解析 四個選項皆為名詞。括號加上其前方內容表示「カップラーメンのコマーシャル（杯麵的廣告）」最符合文意，因此答案為3コマーシャル。其他選項的用法為：1社内のコミュニケーション（公司內部的溝通）；2フリーのジャーナリスト（自由記者）；4ショッピングカート（購物車）。

單字 新商品 しんしょうひん 名新商品｜**カップラーメン** 名杯麵

コンビニ 名便利商店｜**コミュニケーション** 名溝通

ジャーナリスト 名記者｜**コマーシャル** 名廣告

ショッピング 名購物

弟弟念書不太拿手，但他仍（　　）持續努力，最後終於如願升上研究所。

1　活力充沛　　　　　　2　坐立難安

3　孜孜不倦　　　　　4　活潑

解析 四個選項皆為副詞。括號加上其後方內容表示「こつこつと努力を続けた結果（持續不斷努力的結果）」最符合文意，因此答案為3こつこつと。其他選項的用法為：1生き生きした表情（生動的表情）；2そわそわした態度（焦躁不安的態度）；4はきはきとした話し方（直接爽快的說話方式）。

單字 得意だ とくいだ な形拿手的｜**努力 どりょく** 名努力

続ける つづける 動持續｜**結果 けっか** 名結果

大学院 だいがくいん 名研究所｜**進学 しんがく** 名升學

いきいき 副活力充沛｜**そわそわ** 副坐立難安

こつこつ 副孜孜不倦｜**はきはき** 副活潑

下週三的會議時間（　　）了1小時，寫封信通知大家吧。

1　提早　　　　　　　2　遲誤

3　爬上　　　　　　　　4　延長

解析 四個選項皆為動詞。括號加上前後方內容表示「会議の時間が1時間早まったから（開會時間提前一個小時）」最符合文意，因此答案為1早まった。其他選項的用法為：2開花が遅れた（延遲開花）；3坂を上がった（爬上坡道）；4期

間を延ばした（延長期限）。

單字 **会議 かいぎ** 图會議｜**メール** 图信件｜**伝える つたえる** 動傳達

　　早まる はやまる 動提早｜**遅れる おくれる** 動延遲；誤點

　　上がる あがる 動爬上；登上｜**延ばす のばす** 動延長

21

公司倒閉而失業時總是相當不安，無法繼續（　　）下去。

1　粗暴	**2　冷靜**
3　靈巧	4　膽怯

解析 四個選項皆為な形容詞。括號加上其後方內容表示「冷静で
　　はいられなかった（無法保持冷靜）」最符合文意，因此答
　　案為 2 冷静。其他選項的用法為：1 乱暴に振舞う（魯莽行
　　動）；3 器用に生きる（精明地生活）；4 弱気になる（變得
　　軟弱）。

單字 **つぶれる** 動倒閉｜**失業 しつぎょう** 图失業

　　不安だ ふあんだ な形不安的｜**乱暴だ らんぼうだ** な形粗暴的

　　冷静だ れいせいだ な形冷靜的｜**器用だ きようだ** な形靈巧的

　　弱気だ よわきだ な形膽怯的

22

我決定（　　）愛看書的友人，也盡量每天看書。

1　採用	2　帶進
3　接受	**4　效仿**

解析 四個選項皆為動詞。括號加上其前方內容表示「読書家の友
　　人を見習って（仿效愛好閱讀的朋友）」最符合文意，因此
　　答案為 4 見習って。其他選項的用法為：1 洗濯物を取り入
　　れる（把洗好的衣服收進來）；2 飲み物を持ち込む（帶飲
　　料進來）；3 弁護を引き受ける（答應擔任辯護）。

單字 **読書家 どくしょか** 图愛看書的人｜**友人 ゆうじん** 图友人

　　できるだけ 副盡量｜**取り入れる とりいれる** 動採用；納入

　　持ち込む もちこむ 動帶進｜**引き受ける ひきうける** 動接受

　　見習う みならう 動效仿

23

那個謠言轉眼間就在公司裡傳開了。

1　再次	2　漸漸
3　立刻	4　慢慢地

解析 たちまち的意思為「立刻」，選項中意思最為相近的是 3 す
　　ぐに，故為正解。

單字 **うわさ** 图謠言｜**たちまち** 副轉眼間；立刻

　　会社内 かいしゃない 图公司內｜**広まる ひろまる** 動流傳

　　ふたたび 副再次｜**だんだん** 副漸漸｜**すぐに** 副立刻

　　ゆっくり 副慢慢地

24

韓國會把肉用菜包著吃。

1　攪拌	2　放上
3　夾	**4　包**

解析 くるんで的意思為「包」，因此答案為同義的 4 つつんで。

單字 **韓国 かんこく** 图韓國｜**くるむ** 图包｜**まぜる** 動攪拌；混合

　　のせる 動放上｜**はさむ** 動夾｜**つつむ** 動包

25

弟弟改行後就鼓足了幹勁工作。

1　開心似地	**2　拿出幹勁**
3　非常忙碌地	4　和大家感情融洽地

解析 はりきって的意思為「幹勁十足」，選項中可替換使用的是
　　2 やる気を出して，故為正解。

單字 **転職 てんしょく** 图轉職｜**はりきる** 動鼓足幹勁

　　楽しい たのしい 動開心的

　　やる気を出す やるきだす 拿出幹勁｜**とても** 副非常

　　みんな 图大家｜**仲良く なかよく** 和睦地

26

父母一整年都很忙，因此令人擔心。

1　總是	2　有時候
3　暫時	4　最近

解析 年中的意思為「一年到頭」，選項中可替換使用的是 1 いつ
　　も，故為正解。

單字 **年中 ねんじゅう** 副一整年｜**心配 しんぱい** 图擔心

　　いつも 副總是｜**ときどき** 副有時候｜**しばらく** 副暫時

　　最近 さいきん 图最近

27

她的成績優秀。

1　比想像中的好	2　與他人相同
3　最好	**4　比他人好**

解析 優れている的意思為「優異的」，選項中可替換使用的是 4
　　他と比べていい，故為正解。

單字 **成績 せいせき** 图成績｜**優れる すぐれる** 動優秀

　　思う おもう 動想｜**他の ほかの** 其他的

　　同じだ おなじだ な形相同的｜**一番 いちばん** 副最

　　比べる くらべる 動比較

28

囉嗦的

1　友人多次囉嗦地拜託我借錢給他。

2　那個人說話老是重複說同一件事，令人感到囉嗦。

3　家門外有人在大聲吵鬧，非常囉嗦。

4　他很認真，即便是困難的工作都能囉嗦地努力。

解析 題目字彙「くどい（囉唆、嘮叨的）」用於表示話語或文章
　　過於冗長乏味，屬於形容詞，所以要先確認各選項中，該
　　字彙與其後方的內容。正確用法為「同じことの繰り返しが
　　多くてくどく感じられる（經常重複同樣的話，讓人感覺冗
　　長）」，因此答案為 2。其他選項可改成：1 しつこい（糾纏

行生産。因此送到我們手中的商品,逐漸失去了製造者的「臉孔」。[67] 我們開始愈來愈不清楚,與我們的食衣住有關的事物是在哪裡、透過誰的手、又是如何被製造的。

　　[67] 每天有消費不完的商品被生產出來的同時,也有許多東西被逐漸丟棄。但是,我們幾乎從未見過有多少東西在哪裡被如何丟棄,自顧自地過生活。可迎合持續改變的流行,輕易地把衣服汰舊換新的生活,是否真的讓我們的生活更加富裕了呢?

　　不僅如此,如何處理大量的丟棄物並負擔其成本也是個大問題。若再繼續忽視這些問題,[68] 它們將有可能成為環境或健康問題反噬人類。

單字 **産業化 さんぎょうか** 图工業化｜**進む すすむ** 動進行

　　～につれて 隨著～｜**生活 せいかつ** 图生活

　　少しずつ すこしずつ 一點一滴｜**形 かたち** 图型態

　　変える かえる 動改變｜**製造 せいぞう** 图製造

　　過程 かてい 图過程｜**細かい こまかい** い形仔細的

　　分ける わける 動分開｜**大量 たいりょう** 图大量

　　生産 せいさん 图生產｜**先進国 せんしんこく** 图先進國家

　　余る あまる 動剩餘｜**手に入る てにはいる** 獲得

　　おしゃれだ な形時髦的｜**商品 しょうひん** 图商品

　　当たり前だ あたりまえだ な形理所當然的

　　近年 きんねん 图近年｜**さらに** 副更加｜**発展 はってん** 图發展

　　製造の場 せいぞうのば 图製造地｜**広がる ひろがる** 動擴展

　　世界 せかい 图世界｜**レベル** 图等級｜**行う おこなう** 動進行

　　そのため 因此｜**届く とどく** 抵達;送達

　　作り手 つくりて 图製造者｜**失う うしなう** 動失去

　　衣食住 いしょくじゅう 图食衣住｜**関係 かんけい** 图關係

　　消費 しょうひ 图消費｜**～きれない** ～不完

　　一方 いっぽう 另一面｜**捨てる すてる** 動丟棄

　　～について 對於～｜**ほとんど** 副幾乎

　　目にする めにする 看到｜**暮らす くらす** 動過生活

　　変わり続ける かわりつづける 動持續改變

　　流行 りゅうこう 图流行｜**合わせる あわせる** 動迎合;配合

　　簡単だ かんたんだ な形簡單的;輕易的

　　取りかえる とりかえる 動更換

　　豊かだ ゆたかだ な形富裕的;豐富的｜**処理 しょり** 图處理

　　コスト 图成本｜**負担 ふたん** 图負擔

　　目を向ける めをむける 正視｜**そのまま** 就這樣

　　環境問題 かんきょうもんだい 图環境問題

　　健康問題 けんこうもんだい 图健康問題

　　返る かえる 動重返｜**可能性 かのうせい** 图可能性

66

先進國家的生活因工業化的推展產生了何種變化?
1　生活一點一點地改變,開始大量生產衣服和食物。
2　開始能輕易獲得大量的食物與品質優良的衣服。
3　漸漸開始能丟棄東西,無須在意如何丟棄。
4　富裕到生產的商品多到有剩,還能出口到國外。

解析 題目提及隨著產業化的發展,「先進国ではどのように生活が変わったか(先進國家的生活產生了什麼樣的變化?)」,請在文中找出相關內容。第一段中寫道:「先進国では余るほどたくさんの食べ物が手に入るようになり、また、安くて丈夫でおしゃれな商品が当たり前のように手に入るようになった(在先進國家,很多食物都能取得,甚至數量過剩。也理所當然能取得價格低廉、耐用、時髦的商品)」,因此答案為 2 たくさんの食べ物と、質の良い衣服が簡単に手に入るようになった(許多食物和品質優良的衣服都能輕鬆到手)。

單字 **衣服 いふく** 图衣服｜**どうやって** 如何

　　気にする きにする 在意｜**どんどん** 副逐漸

　　輸出 ゆしゅつ 图出口

67

工業化的推展造成了何種問題的產生?
1　許多東西在看不見的地方被生產、丟棄。
2　失去了製造者的「臉孔」,所以製造地點移至國外。
3　人們建造了許多世界級的工廠,變得很不方便。
4　生活變富裕,但也必須丟棄許多東西。

解析 題目提及「どのような問題が生まれたのか(出現了什麼樣的問題?)」,請在文中找出相關內容。第一段最後寫道:「どこで、誰の手で、どのように作られているのかがわからなくなってきたのである(無從得知是在哪裡、出自誰之手以及如何製造的)」,以及第二段開頭寫道:「毎日、消費しきれないほどの商品が作られる一方で、多くの物が捨てられていく(每天產出許多消費不完的商品,同時又有很多東西遭丟棄)」,因此答案為 1 見えないところで多くの物が作られ、捨てられるようになった(在看不見的地方,有許多東西被製造,又遭丟棄)。

單字 **移る うつる** 動移動｜**不便だ ふべんだ** な形不方便的

　　～なければならない 必須～

68

筆者最擔心的是什麼事?
1　輕易就能丟棄衣服,因此生活不會變得更富裕
2　不知道誰在那裡用何種方式生產東西
3　丟棄時的費用愈來愈高
4　可能對我們的健康或環境產生影響

解析 本題詢問筆者的擔憂,請於文章後半段中找出相關內容,確認筆者的擔憂為何。第三段最後寫道:「環境問題や健康問題として私たちに返ってくる可能性があるだろう(有可能會變成環境問題或健康問題,回到我們身邊)」,因此答案為 4 自分たちの健康や環境に影響が出るかもしれないこと(有可能對我們的健康和環境造成影響)。

單字 **費用 ひよう** 图費用｜**ますます** 副更加

　　影響が出る えいきょうがでる 產生影響

A

前幾天去美術館時，入口大排長龍。之前已經聽說美術館相當熱門，但被告知要等2個小時，我就放棄了。竟然好像還有人得等3個小時。可能是平日白天的緣故，中高年人的身影比年輕人還多，看到在炎熱的夏天下午久站的人，雖然是別人的事，但我還是很擔心他們的身體狀況有沒有問題。[69]聽說現在也有採預約制的美術館，雖然費用稍微高一點，[70]但能指定時間日期順利參觀這點，比長時間等候好多了。[69]尤其是老人和時間有限的旅客，這對他們來說應該是一大福音。被迫等3小時左右，任誰都會累。即便終於能看到想看的畫，疲勞感似乎會比感動更令人印象深刻。

B

有個我無論如何都想看的繪畫展，由於主辦單位預料會有大批人潮，因此採預約制。我一直認為，所謂的美術館是一個可以在喜歡的時間點盡情待著的地方，所以覺得有點奇怪。為了看畫預約，還要決定時間這點，我還是有點無法理解。因為我覺得畫就是一直掛在那裡等著我們。自由開放、隨時都能去看這點，不正是美術館的優點嗎？[69]我知道也有像銀髮族或旅客等族群覺得預約制比較好。但我覺得即便要久候，[70]自由讓我參觀會比較適合邂逅一幅畫。

單字 **先日 せんじつ** 图前幾天｜**美術館 びじゅつかん** 图美術館
入口 いりぐち 图入口｜**行列 ぎょうれつ** 图隊伍
人気 にんき 图人氣｜**待ち まち** 图等待｜**あきらめる** 動放棄
なんと 副竟然｜**平日 へいじつ** 图平日｜**昼間 ひるま** 图白天
せい 图緣故｜**若者 わかもの** 图年輕人
中高年 ちゅうこうねん 图中高年｜**姿 すがた** 图身影
長時間 ちょうじかん 图長時間｜**他人 たにん** 图他人
~ながら 助雖然~｜**体調 たいちょう** 图身體狀況
心配 しんぱい 图擔心｜**予約制 よやくせい** 图預約制
料金 りょうきん 图費用｜**多少 たしょう** 副多少；稍微
日時 にちじ 图日期時間｜**指定 してい** 图指定
スムーズだ な形順利的｜**見学 けんがく** 图參訪
特に とくに 副尤其｜**お年寄り おとしより** 图老年人
限る かぎる 動限定｜**ありがたい** い形值得感謝的
だいたい 副大約｜**疲れる つかれる** 動疲累
お目当て おめあて 图目標｜**やっと** 副終於
~ことができる 能夠｜**感動 かんどう** 图感動
疲労 ひろう 图疲勞｜**記憶に残る きおくにのこる** 印象深刻
ぜひ 副一定｜**絵画展 かいがてん** 图繪畫展
大混雑 だいこんざつ 图非常擁擠｜**予想 よそう** 图預料
ため 图因為｜**滞在 たいざい** 图滯留｜**場所 ばしょ** 图場所
変だ へんだ な形奇怪的｜**感じがする かんじがする** 感到~
決める きめる 動決定｜**~なければならない** 必須~；非~不可
今ひとつ いまひとつ 副一點；稍微

納得 なっとく 图理解；同意｜**オープン** 图開放
良さ よさ 图優點｜**高齢者 こうれいしゃ** 图銀髮族
自由だ じゆうだ な形自由的｜**出会い であい** 图邂逅
ふさわしい い形適合的｜**気がする きがする** 感到~

69

A和B皆有提到的論點為何？

1 **美術館的預約制度對銀髮族和旅客來說是好制度。**
2 長時間等待與賞畫的目的不相符。
3 預約制的收費稍微變貴這點令人無法苟同。
4 希望可以隨時都能賞畫。

解析 本題詢問的是A和B兩篇文章都有論述的內容。反覆出現在選項中的單字為「予約制（預約制）、絵（畫作）」，請在文中找出該單字與相關內容。文章中間寫道：「予約制の美術館もあると聞いた（聽說也有採預約制的美術館）」，以及後半段寫道：「特に、お年寄りや、旅行で時間が限られている人には、そちらの方がありがたいだろう（特別是對於年長者和受限於旅行時間的人來說，他們會很感激）」；文章B後半段寫道：「高齢者や旅行者など、予約制の方がいい人もいるということは分かる（我知道有些人更偏好預約制，像是老年人、或是旅行者）」。兩篇文章皆提到美術館採預約制，對於長者和旅行者來說是一個好的制度，因此答案要選1美術館の予約制は、高齢者や旅行者にはいい制度だ（美術館的預約制，對老年人和旅行者來說是好的制度）。2僅出現在文章A中；3兩篇文章中皆未提及；4僅出現在文章B中。

單字 **制度 せいど** 图制度

70

A和B的筆者如何闡述美術館的預約制度？

1 A闡述只有中高年者會長時間等待；B闡述美術館最好可以想待多久就待多久。
2 A闡述老年人和旅客即便短時間也不想等；B闡述美術館應該隨時開放。
3 **A闡述不必長時間等待這點很棒；B闡述不必預約就能自由觀賞比較好。**
4 A闡述因為價錢變貴所以有人會放棄賞畫；B闡述等待時間縮短這點很棒。

解析 題目提及「美術館の予約制度（美術館的預約制度）」，請分別找出文章A和B當中的看法。文章A中間寫道：「日時を指定してスムーズに見学できる方が、長時間待つよりもいいと思う（我認為能指定時間日期，並順利參觀，優於長時間等候）」；文章B最後寫道：「自由に見せてくれる方が絵との出会いにはふさわしい気がする（我覺得與畫作間的相遇，更適合採取自由觀看的方式）」綜合上述，答案要選3A是長時間待つ必要がなくていいと述べ、Bは予約なしで自由に見られるほうがいいと述べている（A偏好不需要長時間等候；B則偏好不用預約就自由觀看）。

71-73

　　人類有能力、身體、經驗、人種、身分等各種差異與差距。跨越各種立場與差距並萌生友誼的故事，至今仍在全世界受到喜愛，相信也有許多人為之憧憬，而我也是其中之一。但人與人之間萌生的友誼究竟是什麼呢？

　　有個詞叫「自以為是」，指的是將對方看得比自己低下的態度，意思不太正面。人本來就會對自己居於上位或較為優秀的狀態感到安心。但是，最近無意地告訴或教導他人時，有時會立刻被說是「自以為是」，這其實也有點神經質。[71]實際上，的確有人只會以上下關係來待人處事。例如收入、學歷、社會立場、外貌、身體、經驗、知識的豐富與否等等，似乎所有東西都是比較的對象。我認識的人當中，正好就有這種人。那個人很會照顧別人，很愛管伙伴的各種閒事，但他卻沒有像他本人所期待的那般受到愛戴或信賴。雖然他不是個壞人，但老實說我也覺得和他有股距離感。無論如何受他照顧，我還是無法對他抱持友情，這或許是因為我感受到的是「自以為是」吧。

　　有部以港都為背景的電影，裡面有幕劇情令我無法忘懷。那是一個窮貧老人幫助非法入境的少年的故事。老人在窮苦的生活中為少年準備金錢，毫不猶豫地進行了會給自己帶來危險的計畫。終於要把少年送出去時，少年對老人說：「我不會忘記你」，老人回答：「我也是」，並說「我也不會忘記」。這時的兩人，正是處於相同的立足點。少年應該不會忘了親切待他的老人，而老人應該也不會忘記少年。事情就是這麼單純。[72]這種人與人之間的善意與信賴，跨越了年齡、人種以及立場。雙方都站在相同的地位，我覺得這才是友誼。照顧的人與受照顧的人互相忘不了對方的簡單對話，流露出了兩人之間的溫暖。

　　[73]即便是立場相近，還是有各種差異，無論是誰，成為朋友的第一步就是站在相同的地位。這點看似簡單卻相當困難，但還是希望大家一直抱持著平等的眼光。

（註）地平：這裡指立場。

單字 能力 のうりょく 图能力 ｜ 身体 しんたい 图身體
　　経験 けいけん 图經驗 ｜ 人種 じんしゅ 图人種
　　身分 みぶん 图身分 ｜ 人間 にんげん 图人類
　　あらゆる 所有的；全部的 ｜ 違い ちがい 图差異 ｜ 差 さ 图差距
　　様々だ さまざまだ な形各種的 ｜ 立場 たちば 图立場
　　格差 かくさ 图差距 ｜ 超える こえる 動跨越
　　友情 ゆうじょう 图友情 ｜ 物語 ものがたり 图故事
　　昔 むかし 图昔日 ｜ 世界中 せかいじゅう 图全世界
　　愛 あい 图愛 ｜ あこがれる 動憧憬；嚮往
　　上から目線 うえからめせん 自以為是 ｜ 他人 たにん 图他人
　　態度 たいど 图態度 ｜ 本来 ほんらい 图本來
　　優れる すぐれる 動優秀 ｜ 状態 じょうたい 图狀態
　　安心 あんしん 图放心 ｜ 特に とくに 副特別
　　意識 いしき 图意識 ｜ 最近 さいきん 图最近

少々 しょうしょう 副有點 ｜ 神経質 しんけいしつ 图神經質
実際 じっさい 图實際 ｜ 上下関係 じょうげかんけい 图上下關係
物事 ものごと 图事物 ｜ 収入 しゅうにゅう 图收入
学歴 がくれき 图學歷 ｜ 社会的 しゃかいてき 图社會的
知識 ちしき 图知識 ｜ 豊富さ ほうふさ 图豐富
思う おもう 動想；認為 ｜ 得意だ とくいだ な形擅長的
全て すべて 图全部 ｜ 対象 たいしょう 图對象
知り合い しりあい 图認識的人 ｜ まさに 副正好
面倒見が良い めんどうみがよい 很照顧人
あれこれ 图各種 ｜ 仲間 なかま 图伙伴
世話をやく せわをやく 管閒事 ｜ 本人 ほんにん 图本人
期待 きたい 图期待 ｜ 〜ほど 助像〜；大約〜
好く すく 動喜愛 ｜ 信頼 しんらい 图信賴
正直言って しょうじきいって 老實說 ｜ 距離 きょり 图距離
感じる かんじる 動感覺 ｜ 世話になる せわになる 受照顧
抱く いだく 動抱持（想法或感情）
港町 みなとまち 图港口城市 ｜ 舞台 ぶたい 图舞台
場面 ばめん 图場景 ｜ 貧しい まずしい い形貧窮的
老人 ろうじん 图老人 ｜ 不法入国 ふほうにゅうこく 图非法入境
少年 しょうねん 图少年 ｜ 助ける たすける 動幫助
生活 せいかつ 图生活 ｜ 用意 ようい 图準備
〜にとっても 對〜來說 ｜ 危険 きけん 图危險 ｜ およぶ 動波及
計画 けいかく 图計畫 ｜ 迷う まよう 動猶豫
進める すすめる 動進行 ｜ いよいよ 副終於
送り出す おくりだす 動送走 ｜ 〜に対し 〜にたいし 對於〜
地平 ちへい 图立場；地平線 ｜ 親切だ しんせつだ な形親切的
年齢 ねんれい 图年齡 ｜ 同士 どうし 图同伴
好意 こうい 图好意 ｜ 目線 めせん 图視線
世話をする せわをする 照顧
受ける うける 動接受 ｜ お互いに おたがいに 互相
シンプルだ な形簡單的 ｜ 会話 かいわ 图對話
流れる ながれる 動流動 ｜ 温かさ あたたかさ 图溫暖
伝える つたえる 動傳達 ｜ 友人 ゆうじん 图朋友
第一歩 だいいっぽ 图第一步 ｜ 〜かもしれない 或許〜；說不定〜
できるだけ 副盡力 ｜ 水平だ すいへいだ な形水平的
持ち続ける もちつづける 動持續抱持

71

文中提到這種人，指的是何種人？
1 擁有比他人豐富的經驗與知識的人
2 透過比較自己與他人建立人際關係的人
3 會教導或照顧他人的人
4 會在意他人小事神經質的人

解析 請仔細閱讀文中提及「そういう人（那樣的人）」前後方的內容，找出所指的是什麼樣的人。畫底線處前方寫道：「上下関係でしか物事を見ない人はいる。収入、学歴、社会的立場、顔や身体、経験や知識の豊富さ、何かが得意であるなど、全てがその対象となるらしい（有些人僅用上下關係來評斷所有事。收入、學歷、社會地位、長相和身材、經驗

和知識的豐富程度、擅長什麼東西等，似乎都可以成為評價的對象）」，因此答案要選 2 他的人與自己比較來建立人際關係的人（透過與他人比較來建立人際關係的人）。

單字 **すばらしい** い形 精彩的；豐富的 | **比べる くらべる** 動 比較
人間關係 にんげんかんけい 名 人際關係
細かい こまかい い形 細小的 | **気になる きになる** 在意

72

關於友情，何者與筆者的看法相符？
1 互相比較並認同差異才是友情。
2 不忘記彼此之間發生的事才是友情。
3 跨越差異與差距並處在同一個地方才是友情。
4 站在同等地位並互相信賴才是友情。

解析 本題詢問筆者的想法，因此請在文章後半段找出提及「友情（友情）」之處，確認筆者的想法。第三段中寫道：「年齡も人種も立場も越えた、人間同士の好意と信賴がそこにあった。同じ目線に立つ、それが友情だと思う（人與人之間存在的善意和信賴，不分年齡、種族、和地位，站在同等的角度，我覺得這就是友情）」，因此答案為 4 同じ目線に立ち、信賴し合うのが友情である（友情就是站在同等的角度，彼此信賴）。

單字 **認める みとめる** 動 認同 | **起きる おきる** 動 發生

73

本文的筆者最想表達的事情是什麼？
1 想交朋友的話，千萬不能將他人看得比自己低下。
2 交朋友看似簡單，實際上是件困難事。
3 不去講究年齡或社會立場等差距就會萌生友情。
4 不忘記彼此做過的事是培養友誼最簡單的方法。

解析 本題詢問文章的主旨，因此請閱讀全文或是文章後半段，找出答題線索。第四段中寫道：「近い立場でも、様々な違いがあっても、誰であれ友人となる第一歩は、同じ地平に立つことだ（即使地位相近、即是存在著各式各樣的差異，任何人成為朋友的第一步，就是站在同樣的水平線上）」，因此答案為 3 友情は年齡や社會的立場などの差にこだわらないことから生まれる（友情不拘泥於年齡和社會地位的差異）。

單字 **〜てはいけない** 不能〜 | **こだわる** 動 講究
育てる そだてる 動 培養 | **方法 ほうほう** 名 方法

74

崔先生這次打算週五和弟弟一起去游泳池。崔先生是 16 歲的高中生，弟弟則是 10 歲的小學生。兩人可以一起使用的時間最晚到幾點？
1 下午 6 點
2 下午 8 點
3 下午 10 點
4 下午 10 點半

解析 本題要確認崔先生和弟弟可使用到幾點為止。題目列出的條件為：
（1）金曜日（星期五）：開放至 22:30
（2）チェさんは 16 歲的高校生（崔先生為 16 歲的高中生）：崔先生必須以監護人的身份陪同弟弟入場
（3）弟は 10 歲的小學生（弟弟為 10 歲的小學生）：僅能使用至 20:00 為止
綜合上述，答案要選 2 午後 8 時（下午 8 點）。

單字 **今度 こんど** 名 這次 | **考える かんがえる** 動 考慮
高校生 こうこうせい 名 高中生
小学生 しょうがくせい 名 小學生 | **利用 りよう** 名 使用

75

吉恩在週日和家人一起去了游泳池。吉恩夫妻兩人帶著 7 歲的女兒及 65 歲的吉恩母親共四個人一起去，使用了兩個半小時。吉恩離開游泳池的付款金額，全家總共多少錢？
1 300 日圓
2 600 日圓
3 1200 日圓
4 1800 日圓

解析 本題要確認吉恩先生支付的金額。題目列出的條件為：
（1）ジーンさん夫婦（吉恩先生夫婦）：成人使用 2 個小時的費用為 400 日圓
（2）7 歲の娘（7 歲的女兒）：孩童使用 2 個小時的費用為 200 日圓
（3）65 歲のジーンさんの母（65 歲的吉恩先生的媽媽）：長者使用 2 個小時的費用為 200 日圓
（4）2 時間半利用（使用 2 個半小時）：超時的費用為成人 200 日圓、孩童 100 日圓、長者 100 日圓
綜合上述，總費用為（400 日圓 x2+200 日圓 +200 日圓）+（200 日圓 x2+100 日圓 +100 日圓）=1200 日圓 +600 日圓 =1800 日圓，因此答案要選 4 1,800 円（1800 日圓）。

單字 **夫婦 ふうふ** 名 夫妻 | **娘 むすめ** 名 女兒 | **払う はらう** 動 支付
金額 きんがく 動 金額

74-75

中央市民游泳池使用須知

使用時間	9：00 〜 21：30（開放入場至 21：00） ※ 週五僅 25m 泳池於 9：00 〜 22：30 開放（開放入場至 22：00）
休館日	第 2、4 個週一（國定假日會開館。）年末年初 ※4 月 20 日〜 8 月 3 日將連日營業不休館。

關於收費標準

[75] 使用費（2 小時以內）			[75] 超時費（每 1 小時）		
大人	兒童	銀髮族	大人	兒童	銀髮族
400 日圓	200 日圓	200 日圓	200 日圓	100 日圓	100 日圓

※ 兒童收費標準適用於 4 歲以上至國中以下的孩童。

※ 銀髮族收費標準適用於 65 歲以上人士。

※ 使用時間含更衣等時間。

※ 若使用 2 小時以上，請在離開時至出入口閘門旁的補票機支付超時費用。

[使用須知]

・入場時請至入口的販賣機購買門票，並放入出入口閘門的卡片投入口即可通過。此時將顯示預定離場時間，請務必確認。

・未滿 4 歲的孩童無法入場。

・還沒上小學的幼童請務必與 16 歲以上的監護人陪同入場。

・18:00 後小學生不得單獨入場，須與 16 歲以上的監護人一同入場。但小學生可使用至 20:00。

・隨身物品請務必放進置物櫃並上鎖。每次使用置物櫃需 1 枚 100 日圓硬幣。使用後將退還硬幣，請勿忘記帶回。

・館內全日禁菸。吸菸請至游泳池入口設置的吸菸區。

・禁止在游泳池的池內、池邊以及更衣室飲食。飲食請至休息區。

・進入游泳池時，請務必穿著泳衣及泳帽。此外，耳環、手鍊、項鍊等飾品類請務必脫下。

單字 **市民 しみん** 图市民｜**利用案内 りようあんない** 图使用須知｜**利用時間 りようじかん** 图使用時間｜**入場 にゅうじょう** 图入場｜**休館日 きゅうかんび** 图休館日｜**祝日 しゅくじつ** 图國定假日｜**開館 かいかん** 图開館｜**年末年始 ねんまつねんし** 图年末年初｜**無休 むきゅう** 图無休息日｜**利用料金 りようりょうきん** 图使用費｜**〜について 關於〜**｜**超過 ちょうか** 图超過｜**〜ごと 每〜**｜**高齢者 こうれいしゃ** 图銀髮族｜**以上 いじょう** 图以上｜**中学生 ちゅうがくせい** 图國中生｜**以下 いか** 图以下｜**対象 たいしょう** 图對象｜**着替え きがえ** 图更衣｜**含む ふくむ** 圗包含｜**場合 ばあい** 图情況｜**〜際に 〜さいに 〜時**｜**入退場ゲート にゅうたいじょうゲート** 图出入口閘門｜**横 よこ** 图旁邊｜**清算機 せいさんき** 图補票機｜**支払う しはらう** 圗支付｜**販売機 はんばいき** 图販賣機｜**利用券 りようけん** 图門票｜**購入 こうにゅう** 图購買｜**カード** 图卡片｜**入れ口 いれぐち** 图投入口｜**通過 つうか** 图通過｜**退場 たいじょう** 图離場｜**予定 よてい** 图預定｜**時刻 じこく** 图時刻｜**表示 ひょうじ** 图顯示｜**必ず かならず** 剾務必；一定｜**確認 かくにん** 图確認｜**未満 みまん** 图未滿｜**小学校 しょうがっこう** 图小學｜**入学前 にゅうがくまえ** 图入學前｜**幼児 ようじ** 图幼兒｜**保護者 ほごしゃ** 图監護人｜**以降 いこう** 图以後｜**〜かねる 無法〜**｜**いただく 收 (もらう的謙讓語)**｜**必要 ひつよう** 图必要｜**ただし 不過**｜**持ち物 もちもの** 图隨身物品｜**ロッカー** 图置物櫃｜**鍵をかける かぎをかける 上鎖**｜**使用 しよう** 图使用

硬貨 こうか 图硬幣｜**戻る もどる** 圗返回｜**持ち帰る もちかえる** 圗帶回｜**場内 じょうない** 图場內｜**終日 しゅうじつ** 图全天｜**禁煙 きんえん** 图禁菸｜**喫煙 きつえん** 图吸菸｜**設置 せっち** 图設置｜**喫煙場所 きつえんばしょ** 图吸菸區｜**及び および** 圏以及｜**サイド** 图邊｜**更衣室 こういしつ** 图更衣室｜**飲食 いんしょく** 图飲食｜**禁止 きんし** 图禁止｜**休憩コーナー きゅうけいコーナー** 图休息區｜**水着 みずぎ** 图泳衣｜**水泳帽子 すいえいぼうし** 图泳帽｜**着用 ちゃくよう** 图穿著｜**ピアス** 图耳環｜**ブレスレット** 图手鍊｜**ネックレス** 图項鍊｜**アクセサリー類 アクセサリーるい** 图飾品類｜**はずす** 圗脫下

聴解 p.43

☞ 請利用播放**問題 1** 作答說明和例題的時間，提前瀏覽第 1 至第 5 題的選項，迅速掌握內容。一旦聽到「では、始めます」，便準備開始作答。

作答說明和例題

問題 1 では、まず質問を聞いてください。それから話を聞いて、問題用紙の 1 から 4 の中から、最もよいものを一つ選んでください。では練習しましょう。

大学で女の人と男の人が就職活動について話しています。女の人はこの後まず、何をしますか。

Ｆ：そろそろ就職活動しないといけないけど、何からすればいいのかわかんなくて。もう何かしてる？

Ｍ：もちろん。就活サイトに登録はした？ほら、大学生向けの就職の情報がたくさん載っているウェブサイト。

Ｆ：ああ、うん。それはもうした。でも、情報が多すぎて。どこから見ればいいかわかんなくてさ。

Ｍ：登録したなら、希望の仕事も登録したよね。

Ｆ：それが、まだなんだよね。そこで止まってしまって。

Ｍ：ああ、じゃ、まずそこからだよ。どんな仕事をしたいか登録しないと、情報が絞れないでしょ。

Ｆ：うん、でも、どんな仕事がいいかもよくわかんなくて。だいたい働いたことないから、仕事の内容なんてわかるわけがないじゃない？企業研究もしなきゃいけないんだよね。

Ｍ：でも、自分が何に向いているかも大切じゃない？ほら、サイトにあるテストとかで、どういうことが得意なのかわかるし。

Ｆ：そうか。企業研究はそのあとでいいかなあ。

> 女の人はこの後まず、何をしますか。
>
> 最もよいものは3番です。解答用紙の問題1の例のところを見てください。最もよいものは3番ですから、答えはこのように書きます。では、始めます。

中譯 問題1，請先聽題目，接著聆聽對話，並從試卷上1~4的選項中，選出一個最適當的答案。那麼開始練習吧。

女人正在大學裡和男人談論有關求職的事。**女人接下來會先做什麼？**

F：差不多該找工作了，我還不知道要做什麼才好。你已經開始找了嗎？

M：當然。妳有登錄求職網站嗎？妳看，就是這種網站，上面刊了很多專門給大學生的求職資訊。

F：這個啊，嗯……我已經登錄了。但它太多資訊了，我不知道從哪邊看起才好。

M：已經登錄的話，表示妳也**已經登錄想要的工作了對吧？**

F：這倒還沒。我在這一關就停住了。

M：這樣啊。**那先從這個步驟開始啦。**不登錄想做什麼工作的話，沒辦法篩選資訊吧。

F：嗯……但我不曉得什麼工作比較好。我幾乎沒工作過，不可能知道工作內容吧？或許還得做企業研究對吧？

M：但適不適合自己也很重要吧？妳看，網站上有測驗之類的，可以了解自己擅長什麼事。

F：這樣啊，那企業研究在那之後再做就好了吧。

女人接下來會先做什麼事？

1 在求職網站進行測驗

2 決定想做什麼工作

3 在網站登錄想做的工作

4 查詢想做的工作的企業

最適當的選項是3。請看答案卷問題1的範例。最適當的選項是3，因此要像這樣填寫答案。那麼，開始作答。

1

[音檔]

大学で茶道クラブの男の人と女の人が話しています。男の人はこれから何をしますか。

M：今度の体験イベントの参加者、何人ぐらいになった？

F：山田さんが2人って言ってたよ。

M：まだ2人なんだ。ホームページだけじゃなかなか集まらないんだなあ。大学内で案内の紙を配ろうか。

F：それは昨日から佐藤さんがやってくれてるよ。かわいい絵を入れたのを作ってくれたのよ。あれで来る人が増えると思うんだけどね。

M：早く人数が集まらないかなあ。そろそろ会場の予約をしないといけないんだよな。困ったなあ。

F：え？まだやってないの？

M：だってまだ人数が足りないんだよね。5人以上でないとしないんだろ？

F：それはそうなんだけど、市民センターの和室は人気があるから、早く予約しないと。

M：週末ならともかく、平日だから大丈夫だよ。人数が集まってからにしない？

F：でもね、1週間前までならキャンセル料がかからないから、もしもの場合はそうしたらいいのよ。

M：そうなんだ。じゃあ、早速やってみるよ。

男の人はこれから何をしますか。

[題本]

1 ホームページに案内をのせる

2 大学で案内の紙を配る

3 和室を予約する

4 予約をキャンセルする

中譯 茶道社的男人正在大學裡和女人交談。**男人接下來會做什麼事？**

M：這次大概有幾個人參加體驗活動？

F：山田說有2個人唷。

M：才2個人啊。光靠網站很難招人呢。我們在大學裡發介紹傳單吧。

F：那個佐藤昨天就開始做了。他還幫我們做了有放可愛插圖的傳單喔。我想來的人會因此變多吧。

M：人數不能早點湊足嗎？差不多該預約會場了，真困擾呢。

F：咦？你還沒預約嗎？

M：就人數還不夠呀。不是沒有5人以上就不預約嗎？

F：是這樣沒錯，但市民中心的和室很搶手，得預約才行。

M：週末就不用提了，我們是辦在平日，沒問題的啦。要不要等人數湊足再預約？

F：但是1個禮拜前取消不會收取消費，萬一有變故的話取消就好。

M：這樣啊。那我立刻來預約看看。

男人接下來會做什麼事？

1 在網站刊登活動介紹資訊

2 在大學發傳單

3 預約和室

4 取消預約

解析 本題要從1「在首頁放上活動說明」、2「分發宣傳單」、3「預約和室」、4「取消預約」當中，選出男子接下來要做的

事情。對話中，女子表示：「和室は人気があるから、早く予約しないと（和室很受歡迎，所以你要盡快預約）」。而後男子回應：「早速やってみるよ（我馬上預約看看）」，因此答案要選 3 和室を予約する（預約和室）。1 為已經完成之事；2 為佐藤在做的事；4 為如未招募到 5 名參加者才要做的事情。

單字 **今度 こんど** 圖次次・**体験 たいけん** 图體驗・**イベント** 图活動
参加者 さんかしゃ 图參加者・**ホームページ** 图網站
なかなか 圖不容易・**集まる あつまる** 動聚集
案内 あんない 图介紹・**配る くばる** 動發放
増える ふえる 動增加・**早く はやく** 圖早
人数 にんずう 图人數・**そろそろ** 圖是時候
会場 かいじょう 图會場・**予約 よやく** 图預約
だって 接因為・**足りない たりない** 不夠
以上 いじょう 图以上・**市民 しみん** 图市民・**センター** 图中心
和室 わしつ 图和室
人気がある にんきがある 搶手・**週末 しゅうまつ** 图週末
平日 へいじつ 图平日
キャンセル料 キャンセルりょう 图取消費用
かかる 動花費・**もしも** 圖萬一・**場合 ばあい** 图情形
早速 さっそく 圖立刻・**のせる** 動刊登

2

[音檔]
会社で課長と女の人が話しています。女の人はこのあとまず何をしますか。

F：課長、プレゼンテーションの資料を読んでいただけましたか。おととい、お渡ししたものです。

M：ああ、あれね。読んだよ。

F：ちょっと自信がないところがありまして。何かアドバイスをいただけませんか。論文の引用をもっと詳しくしたほうがいいのかなと思ったのですが。

M：いや、あれでも文字が多くて読むのが大変だったよ。内容はいいと思ったんだけどね。

F：そうですか。減らしてみます。

M：それから、新しいデータのグラフは見やすくてよかったよ。お客様に新製品の改善点がよく伝わると思ったよ。

F：あのグラフなんですが、少し拡大したほうがいいでしょうか。

M：あれでいいよ。

F：では、直したものをもう一度確認していただけますか。

M：もちろんだよ。メールに添付で送って。

F：ありがとうございます。

M：それから、お客様の前でプレゼンをやるのは初めてだろ？資料が完成したら練習しておくんだよ。

F：はい、分かりました。

女の人はこのあとまず何をしますか。

[題本]
1 資料の文字数を減らす
2 グラフを大きくする
3 課長にメールを送る
4 プレゼンテーションの練習をする

中譯 課長正在公司裡和女人交談。女人接下來會先做什麼事？

F：課長，您看過簡報資料了嗎？就是前天交給您的那份。

M：啊，那個我看過囉。

F：有幾個地方我不太有自信，能給我一些建議嗎？我覺得論文引用的部分寫得更仔細一點好像比較好。

M：不用，那樣字數很多，讀起來會很辛苦喔。我覺得內容很好就是了。

F：這樣啊，我試著減少一點。

M：還有，新資料的圖表很清楚，這點很棒。這樣應該可以好好地向客人傳達新商品改善的地方。

F：那個圖表是不是稍微放大一點比較好呢？

M：維持原樣就好啦。

F：那，可以再幫我確認一次修改後的地方嗎？

M：當然可以。妳在郵件裡夾帶附檔寄給我吧。

F：謝謝。

M：還有，妳是第一次在客人面前做簡報對吧？資料完成之後先練習一下吧。

F：好的，了解。

女人接下來會先做什麼？

1 減少資料的字數
2 放大圖表
3 寄郵件給課長
4 練習簡報

解析 本題要從 1「減少字數」、2「放大圖表」、3「發送郵件」、4「練習簡報」當中，選出女子最先要做的事情。對話中，針對女子的資料，課長表示：「文字が多くて読むのが大変だったよ（字太多，讀起來很辛苦）」。而後女子表示：「減らしてみます（我試著刪減）」，因此答案要選 1 資料の文字數を減らす（減少資料的字數）。2 圖表很清晰，不需要再放大；3 和 4 皆為完成資料後才要做的事。

單字 **課長 かちょう** 图課長・**プレゼンテーション** 图簡報
資料 しりょう 图資料・**自信 じしん** 图自信・**アドバイス** 图建議
いただく 動接收（もらう的謙讓語）・**論文 ろんぶん** 图論文
引用 いんよう 图引用・**詳しい くわしい** い形詳細的
文字 もじ 图文字・**内容 ないよう** 图內容
減らす へらす 图減少・**データ** 图資料・**グラフ** 图圖表
新製品 しんせいひん 图新商品

實戰模擬試題 1

改善点 かいぜんてん 图改善處｜伝わる つたわる 動傳達

拡大 かくだい 图放大｜直す なおす 動修改

もう一度 もういちど 再次｜確認 かくにん 動確認

もちろん 副當然｜メール 图郵件｜添付 てんぷ 图夾帶（附檔）

送る おくる 動寄送｜お客様 おきゃくさま 图客人

プレゼン 图簡報（プレゼンテーション的簡稱）

完成 かんせい 图完成

3

[音檔]

だいがく おとこ がくせい おんな がくせい はな
大学で男の学生と女の学生が話しています。女の学生は
このあとまず何をしますか。

M：鈴木さん、ゼミの明日のグループ発表、田中さんが来
られないって聞いた？

F：え、どうして？じゃあ、田中さんが発表するところ、どう
するの？

M：インフルエンザにかかったみたいでさ。どうしても無理
なんだって。悪いけど、田中さんの代わりに発表でき
ない？

F：えー？私、発表担当が嫌だからアンケートを作ったり、
結果をまとめたりしたのよ。データを分析するのが結
構大変だったんだから。

M：うん、わかるよ。でもね、僕は自分の発表担当がある
からね。全部僕がやるのも変だろ？

F：そうねえ。あ、来週発表のBグループの人に先にやら
ないか聞いてみようか。

M：僕もそう思ったんだけど、今アンケートの分析をしてる
って言ってたから、難しいんじゃない。

F：そうなんだ。じゃあ、だめだって言われると思うけど、
先生に来週にしてもらえないか聞いてみない？

M：クラスの予定もあるからたぶん無理だろうけど。無理
だったら、鈴木さん、がんばってね。

F：わかった。さっき研究室にいらっしゃったから、相談し
てみるよ。それより、まず田中さんにデータを送っても
らわないとね。

M：さっきメールを見たら来てたよ。鈴木さんにも送ったっ
て。

おんな がくせい なに
女の学生はこのあとまず何をしますか。

[題本]

1 田中さんの代わりに発表する

2 他のグループに発表日を変えてもらう

3 先生の研究室に行く

4 データ送信をたのむ

中譯 男學生正在大學裡和女學生交談。女學生接下來會先做什麼
事？

M：鈴木，明天專題討論的小組發表田中沒辦法來，妳聽說了
嗎？

F：咦，為什麼？那田中發表的部分該怎麼辦？

M：他好像得了流感。他說無論如何都沒辦法。抱歉，妳可以
代替田中發表嗎？

F：咦？我就是討厭負責發表，才負責做問卷和統計結果之類
的，分析資料非常辛苦呢。

M：嗯，我懂啦。但是我有自己負責發表的部分，全部都我來
做的話也很辛苦吧？

F：的確是。啊，我來問問看下禮拜發表的B組要不要先發
表吧。

M：我也是這麼想的，但他們說現在還在分析問卷結果，應該
很困難吧？

F：這樣啊。那，雖然我覺得會被拒絕，要不然問問看老師能
不能調整到下禮拜？

M：還有班級預定活動，應該沒辦法吧。如果不行，妳就加油
吧鈴木。

F：我知道了。老師剛才在研究室，我會和他商量看看。比起
這個，我得先叫田中檔案給我。

M：我剛看了郵件，已經寄來了喔。裡面寫說也寄給鈴木妳
了。

女學生接下來會先做什麼事？

1 代替田中同學發表

2 請其他組別更改發表日期

3 去老師的研究室

4 拜託同學寄檔案

解析 本題要從1「代替田中報告」、2「要求另一組更改報告日
期」、3「去老師的研究室」、4「要求傳送資料」當中，選
出女學生最先要做的事情。對話中，女學生提出要向老師詢
問可否改到下週報告，並表示：「さっき研究室にいらっし
ゃったから、相談してみるよ（剛還在研究室裡，我去找他
商量看看）」，因此答案要選3先生的研究室に行く（去老
師的研究室）。1她不願代替田中報告；2男生表示有困難；
4資料已經傳送來了，所以不用要求對方。

單字 ゼミ 图專題討論｜グループ 图團體；小組

発表 はっぴょう 图發表｜インフルエンザにかかる 得流感

どうしても 副無論如何｜無理 むり 图不行；沒辦法

代わり かわり 图代替｜担当 たんとう 图負責

嫌だ いやだ な形討厭的｜アンケート 图問卷

結果 けっか 图結果｜まとめる 動彙整｜データ 图資料；檔案

分析 ぶんせき 图分析｜変だ へんだ な形奇怪的

先に さきに 副先行｜だめだ な形不行｜予定 よてい 图預定

がんばる 動加油｜さっき 副剛才

研究室 けんきゅうしつ 图研究室

いらっしゃる 動在（いる的尊敬語）｜相談 そうだん 名商量
それより 比起這個｜送る おくる 動寄送
発表日 はっぴょうび 名發表日期｜変える かえる 名更改
送信 そうしん 動發送

4

[音檔]

電話で男の人と女の人が話しています。男の人はこのあとまず何をしますか。

M：もしもし、青井さん、ちょっと聞きたいんだけど。

F：どうしたの？

M：小さい鳥がベランダに飛んできたんで、保護したんだ。黄色い鳥なんだけど。人に慣れているからペットかな。どうしたらいい？

F：え？その鳥、元気なの？

M：うん、とても元気だよ。人が好きみたいで手に乗ってくるんだよ。

F：それはよかった。でもね、今元気でも、もしかしたら外にいるときに病気にかかったり、けがをしたりしているかもしれないから、できれば病院に連れて行ってあげてね。小鳥も見てくれる病院が駅の近くにあるから。

M：うん、わかった。土日は休みだろうから、来週連れて行くよ。それから、探している人がいるかもしれないから、インターネットに情報を載せようと思っているんだけど、いいかな。

F：それはいいね。けど、生き物でも落とし物と同じだから、警察に届けるのが先だよ。

M：えっ、そうなんだ。そういう場合って、連れて行くの？

F：連れて行くのは大変でしょう？まず写真を撮って、それを見せて説明するといいよ。何か食べさせた？

M：それが、すぐにエサを買いに行って与えたんだけど、まだ食べてないんだ。

F：環境が変わって緊張しているのかもしれないね。慣れたら食べると思うからちょっと様子を見て。

M：わかった。本当にありがとう。

男の人はこのあとまず何をしますか。

[題本]

1 病院に鳥を連れて行く
2 インターネットに情報をのせる
3 けいさつに届けを出しに行く
4 鳥の写真をとる

中譯 男人正在電話裡和女人交談。男人接下來會先做什麼？

M：喂，青井小姐，我有些問題想問。

F：怎麼了嗎？

M：有隻小鳥飛到陽台，我把牠安置起來了。牠是一隻黃色的鳥，很親人，所以應該是寵物吧。我要怎麼辦才好？

F：咦？那隻鳥健康嗎？

M：嗯，非常健康喔。牠好像很喜歡人，還會飛到我的手上呢。

F：那太好了。但就算現在很健康，說不定在外面的時候有生病或受傷，可以的話帶牠去醫院吧！會診治小鳥的醫院就在車站附近。

M：嗯，我知道了。醫院六日應該會休假，我下禮拜再帶牠去去。然後可能有人在找牠，我想說在網路上刊登資訊，應該可以吧？

F：這不錯喔。但是生物和遺失物是一樣的，還是先向警察報案吧。

M：咦，這樣啊。這種情況要把牠帶過去嗎？

F：帶過去很辛苦對吧？先拍照，再把照片給警察看，向他們說明一下就好了。你餵什麼給牠吃呢？

M：這個嘛，我立刻就去買了飼料餵牠，但牠還沒吃。

F：可能是因為環境改變讓牠很緊張。牠習慣以後應該就會吃了，先觀察情形吧。

M：了解。真的很感謝妳。

男人接下來會先做什麼？

1 帶鳥去醫院

2 在網路上刊登資訊

3 向警察報案

4 拍鳥的照片

解析 本題要從 1「帶鳥去醫院」、2「把資訊傳到網路上」、3「向警方報案」、4「拍下鳥的照片」當中，選出男子最先要做的事情。對話中，男子提出要把鳥帶到警局。而後女子回應：「まず写真を撮って、それを見せて説明するといいよ（先拍張照，把照片給警察看，然後說明就好）」，因此答案要選 4 鳥の写真をとる（拍下鳥的照片）。1 為預計下週要做的事；2 為從警局回來後要做的事；3 為拍完照片後要做的事。

單字 ベランダ 名陽台｜保護 ほご 名保護

慣れる なれる 動習慣｜元気だ げんきだ な形健康的

もしかしたら 副或許，說不定

病気にかかる びょうきにかかる 生病｜けがをする 受傷

連れて行く つれていく 帶去｜小鳥 ことり 名小鳥

土日 どにち 名六日｜探す さがす 動尋找

インターネット 名網路｜情報 じょうほう 名資訊

載せる のせる 動刊登｜生き物 いきもの 名生物

落し物 おとしもの 名遺失物｜警察 けいさつ 名警察

届ける とどける 動報告｜場合 ばあい 名情況

説明 せつめい 名說明｜エサ 名飼料

与える あたえる 動給予；餵｜環境 かんきょう 名環境

変わる かわる 動改變｜緊張 きんちょう 名緊張

様子 ようす 名樣子｜届けを出す とどけをだす 報案

[音檔]

大学で男の学生と女の学生が話しています。女の学生はこのあと何をしますか。

M：明日の留学生の歓迎会の確認をしたいんだけど、今、大丈夫？

F：あ、はい、いいですよ。

M：昨日が申し込みの締め切り日だったから、人数は決まったよね。ピザとお寿司の注文、お願いできる？

F：それは、今朝、鈴木さんがされていましたよ。

M：あ、そう。それから、ゲームで勝った人へのプレゼント、買ってなかったよね。

F：そうですね。買わないといけないですね。

M：悪いんだけど、今から買いに行ける？僕はこれから明日の確認を田中さんとしなきゃいけなくて。

F：今からはちょっと。これから授業があるので。

M：じゃあ、授業のあとでいいからお願いできないかな？千円ぐらいのを三つで。

F：わかりました。あ、買ったら会計の北山さんにレシートを渡して、お金をもらうんでしたよね。

M：うん、そうしてね。

F：そういえば、今日の放課後に歓迎会の会場を飾りつけるはずだと思うんですけど、どこで待ち合わせか知ってますか？

M：そっか、今日は飾りつけがあったね。じゃあ、僕が買い物に行くから、そっちをお願いできる？

F：わかりました、ではそういうことで。

女の学生はこのあと何をしますか。

[題本]

1 アウ
2 アエ
3 イウ
4 イエ

中譯 男學生正在大學裡和女學生交談。女學生接下來會做什麼？

M：我想確認一下明天的留學生歡迎會，妳現在方便嗎？

F：啊，好的，可以喔。

M：昨天是報名截止日，人數應該確定了對吧？可以麻煩妳訂披薩和壽司嗎？

F：那個今天早上鈴木已經訂囉。

M：啊，這樣啊。然後，要給遊戲獲勝者的禮物還沒買對吧？

F：對呀，得去買才行呢。

M：抱歉，妳可以現在去買嗎？我現在得向田中確認明天的事才行。

F：我現在有點不方便，因為接下來有課。

M：那下課後再去就好，可以麻煩妳嗎？一千日圓左右的禮物三份。

F：知道了。啊，買完以後要把收據給會計北山請款對吧？

M：嗯，沒錯。

F：話說回來，今天放學後好像會去佈置歡迎會的會場，你知道在哪裡集合嗎？

M：這樣啊，今天要佈置會場啊。那我去買東西，會場那邊可以麻煩妳嗎？

F：了解。那就先這樣。

女學生接下來會做什麼事？

1 アウ
2 アエ
3 イウ
4 イエ

解析 本題要從ア「訂壽司和披薩」、イ「上課」、ウ「買禮物」、エ「佈置歡迎會」當中，選出女學生接下來要做的兩件事情。對話中，男生詢問女生可否去買禮物，對此女生回應：「今からはちょっと。これから授業があるので（現在有點不方便，我準備要上課）」，表示她得先去上課。而後又提到今天要佈置歡迎會場地，男生提出：「僕が買い物に行くから、そっちをお願いできる？（由我去買，能拜託妳負責那邊嗎？）」，女生同意去佈置會場。綜合上述內容，女生要先去上課，接著再去佈置歡迎會，因此答案要選 4 イエ。

單字 歓迎会 かんげいかい 图歡迎會｜確認 かくにん 图確認

　　 申し込み もうしこみ 图報名

　　 締め切り日 しめきりび 图截止日｜人数 にんずう 图人數

　　 決まる きまる 動確定｜ピザ 图披薩｜お寿司 おすし 图壽司

　　 注文 ちゅうもん 图訂購｜ゲーム 图遊戲｜勝つ かつ 動獲勝

　　 プレゼント 图禮物｜会計 かいけい 图會計｜レシート 图收據

　　 放課後 ほうかご 图放學後｜会場 かいじょう 图會場

　　 飾りつける かざりつける 動佈置

　　 待ち合わせる まちあわせる 图等待集合

☞ **問題 2**，請先聽題目。接著請看試題卷，會有閱讀題目的時間。最後再聽對話，並從試題卷 1 到 4 的選項中，選出一個最適當的答案。

作答說明和例題

問題２では、まず質問を聞いてください。そのあと、問題用紙のせんたくしを読んでください。読む時間があります。それから話を聞いて、問題用紙の１から４の中から、最もよいものを一つ選んでください。では練習しましょう。

喫茶店で店員と男の人が話しています。男の人がこの店に通う一番の目的は何ですか。

F：いつもお越しくださってありがとうございます。

M：こちらこそいつも長い時間すみません。ここにいるとつい時間を忘れてしまいますね。気づいたらこんな時間になっちゃってて、びっくりしました。すみません。

F：いえいえ。ここはお客様に普段の生活から離れて、のんびりしていただくことが目的ですのでごゆっくりどうぞ。ちょっと不便なところで申し訳ないんですが。

M：いやいや。集中して読書がしたいときは、こんな環境がぴったりなんですよ。今日は風の音を楽しみながら読書ができて、やっぱり私は自然が好きなんだなって思いました。自然がいっぱいの田舎で育ちましたので。

F：それはよかったです。ありがとうございます。

M：それに加えて、こちらのケーキはどれもおいしいですから。いつもどれにするか迷っちゃうんですよね。

F：ありがとうございます。来週からケーキの種類も増やす予定ですので、またぜひお越しください。

M：そうなんですか。それは楽しみです。

男の人がこの店に通う一番の目的は何ですか。

最もよいものは2番です。解答用紙の問題2の例のところを見てください。最もよいものは2番ですから、答えはこのように書きます。では、始めます。

中譯 問題2，請先聽題目。接著請看試題卷，會有閱讀題目的時間。最後再聽對話，並從試題卷1到4的選項中，選出一個最適當的答案。那麼，開始練習吧！

店員正在咖啡廳和男人交談。**男人來這間店的最大目的是什麼？**

F：感謝您經常蒞臨本店。

M：不會，我老是待很久，真抱歉。待在這裡就會不小心忘記時間呢。回過神來已經這個時候了，嚇了我一跳。抱歉。

F：不會不會。這裡本來就是為了讓客人抽離日常生活，悠哉度過而開。您慢慢來就好。有服務不周的地方還請您見諒。

M：不會不會。**想專心唸書的時候，這種環境很適合呢。**今天還能邊聽風聲邊看書，我果然很喜歡大自然，不愧是在被大自然包圍的鄉下長大。

F：那太好了，謝謝您。

M：不只如此，這裡的蛋糕也很好吃。我老是猶豫要點哪一個呢。

F：謝謝您。下禮拜預計會多出幾種蛋糕，還請您再度光臨。

M：這樣啊，真期待。

男人來這間店的最大目的是什麼？

1　想長時間慢慢做事

2　想專心看書

3　想回味鄉下的大自然

4　想吃美味的蛋糕

最適當的選項是2。請看答案卷問題2的範例。最適當的選項是2，因此要像這樣填寫答案。那麼，開始作答。

1

[音檔]

男の学生と女の学生が話しています。男の学生は、どうして寝られませんでしたか。

M：おはよう…。

F：おはよう。なんか眠そうだね。

M：うん、昨日の夜、全然寝られなかったんだ。

F：もしかして、朝までレポート書いてた？昨日の帰り、まだできてないって言ってたよね。

M：いや、そうじゃないんだ。徹夜かなと思ったんだけど、12時くらいには終わったよ。でも、寝ようかと思ったら、友達から電話が掛かってきて…。

F：ずっと電話してたの？

M：ううん。部屋のエアコンが壊れたから、今から行ってもいいかって言われて。

F：ああ、たしかに、昨日はエアコンなしじゃ寝られないくらい暑かったよね。

M：それで、1時くらいに友達が来たんだけど、そこから一緒にゲームをやり始めちゃって。気がついたら、外が明るかったんだ。

F：そう…。授業で寝ないように頑張ってね。

男の学生は、どうして寝られませんでしたか。

[題本]

1　レポートを書いていたから
2　友達と電話で話していたから
3　部屋のエアコンがこわれたから
4　友達とゲームをしていたから

中譯 男學生正在和女學生交談。男學生為什麼沒有辦法睡覺？

M：早安……

F：早，你好像很睏呢。

M：嗯。我昨晚完全睡不著。

F：你該不會寫報告寫到早上吧？你昨天回家有說還沒寫完對吧？

M：不，不是這樣。我原本以為會熬夜，但12左右就寫完囉。只是我正要睡的時候，朋友突然打電話過來……

F：所以你一直在講電話？

M：不是。他說他房間的冷氣壞了，現在可不可以過來我這邊。

F：啊，的確，昨天熱到沒吹冷氣會睡不著呢。

M：所以，我朋友1點左右來，接著我們開始打電動。回過神外面已經天亮了。

F：這樣啊。你加油，別在課堂上睡著囉。

男學生為什麼沒有睡覺？

1 因為在寫報告

2 因為在和朋友講電話

3 因為房間的冷氣壞了

4 因為在和朋友打電動

解析 本題詢問男學生沒辦法睡覺的理由。各選項的重點為1「寫報告」、2「跟朋友通電話」、3「房間冷氣壞掉」、4「跟朋友打遊戲」。對話中，男學生表示：「1時くらいに友達が来たんだけど、そこから一緒にゲームをやり始めちゃって。気がついたら、外が明るかったんだ（朋友一點左右來我家，我們從那個時候開始一路打遊戲。等我回過神來，外頭已經天亮了）」，因此答案為4友達とゲームをしていたから（因為跟朋友打遊戲）。1和2皆不是沒辦法睡覺的理由；3為朋友房間的冷氣壞掉。

單字 **眠い ねむい** い形 想睡的｜**全然 ぜんぜん** 副 完全

レポート 名 報告｜**帰り かえり** 名 歸途｜**徹夜 てつや** 名 熬夜

電話がかかる でんわがかかる 接到電話｜**ずっと** 副 一直

エアコン 名 冷氣｜**壊れる こわれる** 動 壞掉

やり始める やりはじめる 動 開始做

気がつく きがつく 發現；回神｜**頑張る がんばる** 動 努力

2

[音檔]

会社で男の人と女の人が話しています。来週のミーティングの目的は何ですか。

M：週明けのミーティングの資料がまとまったので、見ていただけますか。

F：ええ。5月に実施した市場調査の結果、先月の売り上げ、新商品のサンプル写真ね…。

M：どうでしょうか。

F：売り上げのデータは大丈夫そうね。悪いけど、調査結果のところを、もう少し分かりやすくまとめてもらえる？グラフも入れるといいと思う。調査の結果を報告するのがメインだからね。

M：分かりました。

F：あと、この写真だけど、新商品の包装の色は、たしか変更になったんじゃなかった？

M：はい。そうなんですが、変更後の写真がまだ届いていないんです。

F：そうなの。まあ、新商品の資料は参考として添付するだけだから、この写真のままでも問題ないでしょう。

M：はい。

来週のミーティングの目的はなんですか。

[題本]

1 新商品の写真をさつえいする

2 ほうそうの色をへんこうする

3 今月の売り上げを知らせる

4 調査結果について知らせる

中譯 男人正在公司裡和女人交談。下週會議的目的是什麼？

M：週初的會議資料已經整理好了，可以幫我看一下嗎？

F：好。是5月實施的市場調查結果、上個月業績，還有新商品的樣品照……

M：如何呢？

F：業績的資料看起來沒問題。抱歉，調查結果的部分，可以幫我整理得更好懂一點嗎？把圖表也放進去比較好。因為調查結果的報告是主軸。

M：了解。

F：還有這張照片，我記得新商品的包裝顏色好像有更改對吧？

M：是的。雖然是這樣，但更改後的照片還沒寄來。

F：這樣啊。算了，新商品的資料只是附上當參考而已，直接用這張照片應該沒問題吧。

M：好的。

下週的會議的目的是什麼？

1 拍攝新商品的照片

2 更改包裝的顏色

3 告知本月的業績

4 告知調查結果

解析 本題詢問下週開會的目的。各選項的重點為1「拍攝照片」、2「更改包裝顏色」、3「告知本月的營業額」、4「告知調查結果」。對話中，女子表示：「調査の結果を報告するのがメインだからね（因為主要是要報告調查的結果）」，因此答案為4調査結果について知らせる（告知調查結果）。1對話中並未提到；2為開會之前發生的事情；3應為上個月營業額的調查結果。

單字 **週明け しゅうあけ** 名 週初｜**ミーティング** 名 會議

資料 しりょう 名 資料｜**まとまる** 動 整理好

実施 じっし 動 實施｜**市場 しじょう** 名 市場

調査 ちょうさ 名 調查｜**結果 けっか** 名 結果

売り上げ うりあげ 名 業績｜**新商品 しんしょうひん** 名 新商品

サンプル 名 樣品｜**データ** 名 資料｜**グラフ** 名 圖表

報告 ほうこく 名 報告｜**メイン** 主要；主軸

包装 ほうそう 名 包裝｜**たしか** 好像｜**変更 へんこう** 更改

届く とどく 動 送達｜**参考 さんこう** 名 參考｜**添付 てんぷ** 名 佐附

さつえい 名 拍攝｜**知らせる しらせる** 動 告知

3

[音檔]

男の人と女の人が話しています。男の人はホテルのロボットについて何ができると言っていますか。

F：週末の旅行、楽しかった？

M：うん。とても。まあ、旅行と言っても、父と一緒だったから、ガイドみたいなもんだけどね。それより、泊まったホテルにロボットがいて、びっくりしたよ。

F：ホテルにロボット？荷物を運んだり、掃除したりするの？

M：そういうロボットじゃないんだ。ロビーでお客さんに部屋を案内するんだよ。

F：へえ。ロボットがそういうことするんだ。どうやって？

M：ロボットの前で自分の名前と電話番号を言うと、部屋番号を教えてくれるんだ。

F：すごいね。ホテルを予約した人の情報が、全部そのロボットに入ってるの？

M：そうみたい。英語や中国語も話せるみたいで、海外のお客さんにも応対していたよ。

F：へえ。外国語も話せるんだ。これからいろんな観光地のホテルで活躍しそうなロボットだね。

男の人はホテルのロボットについて何ができると言っていますか。

[題本]

1 観光地を案内すること
2 ロビーをそうじすること
3 部屋を案内すること
4 ホテルを予約すること

中譯 男人正在和女人交談。男人說飯店的機器人會做什麼事？

F：週末的旅行好玩嗎？

M：嗯，很好玩。雖說是旅行，但是跟爸爸一起去，所以我很像導遊。比起這個，我們住的飯店有機器人，我嚇了一跳欸。

F：飯店有機器人？會提行李或打掃之類的嗎？

M：不是那種機器人啦。它會在大廳引導客人去房間。

F：哇，機器人也會做這種事啊。它是怎麼做的呢？

M：在機器人面前說出自己的姓名和電話號碼，它就會告訴我們房號。

F：真厲害。飯店預約者的資訊全都存在機器人裡面嗎？

M：好像是這樣。而且它似乎還會說英文和中文，還招呼了外國客人。

F：哇，還會說外語啊。感覺是接下來在各個觀光景點的飯店活躍的機器人呢。

男人說飯店的機器人會做什麼事？

1 導覽觀光景點

2 打掃大廳

3 引導客人前往房間

4 預約飯店

解析 本題詢問飯店的機器人會做什麼事。各選項的重點為 1「介紹旅遊景點」、2「打掃飯店大廳」、3「告知住房」、4「預訂飯店」。對話中，女子詢問機器人是否幫忙搬行李或打掃，而後男子回應：「ロビーでお客さんに部屋を案内するんだよ（在大廳引導住客至房間）」，因此答案為 3 部屋を案内すること（告知住房）。1 對話中並未提到；2 男子告知不是打掃的機器人；4 對話中並未提到。

單字 ロボット 图機器人 | 週末 しゅうまつ 图週末 | ガイド 图導遊
泊まる とまる 動住宿 | びっくりする 動嚇一跳
荷物 にもつ 图行李 | 運ぶ はこぶ 图搬運 | ロビー 图大廳
案内 あんない 图引導；導覽
電話番号 でんわばんごう 图電話號碼
部屋番号 へやばんごう 图房間號碼 | すごい い形厲害的
予約 よやく 图預約 | 情報 じょうほう 图資訊
中国語 ちゅうごくご 图中文 | 海外 かいがい 图國外
応対 おうたい 图應對 | 外国語 がいこくご 图外語
観光地 かんこうち 图觀光景點 | 活躍 かつやく 图活躍

[音檔]

男の人と女の人が話しています。女の人が心配しているのは、どんなことですか。

M：吉田さん、聞いたよ。今度、大学院に入学するんだって？

F：ええ、子どもも大きくなったし、前から勉強してた都市計画のことをもっと深く研究しようかと思って。でも、若い人についていけるかなあ。

M：それは大丈夫だよ。お子さんは、なんて言ってるの？

F：お母さんが大学院に行くなんて信じられないって、笑ってたわ。でも、これからあの子も一人で家にいる時間が多くなるかも。それが今、心配かなあ。

M：そうかあ。ご主人は？反対しなかった？

F：んー、実はすごく反対されたんだよね。ほら、うち、レストランをやってるじゃない？平日のお昼って、結構忙しくて。一人いなくなったら、とても困るって、夫が怒っちゃって。

M：ああ、吉田さんのとこ、おいしいから。

F：ありがとう。それでね、結局、人を1人、雇うことにしたんだけど、新しい人がなかなか仕事に慣れなくて、今、ちょっと大変かな。

M：それはしょうがないよね。仕事はゆっくり覚えていくものだから。

F：そうね。私が大学院に入るころには、大丈夫だと思ってるけどね。

女の人が心配しているのは、どんなことですか。

[題本]
1 大学院の勉強についていけるかということ
2 子供が一人で家にいる時間が長くなること
3 夫が大学院に行くのを反対していること
4 レストランの新しいスタッフが仕事に慣れないこと

中譯 男人正在和女人交談。女人擔心的是什麼事？

M：吉田，我聽說囉。妳這次要去念研究所對吧？

F：對呀，小孩也長大了，想深入研究之前念都市計畫。但我跟得上年輕人嗎？

M：這沒問題啦。妳的小孩說什麼啊？

F：他笑說不敢相信媽媽會念研究所呢。不過，接下來那孩子一個人在家的時間可能會變多，我現在很擔心這點。

M：這樣啊。那妳先生呢？他沒反對嗎？

F：嗯，其實他很反對。你看，我們家不是還經營餐廳嗎？平日白天非常忙，他很生氣說少一個人讓他很困擾。

M：這樣啊，誰叫吉田妳家餐廳那麼好吃。

F：謝謝。所以啊，我們最後決定雇用1個人。但新人一直無法適應工作，有點辛苦。

M：這也沒辦法吧！因為工作本來就是要慢慢學。

F：沒錯。我念研究所那時候應該就沒問題了吧。

女人擔心的是什麼事？

1 能否跟上研究所的學業
2 **小孩獨自一人在家的時間變長**
3 丈夫反對念研究所
4 餐廳的新員工無法適應工作

解析 本題詢問女子擔心的事情為何。各選項的重點為1「能否跟得上研究所的課程」、2「小孩獨自在家的時間變長」、3「先生反對自己去讀研究所」、4「餐廳新員工尚未熟悉工作」。對話中，女子表示：「これからあの子も一人で家にいる時間が多くなるかも。それが今、心配かなあ（以後那孩子一個人在家的時間會變多，這正是我現在擔心的事）」，因此答案為2子供が一人で家にいる時間が長くなること（小孩獨自在家的時間變長）。1僅提到不確定能否跟得上年輕人；3為先前發生的事情；4對話中提到之後應該會好轉。

單字 心配 しんぱい 图擔心｜今度 こんど 图這次
大学院 だいがくいん 图研究所｜入学 にゅうがく 图入學
都市計画 としけいかく 图都市計畫｜深い ふかい い形深入的
研究 けんきゅう 图研究｜若い わかい い形年輕的
ついていく 跟上｜信じる しんじる 動相信｜笑う わらう 動笑

主人 しゅじん 图先生｜反対 はんたい 图反對｜すごく 副非常
平日 へいじつ 图平日｜夫 おっと 图丈夫｜怒る おこる 動生氣
結局 けっきょく 副最後｜雇う やとう 動雇用
なかなか 副怎麼也不｜慣れる なれる 動習慣；適應
しょうがない 沒辦法｜スタッフ 图員工

[音檔]
電話で女の学生と男の学生が話しています。男の学生はどうして学校に行けないと言っていますか。

F：もしもし、石田君？おはよう。

M：ああ、おはよう。どうしたの？

F：どうしたって、今日、9時からの授業に出るって言ってたのに、いなかったから。風邪、ひどくなったの？

M：ああ、ごめん。風邪はもう大丈夫。熱もないし。実は、昨日の夜、近所で事故があってさ。これから警察に行くところなんだ。

F：え？警察？どうして？石田君が事故に遭ったんじゃないよね。

M：そうなんだけど、他に見ていた人がいなくて。車同士がぶつかったんだけど、運転手の言っていることがそれぞれ違っているとかで、それで、僕が警察に呼ばれたってわけ。今日はもう行けないかも。

F：へえ。ところで伊藤先生のレポート、まだだよね？

M：あっ！忘れてた。明日持って行ったら、怒られるよなあ。行きたくないなあ。

F：だめだめ。明日は学校に来てね。

男の学生はどうして学校に行けないと言っていますか。

[題本]
1 かぜを引いたから
2 事故にあったから
3 **けいさつに行くから**
4 レポートがまだだから

中譯 女學生正在電話裡和男學生交談。男學生說他為什麼不能去學校？

F：喂，石田嗎？早。

M：啊，早安。怎麼了嗎？

F：還有怎麼了，都說今天早上9點要上課了，結果你沒來。你感冒變嚴重了嗎？

M：啊，抱歉。我感冒已經沒事了，也沒發燒。其實是這樣，昨晚我家附近發生車禍，我接下來要去警察局。

F：咦？警察？為什麼？出車禍的不是石田你吧？

M：是這樣沒錯，但是沒有其他目擊者。兩台車相撞，但駕駛各說各話，所以警察叫我過去。今天可能不能去上課了。

F：真意外。話說伊藤老師的報告你還沒完成對吧？

M：啊！我忘了。明天拿過去的話會被罵吧。真不想去呢。

F：不行不行。明天要來學校喔。

男學生說他為什麼不能去學校？

1　因為感冒了

2　因為出車禍

3　因為要去警察局

4　因為還沒完成報告

解析　本題詢問男學生沒辦法去學校的理由。各選項的重點為1「感冒」、2「發生車禍」、3「去警察局」、4「尚未完成報告」。對話中，男學生表示：「これから警察に行くところなんだ（現在正要去警察局）」，因此答案為3けいさつに行くから（因為要去警察局）。1男學生提到已經沒事了；2男學生並未發生車禍；4並非男學生沒辦法去學校的理由。

單字　ひどい い形 嚴重的｜熱 ねつ 名 發燒｜実は じつは 副 其實

事故 じこ 名 事故｜警察 けいさつ 名 警察

遭う あう 動 遭遇｜他に ほかに 副 其他｜同士 どうし 名 同伙

ぶつかる 動 撞擊｜運転手 うんてんしゅ 名 司機；駕駛

それぞれ 名 各自｜ところで 接 話說回來｜レポート 名 報告

怒る おこる 動 生氣｜だめだ な形 不行

かぜを引く かぜをひく 感冒

6

[音檔]

テレビでアナウンサーと女の人が話しています。女の人は何が問題だと言っていますか。

M：今日は子ども宇宙科学館の館長の森田先生にお話を伺います。子ども宇宙科学館では今、どのようなことに取り組んでいらっしゃいますか。

F：はい、子ども宇宙科学館では、毎月第一土曜日に星の観察会を行っています。

M：星の観察会ですか。

F：はい。毎回、多くのお子さんたちがお父さんやお母さんと一緒に参加してくれています。それから、こちらは日曜ですが、大学などで月や星の研究をしている先生方に来ていただいて、現在の科学でわかっていること、まだわかっていないことについて勉強する会を開いています。

M：おもしろそうですね。そちらも参加者は多いですか。

F：それが、残念ながら、勉強会の参加者は年々、少なくなっています。月や星が好きなお子さんがいても、お父さんやお母さんのほうに興味がなかったり、時間がなかったりして、お子さんを連れて来ないようです。

M：科学に対する興味がないことが問題だということですね。

F：いえ、科学だけじゃないんです。とにかく親が忙しくて、子供の興味を伸ばすことに時間を使えないんですね。

女の人は何が問題だと言っていますか。

[題本]

1　科学にはまだわからないことが多いこと

2　勉強会への参加者が減っていること

3　科学にきょうみがない子供が増えたこと

4　親が子供のために時間を使えないこと

中譯　主播正在電視上和女人交談。女人說問題出在哪裡？

M：今天來訪問兒童宇宙科學館的館長森田老師。兒童宇宙科學館現在致力於哪方面的活動呢？

F：是的。兒童宇宙科學館會在每個月的第一個禮拜六舉辦星星觀察會。

M：星星觀察會嗎？

F：對，每次都會有許多小朋友和爸爸媽媽一起參加。再來，我們也會在禮拜天邀請大學等單位研究月亮或星星的老師舉辦讀書會，研究目前科學已知和未知的事。

M：感覺很有趣呢。這個活動參加的人也很多嗎？

F：很遺憾地的，讀書會的參加人數年年遞減。即便小孩喜歡月亮星星，如果父母沒興趣，或沒時間的話，好像就不會帶孩子來。

M：問題就出在對科學沒興趣對吧？

F：不，不只是科學。總而言之主要是因為父母忙碌，無法花時間拓展孩子的興趣。

女人說問題出在哪裡？

1　有許多科學未知的事

2　讀書會參加人數減少

3　對科學沒興趣的兒童變多

4　父母無法花時間在孩子身上

解析　本題詢問女子提到的問題為何。各選項的重點為1「有很多科學尚未了解的東西」、2「參加學習會的人數減少」、3「對科學沒興趣的孩子變多」、4「父母無法把時間花在孩子身上」。對話中，女子表示：「とにかく親が忙しくて、子供の興味を伸ばすことに時間を使えないんですね（總之因為父母太忙，所以沒辦法花時間培養孩子的興趣）」，因此答案為4親が子供のために時間を使えないこと（父母無法把時間花在孩子身上）。1並未擔心此事；2並非主要的問題；3對話中並未提到。

單字　宇宙科学館 うちゅうかがくかん 名 宇宙科學館

館長 かんちょう 名 館長｜取り組む とりくむ 動 致力從事

第一 だいいち 名 第一｜星 ほし 名 星星

観察会 かんさつかい 名 觀察會｜行う おこなう 動 舉辦

毎回 まいかい 名 每次｜多く おおく 名 許多｜参加 さんか 名 參加

月 つき 名 月｜研究 けんきゅう 名 研究｜現在 げんざい 名 現在

科学 かがく 图科學 ┆ 開く ひらく 動舉辦

残念だ ざんねんだ な形遺憾的 ┆ 参加者 さんかしゃ 图參加者

年々 ねんねん 副年年 ┆ 興味 きょうみ 图興趣

連れて来る つれてくる 帶來 ┆ とにかく 副總而言之

伸ばす のばす 動拓展 ┆ 減る へる 動減少 ┆ 増える ふえる 動增加

作答說明和例題

問題3では、問題用紙に何もいんさつされていません。この問題は、全体としてどんな内容かを聞く問題です。話の前に質問はありません。まず話を聞いてください。それから、質問とせんたくしを聞いて、1から4の中から、最もよいものを一つ選んでください。では練習しましょう。

会社のパーティーで女性の社長が話しています。

F：皆さん、今年もこのように多くの若者が私達の会社のメンバーとして働いてくれることになりました。今年、入社した皆さんには、ぜひ積極的に仕事をしてほしいと思います。これから仕事を始める皆さんは、日本だけでなく世界中の人々がビジネスの相手となります。まず1年、ご自分の英語の力を伸ばし、仕事で使えるレベルにしてください。1年目は任される仕事もあまり多くないですが、2年、3年と仕事を続けていくと、どんどん忙しくなるでしょう。時間が使える今がチャンスなのです。どうかそれを忘れずに、時間を有効に活用してください。これからの皆さんに期待しています。

社長は何について話していますか。
1 積極的に働く社員の紹介
2 新人社員にしてほしいこと
3 社員の仕事の忙しさ
4 時間を上手に使う方法

最もよいものは2番です。解答用紙の問題3の例のところを見てください。最もよいものは2番ですから、答えはこのように書きます。では、始めます。

中譯 問題3題目卷沒有印任何文字。此大題是聆聽整體內容的題目，對話開始前不會有問題。請先聽對話，接著聽問題與選項，並從1到4的選項中，選出一個最適當的答案。

女社長正在公司的派對上說話。

F：大家好，今年也如同大家所見，有許多年輕人加入我們的行列一起工作。希望今年進公司的大家能積極地工作。我想告訴接下來要開始工作的大家，我們的生意對象不只有

日本人，而是全世界。**請大家在第一年先培養自己的英文實力，提升到可以在工作中使用的程度。**第一年被交付的工作不會太多，持續工作兩三年後，應該會愈來愈忙。請別忘了要**有效利用時間**。期待大家今後的表現。

社長在談論什麼主題？
1 介紹積極工作的員工
2 對新進員工的期許
3 員工的工作有多忙碌
4 妥善運用時間的方法

最適當的選項是2。請看答案卷問題3的範例。最適當的選項是2，因此要像這樣填寫答案。那麼，開始作答。

1

[音檔]
ラジオで女の人が話しています。

F：ラジオをお聞きの皆さん、一人旅をされたことがありますか。この番組では先日、一人旅の経験がある20代から50代の方にアンケート調査を行いました。多くの方が一人で旅行されているんですね。なぜ一人旅をするかという質問に対しては、「人に気を使わなくていい」「その日の気分で予定を変更できる」「旅先で自分の趣味に時間を使える」などいろいろなご意見が集まりました。なるほど、自由に旅行したい人には、一人旅がおすすめなのかもしれません。

女の人は何について話していますか。
1 アンケート調査の仕方
2 一人旅をする理由
3 意見を集めることのよさ
4 自由な旅行の楽しみ方

中譯 女人正在廣播裡說話。

F：收聽本節目的聽眾朋友，大家有一個人旅行過嗎？本節目前幾天針對曾獨自旅行的20多歲至50多歲的對象進行了一項問卷調查。很多人都會一個人旅行呢。問卷裡有題目問為什麼要一個人旅行，我們收到了各種回覆。像是「不必在乎別人」、「可以依當天的心情更改行程」、「在旅行地點可以把時間花在自己的興趣上」等等。原來如此，想自由旅行的人，或許很推薦自己一個人旅行呢。

女人在談論什麼主題？
1 問卷調查的做法
2 一個人旅行的原因
3 收集意見的好處
4 享受自由旅行的方法

解析 情境說明中僅提及一名女子，因此預計會針對該段話的主題或此人的中心思想出題。女子提到：「なぜ一人旅をするかという質問に対しては、「人に気を使わなくていい」「その日の気分で予定を変更できる」「旅先で自分の趣味に時間を使える」などいろいろなご意見が集まりました（當被問到為什麼選擇一個人旅行時，他們提出了各種想法：「不需要在意別人」、「可以隨天心情調整行程」、「到旅遊景點時，可以把時間花在自己的感興趣的事情上」）」，而本題詢問的是女子談論的內容為何，因此答案要選 2 一人旅をする理由（一個人旅行的理由）。

2

[音檔]
大学で先生が話しています。

M：えー、これからの日本は、少子高齢化が進み、ますます労働人口が減っていきます。人手不足に悩んでいる会社も、もっと多くなっていくでしょう。そこで、これから増える高齢者に、もう一度働いてもらうという方法が考えられています。それは、単なる退職年齢の延長ではなく、経験豊かな高齢者が若い社員を育てたり、お客様に安心感を与えるなどのメリットも期待されるアイディアです。つまり、健康で働きたい高齢者の活用は、人手不足に対する有効な方法になると思います。

この先生は何について話していますか。
1　働く人の数の減り方
2　人手不足の解決方法
3　若い社員を育てるアイディア
4　社員が健康に働ける環境

中譯　老師正在大學裡說話。

　　M：那個，接下來日本少子高齡化的情形會愈來愈嚴重，勞動人口會逐漸減少。苦於人手不足的公司應該也會愈來愈多。因此有人想出一個方法，就是讓接下來增加的銀髮族再次回到職場工作。這不單只是延長退休年齡，也有許多好處。像是經驗豐富的銀髮族可以培養年輕員工，或是帶給客人安心感。也就是說，活用健康且想工作的銀髮族，將會是個有效減緩人手不足的方法。

這個老師在談論什麼主題？
1　勞動人口的減少方式
2　人手不足的解決方法
3　培養年輕員工的點子
4　員工可健康工作的環境

解析 情境說明中僅提及一位老師，因此預計會針對該段話的主題或此人的中心思想出題。老師提到：「人手不足に悩んでいる会社（因勞動力不足而苦惱的公司）」，以及「健康で働きたい高齢者の活用は、人手不足に対する有効な方法になると思います（我認為利用健康且想要工作的老年人，將是有效解決勞動力不足的方法）」，而本題詢問的是老師談論的內容為何，因此答案要選 2 人手不足の解決方法（解決勞動力不足的方法）。

3

[音檔]
テレビで男の人が話しています。

M：本屋さんは本のことをよく知っています。その本屋さん達が投票をして、一番おもしろい本を決めるイベントがあります。このイベントで選ばれた本の売り上げが伸びています。ほかの文学賞も話題にはなりますが、作家や評論家が選ぶ本より、日本全国の本屋の店員が投票し、一般の読者の気持ちで選んでいるので、読者に親しみを感じさせるのでしょう。本が売れないと言われている今、このイベントがきっかけとなり、本が売れるようになりました。

男の人は何について話していますか。
1　本屋が行う投票のおもしろさ

2 最近の本の売り上げの変化
3 一般の人の本に対する気持ち
4 本が売れるようになったきっかけ

中譯 男人正在電視裡說話。

　M：書店很了解書。有個活動是書店業者們投票決定最有趣的
　　　書，在這個活動獲選的書銷售額都會成長。雖然其他的文
　　　學獎也話題性十足，但和作家及評論家選的書相比，這個
　　　活動是由日本全國的書店店員投票，是以一般讀者的角度
　　　來選擇，所以才會讓讀者感到親近吧。在現在這個人們說
　　　書不好賣的年代，這個活動反倒成了讓書籍暢銷的契機。

　　　男人在談論什麼主題？
　　　1　書店舉辦投票的有趣之處
　　　2　最近的書籍銷售額變化
　　　3　一般人對書的看法
　　　4　書籍暢銷的契機

解析 情境說明中僅提及一名男子，因此預計會針對該段話的主題
　　　或此人的中心思想出題。男子提到：「本屋さん達が投票を
　　　して、一番おもしろい本を決めるイベントがあります（有
　　　一項活動是由書店店員投票，選出最有意思的書籍）」、以
　　　及「本が売れないと言われている今、このイベントがきっ
　　　かけとなり、本が売れるようになりました（在書本賣不太
　　　出去的現在，這項活動成為契機，促成了書的暢銷）」，而
　　　本題詢問的是男子談論的內容為何，因此答案要選 4 本が売
　　　れるようになったきっかけ（書本銷售出去的契機）。

單字 **本屋さん ほんやさん** 图書店　**投票 とうひょう** 图投票
　　　決める きめる 動決定　**イベント** 图活動
　　　選ぶ えらぶ 動選擇　**売り上げ うりあげ** 图銷售額
　　　伸びる のびる 動成長　**文学賞 ぶんがくしょう** 图文學獎
　　　話題 わだい 图話題　**作家 さっか** 图作家
　　　評論家 ひょうろんか 图評論家　**日本 にほん** 图日本
　　　全国 ぜんこく 图全國　**本屋 ほんや** 图書店
　　　店員 てんいん 图店員　**一般 いっぱん** 图一般
　　　読者 どくしゃ 图讀者　**気持ち きもち** 图心情
　　　親しみ したしみ 图親近　**感じる かんじる** 動感覺
　　　売れる うれる 動暢銷　**きっかけ** 图契機　**行う おこなう** 動舉辦
　　　変化 へんか 图變化

4

[音檔]
レポーターが女の人に、休みの過ごし方について聞いて
います。
　M：こんにちは。先週の連休ですが、どちらかに行かれま
　　　したか。
　F：ええ。子供達と一緒に海に行きました。あまり暑くなく
　　　て、ちょうどいい天気だったので。でも、こんなに日に

焼けてしまったんですけどね。家から車で1時間半くら
いのところだったんですが、人も多くなくて、いいとこ
ろでした。子供達がさわぐので、ちょっと大変でした
けど。
　M：そうですか。ご家族皆さんで？
　F：いいえ、実は私と子供達だけで。夫は仕事だったんで
　　　す。ホテルに勤めているので、なかなか休みが合わな
　　　くて。
　M：一緒に休めるといいですね。
　F：ええ、本当に。でも、1年に何回かは、休みを合わせ
　　　て、出かけているので。それで満足です。

女の人は休みの過ごし方についてどう思っていますか。
1 いつも家族全員で一緒に休めないのは嫌だ
2 たまに家族全員で出かけられるので満足だ
3 家族で出かけるのは、にぎやかで楽しい
4 夫と休みが合わないので、いつも一人だ

中譯 記者正在詢問女人假日的過法。

　M：您好。上禮拜的連假您去了哪裡呢？
　F：是的，我和孩子們去了海邊。因為天氣不太熱，氣溫剛剛
　　　好。但我還是被太陽曬成這樣了。從家裡開車過去要一個
　　　半小時，人也很多，但是個好地方。不過孩子們很吵鬧，
　　　所以有點辛苦。
　M：這樣啊，您是全家一起去嗎？
　F：不是，其實只有我和孩子們。我老公有工作。他在飯店任
　　　職，所以休假很難配合。
　M：可以一起休假就太好了呢。
　F：對，真的。但是我們一年會一起休假幾次出門，這樣已經
　　　滿足了。

　　　女人對假日的過法有什麼看法？
　　　1　總是無法全家一起休假，很討厭
　　　2　偶爾可以全家一起出門，所以很滿足
　　　3　全家一起出門既熱鬧又開心
　　　4　無法配合丈夫的休假日，所以總是獨自一人

解析 情境說明中提及有一名記者和一名女子，因此預計會針對第
　　　二個提及的人（女子）的想法、或行為目的出題。對話中，
　　　女子提到：「でも、1年に何回かは、休みを合わせて、出
　　　かけているので。それで満足です（但是，一年中有幾次能
　　　配合假期外出，那樣我就很滿足了）」，而本題詢問的是女
　　　子針對度過假期有什麼看法，因此答案要選 2 たまに家族全
　　　員で出かけられるので満足だ（對於全家人偶爾能一起外出
　　　感到滿足）。

單字 **過ごし方 すごしかた** 图過法　**連休 れんきゅう** 图連假
　　　日に焼ける ひにやける 曬黑　**さわぐ** 動吵鬧
　　　実は じつは 副其實　**夫 おっと** 图丈夫　**勤める つとめる** 動任職

なかなか 副難以｜合う あう 動相配｜合わせる あわせる 動配合
満足 まんぞく 名滿足｜全員 ぜんいん 名全員
嫌だ いやだ イ形討厭的｜たまに 副偶爾

[音檔]

テレビで男の人が話しています。

M：えー、最近のペットブームで、小型のイヌはとても人気があります。室内で飼う人が多いんですね。また、体が小さいと、例えば病院に連れて行くときなども、女性一人で大丈夫です。大型のイヌでしたら、そうはいきませんから。えー、小さいイヌでも毎日、外に散歩に連れて行く必要がありますが、気になっているのは、散歩の時間帯です。今は夏ですから、昼間の気温はかなり高くなります。都市部では夕方になっても、暑いところも多いです。そんな中、散歩させられたら、イヌだって大変です。特に、昼間の気温で熱くなった道を散歩しているイヌを時々見かけますが、足をやけどすることもあります。この季節に、イヌを散歩させるときは、気温だけじゃなく、道の熱さにも気を付けてください。

男の人は、何の話をしていますか。
1 小さいイヌと病気の関係
2 夏の散歩の重要性
3 イヌを散歩させるときの注意
4 イヌがやけどをしたときの対応

中譯 男人正在電視上說話。

M：呃，在最近的寵物熱潮中，小型犬相當受歡迎，很多人應該都是養在室內。另外，因為體型小，所以帶去醫院之類的場合，女生一個人就能應付。大型犬的話就行不通了。呃，即便是小型犬，也需要每天帶出去散步。但我在意的是散步的時段。現在是夏季，白天的氣溫相當高，在都市地區有許多地方即便到了傍晚還是很熱，如果在這個時候遛狗，對狗來說也是件苦差事。特別是我有時會看到狗在白天炎熱氣溫下發燙的馬路上散步，有的狗甚至還會燙傷。在這個季節，遛狗時不只要注意氣溫，也請務必注意馬路的熱度。

男人在談論什麼主題？
1 小型犬與疾病的關聯
2 夏天散步的重要性
3 遛狗時的注意事項
4 狗燙傷時的應對

解析 情境說明中僅提及一名男子，因此預計會針對該段話的主題

或此人的中心思想出題。男子提到：「気になっているのは、散歩の時間帯です（需要留意的是散步的時間）」、以及「この季節に、イヌを散歩させるときは、気温だけじゃなく、道の熱さにも気を付けてください（在這個季節遛狗時，不僅要注意氣溫，還要注意道路的熱度）」，而本題詢問的是男子談論的內容為何，因此答案要選3イヌを散歩させるときの注意（遛狗時的注意事項）。

單字 最近 さいきん 名最近｜ブーム 名熱潮｜小型 こがた 名小型
イヌ 名狗｜人気 にんき 名人氣｜室内 しつない 名室內
飼う かう 動飼養｜例えば たとえば 副例如
連れて行く つれていく 帶去｜女性 じょせい 名女性
大型 おおがた 名大型｜必要 ひつよう 名必要
気になる きになる 在意｜時間帯 じかんたい 名時段
昼間 ひるま 名白天｜気温 きおん 名氣溫｜かなり 副相當
都市部 としぶ 名都市地區｜だって 連～都｜特に とくに 副特別是
見かける みかける 動看見｜やけどする 燙傷
季節 きせつ 名季節｜気を付ける きをつける 名注意
関係 かんけい 名關係｜重要性 じゅうようせい 名重要性
注意 ちゅうい 名注意｜対応 たいおう 名應對

☞ **問題4**，試題本上不會出現任何內容。因此請利用播放例題的時間，事先回想即時應答大題的解題策略。一旦聽到「では、始めます」，便準備開始作答。

作答說明和例題

問題4では、問題用紙に何もいんさつされていません。まず文を聞いてください。それから、それに対する返事を聞いて、1から3の中から、最もよいものを一つ選んでください。では練習しましょう。

M：その日は子どもの運動会を見に行かなきゃいけないから、無理だよ。
F：1 え、昨日、運動会だったんですか。
　　2 じゃあ、日程を変えないといけないですね。
　　3 本当に見に行ってあげないんですか。

最もよいものは2番です。解答用紙の問題4の例のところを見てください。最もよいものは2番ですから、答えはこのように書きます。では、始めます。

中譯 問題4試題卷上沒有印任何文字。請先聽對話再聽回答，並從1到3的選項中，選出一個最適當的答案。

M：那天我得去看小孩的運動會，不方便耶。
F：1 咦，運動會不是昨天嗎？
　　2 那就得更改日程了呢。
　　3 你真的不去看嗎？

最適當的答案是2。請看答案卷問題4的範例。最適當的答案是2，因此答案要這樣寫。那麼，測驗開始。

1

[音檔]

F：田中さん、あさってのパーティーの準備、手伝ってくれない？

M：1 いや、それはくれなきゃ困ります。

　　2 いいですよ。何しましょうか。

　　3 いえいえ、もう大丈夫です。

中譯 F：田中，可以幫我準備後天的派對嗎？

　　M：1 不要，不給我的話我很困擾。

　　　2 可以啊。我要做什麼呢？

　　　3 不會不會，已經沒事了。

解析 本題情境中，女生請男生幫忙準備派對。

　　1（✗）把「くれない」改成「くれなきゃ」，為陷阱選項。

　　2（○）回答「好，我要做什麼？」，故為適當的答覆。

　　3（✗）不符合「對方要求幫忙」的情境。

單字 準備 じゅんび 图準備｜手伝う てつだう 動幫忙

2

[音檔]

M：最近忙しくて、全然映画を見に行く時間がないんだ。

F：1 私、映画はあまり見ないんです。

　　2 忙しくなる前に、見に行ったほうがいいですね。

　　3 それは残念ですね。見たい映画があるんですか？

中譯 M：我最近很忙，完全沒時間去看電影呢。

　　F：1 我不太看電影。

　　　2 變忙之前去看比較好吧。

　　　3 真可惜。你有想看的電影嗎？

解析 本題情境中，男生表示最近很忙，完全沒有時間去看電影。

　　1（✗）男生先提出沒空去看電影。

　　2（✗）不符合「最近很忙」的情境。

　　3（○）回答「真是遺憾」，並反問對方是否有想看的電影，故為適當的答覆。

單字 最近 さいきん 图最近｜全然 ぜんぜん 副完全

　　殘念だ ざんねんだ な形可惜的

3

[音檔]

F：どうして急いでいる時に限って、電車が遅れたりするんだろう。

M：1 そういうことってあるよね。

　　2 電車に乗り遅れたの？

　　3 急いだら間に合うよね。

中譯 F：為什麼電車只會在我趕時間的時候延遲呢。

　　M：**1 這種事也會有嘛。**

　　2 妳沒趕上電車嗎？

　　3 快一點就來得及喔。

解析 本題情境中，女生抱怨為何電車總在趕時間的時候誤點。

　　1（○）回答「確實會發生這種事」，故為適當的答覆。

　　2（✗）不符合「電車誤點」的情境。

　　3（✗）把「急いで（いそいで）」改成「急いだら（いそいだら）」，為陷阱選項。

單字 急ぐ いそぐ 動趕時間｜遅れる おくれる 動延遲

　　乗り遅れる のりおくれる 動趕不上

　　間に合う まにあう 來得及

4

[音檔]

M：あの新しくできたレストラン、おいしいって聞いたよ。今度、一緒に行ってみない？

F：1 まだ見たことないよ。

　　2 じゃあ、中野さんも誘ってみようよ。

　　3 おいしいかどうか、聞いたことがないなぁ。

中譯 M：聽說那間新開的餐廳很好吃喔。下次要不要一起去去看？

　　F：1 我還沒看過喔。

　　　2 那我們也試著約中野吧。

　　　3 沒聽說過好不好吃呢。

解析 本題情境中，男生提議要一起去新開的餐廳。

　　1（✗）把「みない」改成「見たことない（みたことない）」，為陷阱選項。

　　2（○）回答「也邀請中野一起去吧」，故為適當的答覆。

　　3（✗）不符合「男生聽說餐廳很好吃」的情境。

單字 今度 こんど 图下次｜誘う さそう 動邀約

5

[音檔]

M：課長、来週の出張ですが、お客様の都合で来月に延期になりました。

F：1 そう。じゃあ、予定表を修正しておいてね。

　　2 じゃあ、お客様にも連絡しておいてね。

　　3 いや、まだ連絡は来ていないよ。

中譯 M：課長，關於下禮拜的出差，因為客戶時間不方便，延到下個月了。

　　F：**1 這樣啊，那記得修改預定行程表喔。**

　　　2 那也聯絡一下客戶吧。

　　　3 不，我還沒收到通知呢。

解析 本題情境中，男生報告出差延期一事。

　　1（○）回答「那幫我修改日程表」，故為適當的答覆。

　　2（✗）不符合「因顧客導致出差延期」的情境。

　　3（✗）不符合「已接到顧客聯繫」的情境。

單字 **課長 かちょう** 图課長｜**出張 しゅっちょう** 图出差

　　お客様 おきゃくさま 图客戶｜**都合 つごう** 图情況

　　延期 えんき 图延期｜**予定表 よていひょう** 图預定行程表

　　修正 しゅうせい 图修改｜**連絡 れんらく** 图聯絡

6

[音檔]

M：僕、まだ沖縄に行ったことがないんだけど、山崎さん
　　は行ったことある？

F：1　ううん、沖縄に友達はいないよ。

　　2　うん、台風が来ているから気をつけてね。

　　3　うん、去年、高木さんといってきたよ。

中譯 M：我還沒去過沖繩，山崎妳去過嗎？

　　F：1　沒有，我沒有朋友在沖繩喔。

　　　　2　嗯，颱風來了，要小心喔。

　　　　3　嗯，我去年和高木一起去過囉。

解析 本題情境中，男生告訴女生自己從未去過沖繩。

　　1（×）重複使用「沖縄（おきなわ）」，為陷阱選項。

　　2（×）提到「来る（來）」，僅與題目句的「行く（去）」
　　　　有所關聯。

　　3（○）回答「去年跟高木去過一趟」，故為適當的答覆。

單字 **沖縄 おきなわ** 图沖繩｜**台風 たいふう** 图颱風

　　気をつける きをつける 小心

7

[音檔]

F：悪いんだけど、あとでこのサンプルをお客様に届けて
　　ほしいんだ。

M：1　分かりました。すぐにもらっておきます。

　　2　お客様は何時にいらっしゃるんですか？

　　3　午後になってしまっても大丈夫ですか？

中譯 F：抱歉，待會幫我把這個樣品寄給客戶。

　　M：1　了解。我馬上去領。

　　　　2　客戶會幾點來呢？

　　　　3　下午再寄可以嗎？

解析 本題情境中，女生麻煩對方把樣品寄給客人。

　　1（×）不符合「應寄出樣品」的情境。

　　2（×）不符合「寄樣品給客人」的情境。

　　3（○）反問「下午（再寄）也沒關係嗎」，故為適當的答
　　　　覆。

單字 **サンプル** 图樣品｜**お客様 おきゃくさま** 图客戶

　　届ける とどける 動寄送｜**いらっしゃる** 動來（くる的尊敬語）

8

[音檔]

M：雨が降ってきたみたいだから、この傘どうぞ。

F：1　うん、使っていいよ。

　　2　じゃあ、お借りします。

　　3　傘、持ってないの？

中譯 M：好像下雨了，請用這把傘。

　　F：1　嗯，你可以用喔。

　　　　2　那我就和您借了。

　　　　3　你沒帶傘嗎？

解析 本題情境中，男生把雨傘借給對方。

　　1（×）不符合「男生把傘借給女生」的情境。

　　2（○）回答「那我跟你借一下」，故為適當的答覆。

　　3（×）不符合「男生把傘借給女生」的情境。

單字 **借りる かりる** 動借入

9

[音檔]

F：課長の説明は、いつも本当にわかりやすいよね。

M：1　うん、あんな風に話せるようになりたいよね。

　　2　ええ、分からないところは聞いたほうがいいよ。

　　3　そう、説明をよく聞いていれば分かるよね。

中譯 F：課長的說明真的一直都很好懂呢。

　　M：1　嗯，很想變得像他那麼會說話呢。

　　　　2　對啊，不懂的地方還是問一下比較好喔。

　　　　3　這樣啊，有仔細聽說明的話就會了解對吧。

解析 本題情境中，女生表示課長的說明淺顯易懂。

　　1（○）回答「我也想學會那種說話方式」，故為適當的答
　　　　覆。

　　2（×）把「わかり」改成「分からない（わからない）」，
　　　　為陷阱選項。

　　3（×）不符合「課長的說明淺顯易懂」的情境。

單字 **課長 かちょう** 图課長｜**説明 せつめい** 图說明

10

[音檔]

F：今年の夏休みは、どこにも行かないで家でのんびりし
　　ようかなあ。

M：1　行くなら温泉がいいんじゃない？

　　2　せっかく長い休みなのにもったいないよ。

　　3　どこにも行けないのは残念だね。

中譯 F：今年暑假我應該哪都不會去，會待在家悠哉地度過吧。

　　M：1　要去玩的話溫泉不錯吧？

　　　　2　難得有長假，很可惜耶。

離れる はなれる 動遠離｜田舍 いなか 名郷下

つもり 名打算｜つぶす 動打發（時間）

かける 動花費｜経つ たつ 動經過

過ごす すごす 動度過

21

我小時候喜歡在大自然裡（　　）作畫。

1　慢吞吞	**2　悠閒**
3　茁壯	4　竊竊私語

解析 四個選項皆為副詞。括號加上其後方內容表示「のびのびと
　　絵を描く（悠閒地畫畫）」最符合文意，因此答案為2的
　　のびのび。其他選項的用法為：1のろのろと歩く（緩慢地行
　　走）；3すくすくと大きくなる（迅速地成長）；4ひそひそ
　　と話す（竊竊私語）。

單字 自然 しぜん 名自然｜描く かく 動繪畫

　　のろのろ 副慢吞吞｜のびのび 副輕鬆；悠哉

　　すくすく 副成長茁壯貌｜ひそひそ 副竊竊私語貌

22

這間公司會先調查顧客的（　　）再生產產品。

1　需求	2　資料
3　時機	4　機會

解析 四個選項皆為名詞。括號加上前後方內容表示「客のニーズ
　　を調査（調查客戶的需求）」最符合文意，因此答案為1ニ
　　ーズ。其他選項的用法為：2データを転送する（傳送數
　　據）；3タイミングをずらす（錯過時機）；4チャンスをつ
　　かむ（抓住機會）。

單字 客 きゃく 名顧客｜調查 ちょうさ 名調查

　　製品 せいひん 名產品｜ニーズ 名需求｜データ 名資料

　　タイミング 名時機｜チャンス 名機會

23

終於完成作品了。

1　發售	2　提交
3　寄送	**4　完成**

解析 仕上げる的意思為「完成、收尾」，選項中意思最為相近的
　　是4完成させる，故為正解。

單字 やっと 副終於｜作品 さくひん 名作品

　　仕上げる しあげる 動完成｜発売 はつばい 名發售

　　提出 ていしゅつ 名提交｜送付 そうふ 名寄送

　　完成 かんせい 名完成

24

嘗試看看所有方法。

1　想得到的	2　至今沒有的
3　最好的	4　從以前就有的

解析 あらゆる的意思為「所有」，選項中可替換使用的是1考え

られる限りの，故為正解。

單字 あらゆる 所有的｜**方法 ほうほう** 名方法

　　試す ためす 動嘗試｜考える かんがえる 動思考

　　最も もっとも 副最｜以前 いぜん 名以前

25

年輕時，我<u>經常</u>被前輩警告。

1　嚴厲地	2　詳細地
3　總是	4　有時

解析 しょっちゅう的意思為「總是」，選項中意思最為相近的是
　　3いつも，故為正解。

單字 若い わかい い形年輕的｜先輩 せんぱい 名前輩

　　しょっちゅう 副經常｜注意 ちゅうい 名警告

　　きびしい い形嚴厲的｜こまかい い形詳細的

　　いつも 副總是｜ときどき 副有時候

26

公車<u>慢吞吞</u>地在窄路前進。

1　安全地	**2　緩慢地**
3　快速地	4　筆直地

解析 のろのろ的意思為「緩慢地」，選項中意思最為相近的是2
　　ゆっくり，故為正解。

單字 のろのろ 副慢吞吞地｜進む すすむ 動前進

　　安全だ あんぜんだ な形安全的｜ゆっくり 副緩慢地

　　速い はやい い形快速地｜まっすぐ 副筆直地

27

那是個資源<u>匱乏</u>的島國。

1　被製作	2　非常多
3　不足	4　完全沒有

解析 とぼしい的意思為「缺乏的」，選項中意思最為相近的是3
　　不足している，故為正解。

單字 資源 しげん 名資源｜とぼしい い形匱乏的

　　島国 しまぐに 名島國｜作る つくる 動製作｜とても 副非常

　　多い おおい い形多的｜不足 ふそく 名不足｜まったく 副完全

28

故意

1　那個朋友<u>故意</u>從遠方來見我。

2　<u>故意</u>塞太多食物，所以袋子破了。

3　我很生氣，所以<u>故意</u>發出聲音關門。

4　那部電影很無趣，所以我<u>故意</u>睡著了。

解析 題目字彙「わざと（故意、刻意）」用於表示明知其結果，
　　卻硬要做某件事，屬於副詞，所以要先確認各選項中，該字
　　彙與前後方的內容。正確用法為「腹が立ったので、わざと
　　音を立ててドアを閉めた（因為生氣，所以關上門時刻意發
　　出聲響）」，因此答案為3。其他選項可改成：1わざわざ

（特地）；2 つい（無意間）；4 うっかり（不小心）。

單字 わざと 副故意｜食材 しょくざい 名食材
　　袋 ふくろ 名袋子｜破れる やぶれる 動破掉
　　腹が立つ はらがたつ 生氣
　　音を立てる おとをたてる 發出聲音
　　退屈だ たいくつだ な形無趣的

29

嚴重

1　她說有嚴重的事要說，把我叫了出去。
2　那間公司的員工總是工作到很嚴重的時間。
3　他總是以嚴重的態度在進行工作。
4　那座森林有許多嚴重的動物，注意點比較好。

解析 題目字彙「深刻（嚴重）」用於表示情況相當深刻且重大，屬於名詞，所以要先確認各選項中，該字彙與其後方的內容。正確用法為「深刻な話がある（有嚴重的事情）」，因此答案為1。其他選項可改成：3 真剣だ（しんけんだ，認真）；4 危険だ（きけんだ，危險）。

單字 深刻だ しんこくだ な形嚴重的
　　呼び出す よびだす 動叫出去｜社員 しゃいん 名員工
　　態度 たいど 名態度｜取り組む とりくむ 動致力從事
　　森 もり 名森林｜注意 ちゅうい 動注意

30

混亂

1　這條路有許多要去車站的人，總是很混亂。
2　那座都市的新舊建築美麗地混亂在一塊。
3　老師的研究室書都拿出來就擺著不管，非常混亂。
4　地區的經濟因國家獨立而陷入混亂。

解析 題目字彙「混乱（混亂）」用於表示狀況沒有條理和秩序，屬於名詞，所以要先確認各選項中，該字彙與其前方的內容。正確用法為「地域の経済が混乱した（當地經濟一片混亂）」，因此答案為4。其他選項可改成：1 混雑する（こんざつする，擁擠）；2 混在する（こんざいする，混合）；3 散乱する（さんらんする，散亂）。

單字 混乱 こんらん 名混亂｜向かう むかう 動前往
　　都市 とし 名都市｜美しい うつくしい い形美麗的
　　研究室 けんきゅうしつ 名研究室
　　出しっぱなし だしっぱなし 拿出來擺著不管
　　独立 どくりつ 名獨立｜地域 ちいき 名地區｜経済 けいざい 名經濟

31

累積

1　家門前的路每天早上都累積許多車，相當困擾。
2　那個祭典也有許多來自其他地區的人累積，因此很有名。
3　連續工作 10 天會累積許多疲勞。
4　氣象預報說明天會變很冷，還會累積雪。

解析 題目字彙「たまる（累積）」用於表示事、情感、感覺等累積

起來，屬於動詞，所以要先確認各選項中，該字彙與其前方的內容。正確用法為「疲れがたまる（疲勞累積）」，因此答案為3。其他選項可改成：1 止まる（とまる，停）；2 集まる（あつまる，聚集）；4 積もる（つもる，堆積）。

單字 たまる 動累積｜祭り まつり 名祭典
　　他の ほかの 其他的｜地域 ちいき 名地區｜多く おおく 名許多
　　有名だ ゆうめいだ な形有名的｜連続 れんぞく 名連續
　　続く つづく 動連續｜疲れ つかれ 名疲勞
　　予報 よほう 名預報

32

非常

1　那個店員的說明聽起來稍微非常。
2　對於那條高速公路的開通，居民非常高興。
3　我媽都缺乏運動了，卻還是非常不想運動。
4　那門課很有人氣，有非常多的學生出席。

解析 題目字彙「大いに（大地、非常）」用於表示程度較一般更深或更多，屬於副詞，所以要先確認各選項中，該字彙與前後方的內容。正確用法為「高速道路が開通したことを、大いに喜んでいる（對高速公路的通車感到十分高興）」，因此答案為2。其他選項可改成：1 大げさだ（おおげさだ，誇張）；3 少しも（すこしも，稍微）；4 すごく（驚人地）。

單字 大いに おおいに 副非常｜店員 てんいん 名店員
　　説明 せつめい 名說明｜聞こえる きこえる 動聽起來
　　住民 じゅうみん 名居民｜高速道路 こうそくどうろ 名高速公路
　　開通 かいつう 名開通｜喜ぶ よろこぶ 動高興
　　運動不足 うんどうぶそく 名缺乏運動｜人気 にんき 名人氣
　　出席 しゅっせき 名出席

言語知識（文法）　　　　　p.68

33

新商品的名稱（　　）會在週五的會議決定。

1　完全　　　　　　　　　**2　也許**
3　該不會　　　　　　　　4　實在

解析 本題要根據文意，選出適當的副詞。括號後方連接「決定するでしょう（會做出決定）」，表示「應該會在週五的會議上決定」語意最為通順，因此答案為2 おそらく。

單字 新商品 しんしょうひん 名新商品｜会議 かいぎ 名會議
　　決定 けってい 名決定｜さっぱり 副完全｜おそらく 副也許
　　まさか 副該不會｜どうも 副實在

34

（新進教師的致詞）
「我 20 年前從這所高中畢業。睽違 20 年，我很高興能（　　）回到這裡。」

1　以教師的身分　　　　2　對教師而言
3　對於教師　　　　　　　4　以教師來說

解析 本題要根據文意，選出適當的文法。四個選項皆可置於名詞「教師（老師）」的後方，因此得確認括號後方連接的內容「ここに戻って来ることができて（可以回到這裡）」。整句話表示「很高興能在畢業後，時隔 20 年以老師的身份回到這裡」最為適當，因此答案為 1 として。建議一併熟記其他選項的意思。

單字 **あいさつ** 图致詞；打招呼 **高校 こうこう** 图高中
卒業 そつぎょう 图畢業 **〜ぶり** 睽違〜 **教師 きょうし** 图教師
戻って来る もどってくる 回來 **うれしい** い形高興的
〜として 以〜的身分 **〜にとって** 對〜而言
〜に対して 〜にたいして 對於〜
〜にして 以…來說、到了〜

35

在國外生活後才（　　）知道，自己並不了解自己的國家。

1	開始	2	開始後
3	唯有開始	4	開始時

解析 本題要根據文意，選出適當的文法。四個選項皆可置於動詞て形「生活して（生活）」的後方，因此得確認括號後方連接的內容「自分の国について知らないということを知った（發現並不了解自己的國家）」。整句話表示「在國外生活過後，才發現自己並不了解自己的國家」最為適當，因此答案為 1 はじめて。建議一併熟記其他選項的意思。

單字 **海外 かいがい** 图國外 **生活 せいかつ** 图生活
〜について 對於〜；針對〜 **〜てはじめて** …後才開始〜
〜たら 〜之後 **〜こそ** 助正是〜 **〜うちに** 〜的時候

36

這座動物園的入場費（　　）年齡都是 500 日圓。

1	依據	2	當
3	不分	4	隨著

解析 本題要根據文意，選出適當的文法。四個選項皆可置於名詞「年齡（年齡）」的後方，因此得確認括號後方連接的內容「500 円です（500 日圓）」。整句話表示「動物園門票不分年齡都是 500 日圓」最為適當，因此答案為 3 にかかわらず。建議一併熟記其他選項的意思。

單字 **動物園 どうぶつえん** 图動物園
入場料金 にゅうじょうりょうきん 图入場費
年齢 ねんれい 图年齡 **〜によれば** 依據〜 **〜につけて** 當〜
〜にかかわらず 不分〜 **〜にしたがって** 隨著〜

37

（在公司）
上司「下週四的會議是幾點開始？」
部屬「抱歉，目前還沒決定，決定（　　）我會立刻聯絡您。」

1	隨著〜	2	漸漸
3	視〜而定	4	之後

解析 本題要根據文意，選出適當的文法。選項中只有「次第」可置於動詞ます形「決まり（確定下來）」的後方，因此答案為 4 次第。1 次第で和 3 次第の 皆連接名詞。建議一併熟記其他選項的意思。

單字 **上司 じょうし** 图上司 **会議 かいぎ** 图會議 **部下 ぶか** 图部屬
決まる きまる 動決定 **連絡 れんらく** 图聯絡
〜次第で 〜しだいで 隨著〜 **〜次第に 〜しだいに** 副漸漸
〜次第の 〜しだいの 視〜而定 **〜次第 〜しだい** 〜之後立刻

38

家人現在在國外旅遊。我原本預計也要去，但是（　　）護照，（　　）搭不了飛機。

1	因為我忘記帶……難怪	2	儘管我忘記帶……還是
3	我才剛忘記帶……所以	4	就因為我忘記帶……所以

解析 本題要根據文意，選出適當的文法句型。整句話表示「忘了帶護照，所以沒辦法上飛機」語意最為通順，因此答案為 4 忘れてしまったばかりに。建議一併熟記其他選項的意思。

單字 **海外 かいがい** 图國外 **旅行中 りょこうちゅう** 图旅遊中
予定 よてい 图預定 **パスポート** 图護照
〜だけあって 因為〜怪不得… **〜にもかかわらず** 儘管〜還是…
〜たばかりで 才剛〜
〜てしまう（遺憾語氣） **〜ばかりに** 就因為〜所以…

39

搞錯時間而在會議遲到，（　　）太不注意了。

1	只能說	2	可能
3	正在說	4	很難說

解析 本題要根據文意，選出適當的文法句型。整句話表示「因為搞錯時間而遲到，只能說是粗心所致」語意最為通順，因此答案為 1 言わざるを得ない。建議一併熟記其他選項的意思。

單字 **間違える まちがえる** 動搞錯 **会議 かいぎ** 图會議
遅刻 ちこく 图遲到
不注意だ ふちゅういだ な形不注意的；疏忽的
〜ざるを得ない 〜ざるをえない 只能〜 **〜かねない** 可能〜
〜最中だ 〜さいちゅうだ 正在〜的時候 **〜がたい** 難以〜

40

（在飯店）
客人「明天 10 點可以幫我叫計程車嗎？」
飯店員工「好的，10 點對吧。確實（　　）了。」

1	聽到	2	前往
3	收到	4	前來

解析 本題要根據對話內容，選出適當的敬語。根據情境，住客要求幫忙叫計程車，員工恭敬地表示有聽到對方的要求，因此答案要選 3 承りました。此處的「承る」為「引き受ける（接受）」的謙讓語。1 お聞きしました為「聞く（聽）」的謙讓表現；2 参りました為「来る（來）」的謙讓語；4 おいでになりました為「来る（來）」的尊敬語。

スタック 图員工；工作人員 ｜ **確かに たしかに** 剾確實

参る まいる 勔來（来る的謙讓語）

承る うけたまわる 勔接受（引き受ける的謙讓語）

おいでになる 勔來（来る的尊敬語）

41

我家孩子每天早上就算（　　），他也會自己起床上學喔。

1 我不叫他起床　　　　**2 不被我叫起床**

3 我被他叫起床　　　　4 我不讓他叫人起床

解析 本題要根據文意，選出適當的文法句型。整句話表示「我家小孩不用叫醒他，也會自行起床上學」語意最為通順，因此答案為 2 起こされなくても。此處的「起こされる」為「起こす」的被動形；4 起こさせないと為「起こす」的使役形。

單字 うちの子 うちのこ 图我家孩子 ｜ **自分で じぶんで** 靠自己

起きる おきる 勔起床 ｜ **～ことができる** 能夠～

起こす おこす 勔叫人起床

42

他的腳的傷勢（　　），可說再過 1 週就能跑了。

1 正開始恢復　　　　　2 正在恢復的時候

3 正要開始恢復　　　　**4 正逐漸恢復**

解析 本題要根據文意，選出適當的文法句型。整句話表示「他的腿正在恢復當中，再過一週就能跑步」語意最為通順，因此答案為 4 回復しつつあることから。建議一併熟記其他選項的意思。

單字 調子 ちょうし 图健康狀態 ｜ **あと** 剾之後

～ようになる 變成～的狀態 ｜ **回復 かいふく** 勔恢復

～たところだ 正在～ ｜ **～うちに** 正在～的時候

～ようとして 正要～ ｜ **～つつある** 正逐漸～

43

家事不應該交給妻子一人，（　　）夫妻合作完成。

1 有時會　　　　　　　2 看似不會

3 才剛　　　　　　　　**4 應該**

解析 本題要根據文意，選出適當的文法句型。整句話表示「家事應該由夫妻合作完成」語意最為通順，因此答案為 4 行うべきだ。建議一併熟記其他選項的意思。

單字 家事 かじ 图家事 ｜ **妻 つま** 图妻子

任せる まかせる 勔託付 ｜ **夫婦 ふうふ** 图夫妻

協力 きょうりょく 图合作 ｜ **行う おこなう** 勔執行；做

～ことがある 有時會～ ｜ **～そうもない** 看似不～

～ばかりだ 才剛～ ｜ **～べきだ** 應該～

44

聽說這本書是專為兒童撰寫的，但我這個大人看也（　　）。

1 應該很有趣　　　　　2 不可能會有趣

3 覺得很有趣　　　　4 覺得不有趣

解析 本題要根據文意，選出適當的文法句型。整句話表示「雖然這本是針對孩子所寫的書，但身為大人的我讀起來也很有意思」語意最為通順，因此答案為 3 おもしろかった。建議一併熟記其他選項的意思。

單字 ～向け ～むけ 專為～ ｜ **～はずだ** 應該～

～わけがない 不可能～

45

他被醫生說要減肥，但像那樣每天吃冰淇淋不可能瘦得下來吧。

1 瘦得下來　　　　　2 冰淇淋

3 不可能　　　　　　　4 吃

解析 3 わけがない要置於動詞普通形後方，因此可以先排列出 1 やせられる　3 わけがない（不可能瘦下來）。接著根據文意，再將其他選項一併排列成　每日 2 アイスクリームを　4 食べていたら　1 やせられる　3 わけがない（每天都吃冰淇淋，不可能瘦下來），因此答案為 1 やせられる。

單字 ダイエット 图減肥 ｜ **やせる** 图變瘦

アイスクリーム 图冰淇淋 ｜ **～わけがない** 不可能～

46

市民中心有兩座游泳池，這裡的游泳池不分年齡，任何人都能享受水中健走的樂趣。

1 不分　　　　　　　2 在游泳池

3 年齡　　　　　　　　4 水中健走

解析 3 的を可搭配 1 問わず組合成文法「を問わず（不論……）」，因此可以先排列出 3 年齡を　1 問わず（不論年齡）。接著根據文意，再將其他選項一併排列成 2 プールでは　3 年齡を　1 問わず　4 水中ウォーキングを（無論年齡大小，都可以在泳池水中散步），因此答案為 1 問わず。

單字 市民センター しみんセンター 图市民中心

楽しむ たのしむ 勔享受

～を問わず ～をとわず 不分～

年齢 ねんれい 图年齡

水中ウォーキング すいちゅうウォーキング 图水中健走

47

這本日語教材專為想在工作中使用日語的人士設計，以實際的商業會話為基礎編寫而成。

1 編寫而成　　　　　　2 商業會話

3 實際的　　　　　　　**4 以～為基礎**

解析 2 的に可搭配 4 基づいて組合成文法「に基づいて（以……為基礎）」，因此可以先排列出 2 ビジネス会話に　4 基づいて（以商務會話為基礎）。接著根據文意，再將其他選項一併排列成 3 実際の　2 ビジネス会話に　4 基づいて　1 作られて（以實際的商務會話為基礎製作而成），因此答案為 4 基づいて。

單字 日本語 にほんご 图日語 ｜ **テキスト** 图教材

ビジネス 图商業 | 会話 かいわ 图會話 | 実際 じっさい 图實際
〜に基づいて 以〜基礎

48

這個演員還很年輕，但不只演技出色，還很會唱歌，因此很
有人氣。

1　（技巧）高明　　　　2　出色的

3　唱歌也　　　　　　4　不僅

解析 4 のみならず要置於い形容詞後方，因此可以先排列出 2 す
　　ばらしい　4 のみならず（不僅優秀）。接著根據文意，再
　　將其他選項一併排列成　演技が 2 すばらしい　4 のみなら
　　ず　3 歌も　1 上手で（不僅演技佳，還很會唱歌），因此答
　　案為 3 歌も。

單字 俳優 はいゆう 图演員 | 若い わかい い形年輕的
　　演技 えんぎ 图演技 | 人気 にんき 图人氣
　　すばらしい い形出色的 | 〜ばかりか 不僅〜

最近便利商店的甜點非常好吃，所以發現新商品都無法忍住
不買。

1　無法　　　　　　　　**2　不買**

3　發現　　　　　　　　4　新商品

解析 2 的ずには可搭配 1 いられない組合成文法「ずにはいられ
　　ない（不能不、忍不住……）」，因此可以先排列出 2 買わ
　　ずには　1 いられない（忍不住買下）。接著根據文意，再
　　將其他選項一併排列成 4 新商品を　3 見つけると　2 買わず
　　には　1 いられない（一旦發現新商品，便忍不住買下），
　　因此答案為 2 買わずには。

單字 **最近 さいきん 图最近 | コンビニエンスストア 图便利商店**
　　スイーツ 图甜點 | 〜ずにはいられない 無法不〜
　　見つける みつける 動發現 | **新商品 しんしょうひん 图新商品**

「語言的變化」
　　最近聽到年輕人的日語用法開始有所改變，我以前曾對
20 幾歲到 30 幾歲的日語母語者進行過調查。
　　調查中有個問題：您是否認為對老師或長輩等地位高於
自己的人說「ご苦労様（辛苦了）」或「お疲れ様（辛苦
了）」是錯的？ 50 此題，回答「完全不認為」及「不太
認為」的人大約一半。「ご苦労様（辛苦了）」和「お疲れ
様（辛苦了）」這兩個詞本來是對地位低於自己的人，或是
同事，友人等關係的人使用。但最近也 51 可經常看到在
職場、學校等各種場合使用。
　　提到敬語的錯誤用法，像「さかなが食べれる（能吃
魚）」這種將「食べられる」的「ら」省略的「ら抜き言葉
（省略ら的詞）」應該也屬於同一類吧。「さかなが食べれる
（能吃魚）」這類的「ら抜き言葉（省略ら的詞）」現在已在
各年齡層被廣泛使用，據說 52 的人還比較多。

有人說「語言是種生物」，也會隨著時代潮流與社會變
化改變。不僅是日語，其他語言應該也一樣吧。學習新的
變化至關重要，但同時去深思用法這點或許也不能忽視。
53 ，避免過度思考錯誤用法，並積極學習語言的變化，
應該也不可或缺。如此一來，我們對言語的看法將更廣闊，
54 能更享受深奧的語言世界。

單字 変化 へんか 图變化 | 最近 さいきん 图最近
　　若い人 わかいひと 图年輕人 | **日本語 にほんご 图日語**
　　使い方 つかいかた 图用法 | 以前 いぜん 图以前
　　母語話者 ぼごわしゃ 图母語者 | **調査 ちょうさ 图調查**
　　行う おこなう 動進行 | 年上 としうえ 图年長
　　立場 たちば 图立場 | 〜にたいして 對於〜
　　声をかける こえをかける 搭話 | **間違い まちがい 图錯誤**
　　思う おもう 動覺得；認為 | 全く まったく 副完全
　　もともと 副原本 | 表現 ひょうげん 图表達
　　同僚 どうりょう 图同事 | 友人 ゆうじん 图友人
　　関係 かんけい 图關係 | **職場 しょくば 图職場**
　　場面 ばめん 图場合 | 目にする めにする 看見
　　敬語 けいご 图敬語 | さかな 图魚 | 〜のような 像〜的
　　抜く ぬく 動省去 | ら抜き言葉 らぬきことば 图省略ら的詞
　　多く おおく 图許多 | 年代 ねんだい 图年代
　　生きもの いきもの 图生物 | 時代 じだい 图時代
　　流れ ながれ 图潮流 | 社会 しゃかい 图社會
　　変わる かわる 動改變 | **言語 げんご 图語言**
　　学ぶ まなぶ 動學習 | 大切だ たいせつだ な形重要的
　　同時 どうじ 图同時 | 考える かんがえる 動思考
　　深い ふかい い形深的 | 〜すぎず 不太〜
　　積極的だ せっきょくてきだ な形積極的
　　取り入れる とりいれる 動採用
　　必要だ ひつようだ な形必要的 | 〜かもしれない 或許〜
　　考え方 かんがえかた 图想法；看法
　　広がる ひろがる 動擴展 | 奥 おく 图裡面
　　世界 せかい 图世界 | 楽しむ たのしむ 動享受

1　對〜而言　　　　　　**2　對於**

3　根據　　　　　　　　4　以〜來說

解析 本題要根據文意，選出適當的文法。空格後方連接：「全く
　　思わない」「あまり思わない」（「完全不認同」「不太認
　　同」）為回答者針對空格前方「質問（問題）」的回答，
　　因此答案要選 2 にたいして。

單字 〜にとって 對〜而言 | 〜にたいして 對於〜
　　〜によって 根據〜 | 〜にしては 以〜來說

1　好像要　　　　　　　2　〜完

3　變成　　　　　　　　**4　開始**

解析 本題要根據文意，選出適當的文法句型。空格前方提到：「職

場や学校などのいろいろな場面で使われているの（用於職場、學校等各種地方）」，此為近期可見之現象，因此答案為4するようになった。

單字 ～そうだ 好像要～｜～きる ～完

～ことになる 變成～｜～ようになる 開始～

52

1 有錯誤的疑慮	2 是錯的所以不用
3 不可能錯	**4 覺得沒有錯**

解析 本題要根據文意，選出適當的文法句型。空格前方提到：「「ら抜き言葉」は、今では多くの年代で使われていて（現在許多世代的人都在使用「去掉ら的詞語」）」，表示人們不認為「去掉ら的詞語」有問題，所以有越來越多人使用，因此答案要選4間違っていないと思う。

單字 間違う まちがう 動 錯誤｜～おそれがある 有～的疑慮

～はずがない 不可能～｜～と思う ～とおもう 覺得～

53

1 **此外**	2 因此
3 如此一來	4 換言之

解析 本題要根據文意，選出適當的連接詞。空格前方提到思考如何使用這些話語也很重要，而空格後方連接：「間違った使い方について深く考えすぎずに、言葉の変化を積極的に取り入れることも必要かもしれない（也許不要過度深入思考不正確的用法，而是有必要積極地接納語言的變化）」，空格前後方皆列出擴大思考語言的方法，因此答案要選1そして，表示並列關係。

單字 そして 接 此外｜したがって 接 因此

そうすれば 接 如此一來｜つまり 副 換言之

54

1 難怪	2 **應該～**
3 應該不可能	4 只能

解析 本題要根據文意，選出適當的文法句型。空格所在的句子提到：「言葉にたいする考え方も広がり、奥が深い言葉の世界をもっと楽しむことができる（得以拓展對於話語的思維，更加享受深奧的語言世界）」，推論出積極接納語言變化的同時，可能產生的正面效果，因此答案要選2のではないだろうか。

單字 ～わけだ 難怪～｜～のではないだろうか 應該～

～はずがない 不可能～｜～よりほかない 只能～

讀解

p.74

55

塑膠垃圾造成的海洋汙染讓眾多生物受到了負面影響。據說為了減少海洋垃圾，咖啡廳等場所開始興起停用塑膠吸管的行動。

但是，光是停用吸管真的能解決海洋汙染嗎？最重要的是，我們每個人都應思考自己能為環境保護做些什麼，並且付諸行動。停用吸管不過就是找回美麗海洋的第一步。

何者與筆者的看法相符？

1 停用塑膠吸管海洋就會變乾淨。

2 停用塑膠吸管對海洋環境是件好事。

3 減少海洋垃圾的契機是停用塑膠吸管。

4 大家必須各自思考能做的事，並且實際行動，以減少海洋垃圾。

解析 本題詢問隨筆中筆者的想法。反覆出現在選項中的單字有「プラスチック製のストロー（塑膠吸管）、海（海洋）、ごみ（垃圾）」，請在文中找出這些單字，確認筆者的想法。文章第一段寫道：「海のごみを減らすために（為減少海洋中的垃圾）」和「プラスチック製のストローの使用をやめる（停止使用塑膠吸管）」。文章第二段末則寫道：「何より大切なのは、環境を守るために、私達一人一人が何ができるかを考え、実行することだ（最重要的是，思考我們每個人可以做些什麼來保護環境，並付諸行動）」，因此答案為4海のごみを減らすために、みんなが各自できることを考え、実際に行動することが必要だ（為減少海洋中的垃圾，每個人都需要思考自己能做的事情，並實際行動）。

單字 プラスチックごみ 名 塑膠垃圾

海洋汚染 かいようおせん 名 海洋汙染｜～によって 因～

生物 せいぶつ 名 生物｜影響 えいきょう 名 影響

受ける うける 動 承受｜減らす へらす 減少

～ために 為了～｜コーヒーショップ 名 咖啡廳

プラスチック製 プラスチックせい 名 塑膠製

ストロー 名 吸管｜使用 しよう 名 使用

やめる 動 放棄｜動き うごき 名 行動

広がる ひろがる 動 擴展｜解決 かいけつ 名 解決

～だろうか ～呢？｜大切だ たいせつだ な形 重要的

環境 かんきょう 名 環境｜守る まもる 動 保護

私達 わたしたち 名 我們｜考える かんがえる 動 思考

実行 じっこう 動 執行｜中止 ちゅうし 名 中止

美しい うつくしい い形 美麗的

取り戻す とりもどす 動 拿回｜きっかけ 名 契機

～に過ぎない ～にすぎない 不過是～

各自 かくじ 名 各自｜実際 じっさい 名 實際

行動 こうどう 行動｜必要だ ひつようだ な形 必要的

56

以下是某公司的公告。

> 致各位顧客
>
> 公告
> 　　近期因天候異常與嚴重災害，造成原物料及瓦斯電費上漲。4月1日起，本店會將便當類商品的價格各調漲 50 日圓（味噌湯除外）。
> 　　本店已努力削減成本，但由於經營情況極為嚴峻，有可能造成虧損，因此不得不漲價。
> 　　造成您的不便，敬請理解。
>
> 　　　　　　　　　　　　　　　　　　美味便當屋

這則公告最想表達的是什麼？
1 原物料價格上漲
2 商品的價格上漲
3 亦有不漲價的商品
4 店家試圖降低成本

解析 消息通知屬於應用文，本題詢問該通知最想傳達的內容為何。反覆出現在選項中的單字有「商品（商品）、值上げ（漲價）」，請在文中找出相關內容。文章第一段末寫道：「お弁当商品の価格を 50 円ずつ値上げさせていただくことになりました（便當餐盒的價格將會調漲 50 日圓）」，因此答案為 2 商品的值段を上げること（調漲商品價格）。

單字 お知らせ おしらせ 图公告｜お客様 おきゃくさま 图顧客
　　各位 かくい 图各位｜昨今 さっこん 图近期
　　天候不順 てんこうふじゅん 图天候異常
　　深刻だ しんこくだ 囜刑嚴重的｜災害 さいがい 图災害
　　原材料費 げんざいりょうひ 图原物料價格
　　光熱費 こうねつひ 图瓦斯電費｜価格 かかく 图價格
　　上昇 じょうしょう 图上升｜〜に伴い 〜にともない 伴隨〜
　　〜より 助〜開始｜商品 しょうひん 图商品
　　値上げ ねあげ 图漲價｜させていただく 動讓我做
　　おみそ汁 おみそしる 图味噌湯
　　除く のぞく 撤除｜コスト 图成本｜削減 さくげん 图削減
　　努力 どりょく 图努力｜経営 けいえい 图經營
　　極めて きわめて 副極為｜厳しい きびしい い刑嚴峻的
　　赤字 あかじ 图虧損｜〜かねない 有可能〜
　　〜ざるを得ない 〜ざるをえない 不得不〜
　　迷惑を掛ける めいわくをかける 造成不便｜理解 りかい 图理解
　　値上がり ねあがり 图漲價｜値段 ねだん 图價格
　　減らす へらす 動減少

57

　　許多人會在社群網站等地方發表意見。當中，有的文章令人讚嘆其文筆，有的則看起來像小孩寫的。究竟要如何分辨好的文章呢？最近，我發現很會寫文章的人也是愛看書的人。或許是因為看書不僅能增進學養，也能提升語彙能力與思考能力。東西不會無中生有。若不先吸收，連表達都不會。

（註）SNS：ソーシャルネットワークサービス＝ Social　Network Service

何者與筆者的看法相符？
1 有些小孩寫的文章也稱得上是好文章
2 要撰寫好的文章，重要的是閱讀。
3 增加會用的單字就能寫出一手好文。
4 先了解自己再發表意見比較好。

解析 本題詢問隨筆中筆者的想法。反覆出現在選項中的單字有「書く（書寫）、いい文章（好的文章）、文章（文章）」，請在文中找出這些單字，確認筆者的想法。文章中後段寫道：「文章がうまい人は読書家であることに気が付いた。本を読むことで教養が身に付くのはもちろん、語彙力、思考力も身に付くからではないだろうか（我發現擅長寫作的人是愛讀書的人，也許是因為讀書不僅能修身養性，還能提高單字力和思考能力的關係吧）」，因此答案為 2 いい文章を書くために、本を読むことが大切だ（為寫出好的文章，讀書是很重要的事）。

單字 意見 いけん 图意見｜発信 はっしん 图發表
　　すばらしい い刑出色的｜文章 ぶんしょう 图文章
　　〜と思う 〜とおもう 想〜｜どうすれば 如何做
　　〜だろうか 〜呢？｜最近 さいきん 图最近
　　うまい い刑（技巧）高明的｜読書家 どくしょか 图愛看書的人
　　気が付く きがつく 發現｜教養 きょうよう 图學養
　　身に付く みにつく 學到｜もちろん 副當然
　　語彙力 ごいりょく 图語彙能力
　　思考力 しこうりょく 图思考能力｜一度 いちど 图一次
　　表現 ひょうげん 图表達｜文 ぶん 图文章
　　大切だ たいせつだ 囜刑重要的｜語彙 ごい 图單字
　　増やす ふやす 動增加

58

以下是某航空公司寄出的郵件內容。

> 收件人：adams@mail.co.jp
> 主　旨：感謝您的預約
> 感謝您本次預約 JJ 航空 6 月 1 日（四）從羽田機場出發的 557 號班機。
> 確認到您支付的機票費用後，我們將立即確定您的預約。
> 請先確認以下的預約詳請，並在 5 月 25 日（四）前完成付款。
> 萬一無法在截止日前確認到您的付款，預約將自動取消。
> 敬請見諒。
> 請在此確認預約資訊及付款
> →　https://jjsky.com

（註1）確定：明確定下、決定
（註2）詳細：詳細內容

關於這間航空公司郵件所寫的內容，何者正確？

　若無法在 5 月 25 日（四）前確認到機票的付款，預約將被取消。

2　必須在 5 月 25 日（四）前確認機票的預約。

3　若在 6 月 1 日（四）前確認到機票的付款，預約即可確定。

4　若無法在 6 月 1 日（四）前確認到機票的付款，預約將被取消。

解析 電子郵件屬於應用文，本題詢問與郵件內容相符的選項。反覆出現在選項中的單字有「航空券（機票）、お支払い（付款）、予約（預訂）」，請在文中找出相關內容。

文章後半段寫道：「5 月 25 日（木）までにお支払いをお済ませください。万一、期限日までにお支払いが確認できない場合は、自動的にキャンセルとなります（請於 5 月 25 日（四）之前完成付款。萬一未能在期限內確認付款，將自動取消）」，因此答案為 1 5 月 25 日（木）までに航空券のお支払いができない場合、予約が取り消される（如未於 5 月 25 日（四）前完成付款，機票的預訂將自動取消）。

單字 航空会社 こうくうがいしゃ 图航空公司｜メール 图郵件
　　 内容 ないよう 图内容｜このたび 這次｜羽田 はねだ 图羽田
　　 便 びん 图航班｜予約 よやく 图預約
　　 航空券 こうくうけん 图機票｜支払い しはらい 图支付
　　 確認 かくにん 图確認｜～次第 ～しだい ～後立即…
　　 確定 かくてい 图確定｜～より 助從～｜詳細 しょうさい 图詳情
　　 済ませる すませる 動解決；完成｜万一 まんいち 萬一
　　 期限日 きげんび 图截止日｜場合 ばあい 图情況
　　 自動的だ じどうてきだ な形自動的｜キャンセル 图取消
　　 あらかじめ 副事先｜了承 りょうしょう 图原諒
　　 しっかり 副確實地｜決まる きまる 動決定
　　 くわしい い形詳細的｜取り消す とりけす 動取消
　　 ～なければならない 必須～

我在登山時發現一塊看板，上面寫著「請勿丟棄垃圾，否則不斷循環後將進到嘴裡」。意思大概是說，我們丟棄的垃圾會對動植物造成危害，破壞周遭環境，最後回到我們的餐桌上。人際關係也是如此，惹對方不開心，或偷懶不負責，有時會讓自己在最後吃苦頭。負面行為過了一段時間會改變形式，最後又回到自己身上。我想，留意這點也是所謂「對自己的行為負責」。

何者與筆者的看法相符？

1　我們說的話終究不會惹對方不開心。

2　**自己的負面行為會破壞周遭環境，最後讓自己吃苦頭。**

3　即便做出負面行為，最後也不會讓自己遭受報應。

4　思考會不會惹對方不開心，就能讓自己的心情變好。

解析 本題詢問隨筆中筆者的想法。反覆出現在選項中的單字有「気分（心情）、悪い行い（不好的行為）、嫌な目（不好的事）」，請在文中找出這些單字，確認筆者的想法。文章後半段寫道：「悪い行いは時間をかけ、形を変え、また自分

に戻ってくるのだ（不好的行為會隨著時間，改變形態，重新回到自己身上）」，因此答案為 2 自分の悪い行いが、周りの環境を悪くし、最終的に自分が嫌な目にあう（對自己有害的行為，連帶破壞到周遭環境，最終會使自己碰上不好的事）。

單字 ゴミ 图垃圾｜捨てる すてる 動丟棄｜まわる 動循環
　　 看板 かんばん 图看板｜登山 とざん 图登山
　　 見つける みつける 動發現｜植物 しょくぶつ 图植物
　　 害を与える がいをあたえる 造成危害｜周り まわり 图周遭
　　 環境 かんきょう 图環境｜最終的だ さいしゅうてきだ な形最後的
　　 食卓 しょくたく 图餐桌｜戻ってくる もどってくる 回來
　　 ～だろう 大概～｜人間関係 にんげんかんけい 图人際關係
　　 相手 あいて 图對方｜嫌だ いやだ い形討厭的
　　 気分 きぶん 图心情｜手を抜く てをぬく 偷懶
　　 ～たり～たりする 做～和…｜結局 けっきょく 图結果
　　 目にあう めにあう 遇到（負面的事）｜行い おこない 图行為
　　 時間をかける じかんをかける 花費時間｜形 かたち 图形式
　　 変える かえる 動改變｜行動 こうどう 图行動
　　 責任 せきにん 图責任｜意識 いしき 動注意
　　 ～と思う 想～｜考える かんがえる 動思考

我現在正在做人生的第一個麵包。屆齡退休後，我原本打算悠哉地去旅行，結果老婆意外受傷住院，她平時在「兒童食堂」當志工協助的工作，變成我代替她一肩扛起。所謂的「兒童食堂」是一種地區性的志工活動，專門服務在經濟等方面有困難的家庭，提供孩子們一個可安心用餐的地方。我知道老婆會送她親手做的麵包過來，但我一直沒有想積極參加的念頭。畢竟為了社會賣命這種事，我還是有點不擅長。

但我試著參加後發現，原來「工作」竟然是件這麼快活的事，對了到這年紀的我而言既新鮮又驚喜。來食堂的人吃著我做的麵包讓我發自內心感到開心。雖然志工本來就是為他人服務，但體驗後才了解，志工是一項 1 為了自己的活動。將自己的行動傳遞給某人的那種充實感與喜悅，有種生命力增加的感覺。老婆笑著說，她就是因為想做志工才做的。

此外，當志工還能認識在職場遇不到的人們、志工伙伴以及來食堂的人們，是一種具有正面意義的 2 文化衝擊。「旅行也是不錯，但當志工也能接觸到各種文化喔」老婆這麼說著的同時，我正在向她學習奶油麵包的作法。

單字 人生 じんせい 图人生｜作り つくり 图製作
　　 定年退職 ていねんたいしょく 图屆齡退休
　　 のんびり 副悠哉地｜考える かんがえる 動打算
　　 妻 つま 图老婆｜思わぬ おもわぬ 意料之外
　　 ケガ 图負傷｜入院 にゅういん 图住院
　　 手伝う てつだう 動協助｜ボランティア 图志工
　　 代わりに かわりに 副取而代之｜引き受ける ひきうける 動承接
　　 ～ことになる 演變成～｜経済面 けいざいめん 图經濟方面
　　 様々だ さまざまだ な形各式各樣的｜困難 こんなん 图困難

抱える　かかえる 動抱持　安心　あんしん 名安心
食事　しょくじ 名用餐　場所　ばしょ 名地方、場所
提供　ていきょう 名提供　地域活動　ちいきかつどう 名地區活動
手作り　てづくり 名親手製作　届ける　とどける 動遞送
それまで 在此之前　積極的だ　せっきょくてきだ な形積極的
参加　さんか 名參加　気になる　きになる 在意；好奇
社会　しゃかい 名社會　〜ため 為了〜
張り切る　はりきる 動鼓足幹勁　苦手だ　にがてだ な形不擅長的
〜てみる 試著〜看看　気持ち　きもち 名感受
年齢　ねんれい 名年紀　新鮮だ　しんせんだ な形新鮮的
驚き　おどろき 名驚喜　心から　こころから 副發自內心
うれしい い形開心的　本来　ほんらい 名本來
体験　たいけん 名體驗　行動　こうどう 名行動
届く　とどく 動傳達　充実感　じゅうじつかん 名充實感
喜び　よろこび 名喜悅　生命力　せいめいりょく 名生命力
増す　ます 動增加　思い　おもい 名感覺　笑う　わらう 動笑
〜ながら 一邊〜　職場　しょくば 名職場　出会う　であう 動遇見
仲間　なかま 名夥伴　知り合う　しりあう 動認識
カルチャーショック 名文化衝擊　文化　ぶんか 名文化
クリームパン 名奶油麵包　作り方　つくりかた 名作法
教わる　おそわる 動學習

60

筆者為什麼開始做麵包？
1　因為無法去旅行，時間空出來了
2　因為當志工的老婆沒辦法做
3　因為老婆在找人代替她做志工
4　因為筆者要開始提供兒童食堂的服務

解析 題目提及「パンを作り始め（開始製作麵包）」，請在文中找出相關內容與理由。第一段中寫道：「妻が思わぬケガで入院し、彼女が手伝っている「子ども食堂」ボランティアを私が代わりに引き受けることになったのだ（妻子因意外受傷住院，所以由我接手她協助的「兒童餐廳」的志工工作）」，因此答案為 2 ボランティアをしていた妻が作れなくなったから（因為曾擔任志工的妻子沒辦法繼續做下去）。

單字 作り始める　つくりはじめる 動開始做
代わり　かわり 名取代者　探す　さがす 動尋找
筆者　ひっしゃ 名筆者

61

筆者認為志工是 1 為了自己的活動，原因為何？
1　因為當志工做的事會傳達給某人
2　因為可以感受到從事志工工作是件好事
3　因為自己當志工後感受到了充實感與喜悅
4　因為當志工的話孩子們就會吃我們做的麵包

解析 請仔細閱讀文中提及「1 自分のための活動（為自己而做的活動）」前後方的內容，找出筆者為何認為是為自己而做的活動。其後方寫道：「自分の行動が誰かに届く、その充実

感と喜びは、こちらの生命力が増すような思いだ（自己的行動觸及到某個人，那份成就感和喜悅，似乎增添了生命的活力）」，因此答案為 3 ボランティアをして、自分が充実感と喜びを感じられるから（因為從事志工活動，能感受到成就感和喜悅）。

單字 元に届く　もとにとどく 傳達到〜　感じる　かんじる 動感受

62

筆者感到的 2 文化衝擊的地方為何？
1　可以遇見無法在工作中遇見的人
2　志工創造出新的文化
3　開始向家人學習麵包做法
4　旅行和當志工都是一種文化邂逅

解析 請仔細閱讀文中提及「2 カルチャーショック（文化衝擊）」前後方的內容，找出讓筆者感到文化衝擊的地方。其前方寫道：「職場だけでは出会わない様々な人々、ボランティア仲間や食堂に来る人達と知り合えることも良い意味でのカルチャーショックである（結識了各式各樣工作上未曾見過的人、志工同事、前來餐廳的人，從某種意義上來說，也算是一種文化衝擊）」，因此答案為 1 仕事では出会えないような人々と出会えること（能結識工作上不太可能碰到的人們）。

單字 作り出す　つくりだす 動創造出

63-65

　　我認為聲音是一種表達真心，也就是真正感受的媒介。聽了某個搖滾歌手的現場演出後，我再次有這種感覺。他在 1960 年代到 1970 年代寫下了紅遍全球的歌曲，擁有天才般的音樂才華，同時卻也因創作的痛苦及人際關係罹患了精神疾病，從眾人眼前消失了很長一段時間。然而，他近年逐漸恢復後開始巡迴演唱，現場聽到他的歌聲讓我眼淚快奪眶而出。儘管他的唱法聲音高低不穩，令人有點擔心，卻相當動人心弦。我從他的歌聲直接感受到了音樂的美好。我想正是因為他想傳達他喜歡音樂、音樂令人開心的那份心情。當然歌曲好這點也有影響，但同一首歌即便其他歌手能唱得好，卻沒有那種令人全身顫抖的感動。他的聲音裡有他的真實（註 1）。

　　即便不是歌曲，一個人說著他打從內心相信的事情時，他的話語也會有說服力。打動人心的演講就是個好例子。我覺得負面想法也一樣。也就是說，即便是不好的想法，從發自內心相信的人嘴裡說出來，他的聲音就會有感染力。

　　正因如此，希望大家別忘了聲音有時也會受到負面影響。此外最好要留意，即便沒有藝術家般的表現能力，自己的聲音也會將內心表露無遺。

（註 1）真実：真正的事
（註 2）説得力：讓他人認為自己所言為真的能力

單字 本心　ほんしん 名真心　つまり 副也就是
気持ち　きもち 名感受　表れる　あらわれる 動表達
〜と思う　〜とおもう 認為〜

ロック歌手 ロックかしゅ 图搖滾歌手｜ライブ 图現場演出

聴く きく 動聽｜あらためて 副再次

感じる かんじる 動感到｜年代 ねんだい 图年代

〜にかけて 到〜｜世界的だ せかいてきだ な形世界性的

大ヒット曲 だいヒットきょく 图爆紅歌曲

天才的だ てんさいてきだ な形天才般的｜才能 さいのう 图才華

〜ながら 一方面〜，另一方面又〜｜創作 そうさく 图創作

苦しさ くるしさ 图痛苦

人間関係 にんげんかんけい 图人際關係｜〜によって 因〜

精神 せいしん 图精神｜表舞台 おもてぶたい 图前台

姿 すがた 图身影｜消す けす 動去除

近年 きんねん 图近年｜少しずつ すこしずつ 一點一點；逐漸

回復 かいふく 图恢復｜ツアー 图巡迴演出｜開始 かいし 图開始

生 なま 图現場｜歌声 うたごえ 图歌聲

涙 なみだ 图眼淚｜音 おと 图聲音｜高低 こうてい 图高低

不安定 ふあんてい 图不穩定｜少々 しょうしょう 副稍微

心配になる しんぱいになる 令人擔心｜歌い方 うたいかた 图唱法

心 こころ 图心｜響く ひびく 動迴響

すばらしさ 图美好｜ストレート 图直接

伝わる つたわる 動傳達｜思う おもう 動覺得

伝える つたえる 動傳達｜心から こころから 發自內心

もちろん 副當然｜良さ よさ 图好

上手い うまい い形（技術）高超的

震える ふるえる 動顫抖｜感動 かんどう 图感動

真実 しんじつ 图真實｜信じる しんじる 動相信

語る かたる 動訴說｜説得力 せっとくりょく 图說服力

心を打つ こころをうつ 動打動人心

スピーチ 图演講｜例 れい 图例子｜たとえ 副即便

考え かんがえ 图想法｜だからこそ 接正因如此

方向 ほうこう 图方向｜影響 えいきょう 图影響

〜こともある 有時〜｜〜ておく 先〜

芸術家 げいじゅつか 图藝術家

表現力 ひょうげんりょく 图表現能力

気を付ける きをつける 留意｜〜たほうがいい 最好〜

63

筆者聽了歌手的歌之後有什麼想法？
1 非常傷心。
2 擔心且令他傷腦筋。
3 覺得很精彩。
4 不感動。

解析 本題詢問筆者的看法，請於文章前半段中找出關鍵字「歌手の歌（歌手的歌）」，確認筆者對於歌手的歌的看法。第一段中間寫道：「彼の歌声に涙が出そうになった。音の高低は不安定で、少々心配になるような歌い方だったが、心に響くのだ。音楽のすばらしさがストレートに伝わってくる（他的歌聲讓人幾乎要流下眼淚。雖然高低音不穩，唱法令人感到有些擔憂，卻能打動人心，直接了當地傳出音樂的美妙）」，因此答案為 3 すばらしいと思った（覺得很驚艷）。

單字 悲しい かなしい い形傷心的

64

根據筆者所述，話語在何種情況下才有說服力？
1 只說真正的事的時候
2 說著打從心底相信的事的時候
3 聽精彩演講的時候
4 相信負面想法的時候

解析 題目提及「言葉に説得力がある（說話具有說服力）」，請在文中找出相關內容。第二段開頭寫道：「その人が本当に心から信じていることを語る言葉には説得力がある（那個人說出的是他真心相信的話，具有說服力）」，因此答案為 2 心から信じていることを話しているとき（說著真心相信的事情時）。

65

根據筆者所述，何者是說話時必須留意的事？
1 若沒有表現力，自己的感受就會表現在聲音上
2 被不好的想法動搖內心而忘記說出口
3 說話的聲音會表露自己真正的感受
4 打從內心不相信的事無法感染他人

解析 題目提及「声を出すときに気を付けなければいけないこと（發出聲音時，要注意的事項）」，請在文中找出相關內容。第三段最後寫道：「自分の声にも本心が出るものだと気を付けたほうがいい（最好能注意到，自己的聲音同樣會透露出真心）」，因此答案為 3 話す声には、自分の本当の気持ちが表れるということ（說話的聲音表達出自己的真實感受）。

66-68

日本人自古以來普遍被認為不擅辯論。日本是個島國，在這個小小的共同體裡講求的是互相合作。人們都認為和大家意見相同比較好，以免發生問題，因此幾乎不會說出自己的意見。這就是不擅辯論的原因。然而在現今的全球社會，面對各種習慣與價值觀迥異的對象，說話能力成了必備工具。現今所謂必要的辯論，絕不是講贏對方的行為，而是一種用來發現更好的可能性的「對話」。

所謂的對話，指的是闡述自己的想法，聆聽對方說的話，並尋求普遍性。需注意的是，不能在一開始就設定結論。只是互相堅持自己的結論，就稱不上是辯論了。重要的是自己有多理解對方的想法。

有時想法可能會因對話而改變。也有人認為對話是用來改變自己想法的手段。對話需要的是靈活的態度，要能夠改變自己的想法，而不是被他人的意見牽著走。

接著，所謂真正的合作，指的是 A 與 B 各持己見，但不會完全傾向 A 或完全傾向 B，而是去尋找新的色彩。這麼想的話，或許能稍微減輕對辯論沒自信的自我意識。

（註1）普遍性：廣為流傳，可適用於所有事物且沒有例外
（註2）柔軟：改變想法或態度等以配合當下的情況

單字 **一般的だ いっぱんてきだ** な形 普遍的

日本人 にほんじん 名 日本人 | **昔 むかし** 名 古時候

議論 ぎろん 名 辯論 | **苦手だ にがてだ** な形 不擅長的

島国 しまぐに 名 島國 | **共同体 きょうどうたい** 名 共同體

協調性 きょうちょうせい 名 合作能力

求める もとめる 動 要求 | **起こる おこる** 動 發生

〜ないように 為了不〜 | **意見 いけん** 名 意見

主な おもな 主要的 | **理由 りゆう** 名 原因；理由

グローバル社会 グローバルしゃかい 名 全球社會

現在 げんざい 名 現今 | **習慣 しゅうかん** 名 習慣

価値観 かちかん 名 價值觀 | **様々だ さまざまだ** な形 各式各項

相手 あいて 名 對象 | **向き合う むきあう** 動 面對

〜ため 為了〜 | **話す力 はなすちから** 名 說話能力

必要だ ひつようだ な形 必要的

決して けっして 副 絕對不（後接否定）

負かす まかす 動 贏過 | **可能性 かのうせい** 名 可能性

見つける みつける 動 發現 | **対話 たいわ** 名 對話

考え かんがえ 名 想法 | **述べる のべる** 動 闡述 | **〜つつ** 一邊〜

普遍性 ふへんせい 名 普遍性

探し求める さがしもとめる 動 尋求

注意 ちゅうい 名 注意 | **〜べき** 應該〜 | **始め はじめ** 名 一開始

結論 けつろん 名 結論 | **設定 せってい** 名 設定

お互いに おたがいに 副 互相 | **向かう むかう** 動 面向

押し通す おしとおす 動 堅持到底

どれだけ 副 多少 | **理解 りかい** 名 理解

重要だ じゅうようだ な形 重要的 | **〜おかげで** 由於〜

変わる かわる 動 改變 | **〜だろう** 或許〜吧

変える かえる 動 改變 | **柔軟だ じゅうなんだ** な形 靈活的

姿勢 しせい 名 態度 | **流される ながされる** 動 被〜牽著走

〜ことができる 能夠〜 | **真 しん** 名 真正的

協調 きょうちょう 名 合作 | **一色 いっしょく** 名 一種傾向

探す さがす 動 尋找 | **思う おもう** 動 認為 | **意識 いしき** 名 意識

軽減 けいげん 名 減輕 | **行きわたる ゆきわたる** 動 廣傳

例外 れいがい 名 例外 | **すべて** 名 全部

あてはまる 動 適用；合乎 | **考え方 かんがえかた** 名 想法

態度 たいど 名 態度 | **場 ば** 名 場合 | **合う あう** 動 配合

〜ように 為了〜

66

根據筆者所述，日本人不擅辯論的原因為何？

1 因為日本是島國，不太會發生問題

2 因為在小規模的社會裡說出與眾不同的意見會成為問題

3 因為發生問題的話就必須說出和大家相同的意見

4 因為人們說即便面對習慣或價值觀不同的對象，也要抱持
  相同的意見

解析 題目提及「日本人が議論が苦手な（日本人不擅長辯論）」，
  請在文中找出相關內容與其原因為何。第一段中寫道：「島
  国であり、小さな共同体で協調性が求められる。問題が起
  こらないようにみんなと同じ意見を持つのがいいこととさ

れるので、自分の意見はあまり言わない（既是島國，又是
小型共同體，仰賴彼此合作。最好跟大家持有相同的意見，
才能避免引發問題，所以不太會說出自己的意見）」，因此
答案為 2 小さな社会の中で、人と違う意見を言うと問題に
なると思うから（因為認為在小型社會裡，提出與他人不同
的意見會引發問題）。

單字 **〜と思う 〜とおもう** 覺得〜

〜なければならない 必須〜

67

關於筆者所想的對話，當中重要的事為何？

1 一面聆聽對方說的話，一面堅持己見

2 先決定下怎樣的結論再開始談

3 好好理解對方說的話，並且讓對方了解自己的意見

4 為了改變自己的想法而順從對方的意見

解析 本題詢問筆者的看法，請於文章中段處找出關鍵字「対話に
  おいて、重要なこと（對話中重要事項）」，確認筆者的
  看法。第二段開頭寫道：「対話とは、自分の考えを述べつ
  つ、相手の話を聞き、普遍性を探し求めるものである（所
  謂的對話，指的是表達自己的想法，傾聽對方的想法後，找
  出共通點）」，因此答案為 3 相手の話をよく理解し、自分
  の意見もわかってもらうこと（理解對方的話語，也讓自己
  的意見受到理解）。

單字 **決める きめる** 動 決定 | **従う したがう** 動 順從

68

尋找新的顏色指的是什麼事？

1 聆聽彼此的意見後，再得出與各自意見不同的新結論

2 聆聽彼此的意見後，再尋求對各自意見的感到排斥的部分

3 提出意見後思考別的意見以避免發生問題

4 提出意見後再次思考是否有發現好的可能性

解析 題目提及「新しい色を探すこと（找出新的顏色）」，請在
  文中找出相關內容。第四段開頭寫道：「真の協調とは、A
  とBの意見があって、A一色、B一色になるのではなく、
  新しい色を探すことであろう（真正的協調意味著從 A 和 B
  的意見中，找出一種新的顏色，而非變成 A 的一種顏色、或
  B 的一種顏色）」，因此答案為 1 お互いの意見を聞いてか
  ら、それぞれの意見とは違う新しい結論を出すこと（聽取
  彼此的意見後，得出不同於各自意見的新結論）。

單字 **〜てから** 〜之後 | **それぞれ** 名 各自 | **部分 ぶぶん** 名 部分

もう一度 もういちど 再次

實戰模擬試題 2

A

　　我參加了高中的同學會，氣氛十分熱鬧。幾乎所有人都是畢業後第一次重聚。我們現在已經 48 歲了，但見面馬上就能想起高中時的樣子。眼前已經是中年人的叔叔阿姨，30 年的歲月轉瞬即逝，教室、老師、文化祭、體育祭、同班同學等話題陸續出籠，不亦樂乎。到了 40 歲，大家應該都肩負著工作、結婚、小孩等各式各樣的問題。儘管有人覺得既然都來參加同學會了，表示生活已有某種程度的穩定，但事實如何我就不得而知了，我並沒有特別想知道同屆同學的現況。我有種感覺，好像短暫回到了 10 幾歲的年輕時代，找回了當時的活力。

B

　　被邀請函一句「畢業迄今已過 30 載」打動的我，第一次參加了同學會。儘管有點緊張，我卻相當期待。現場都是真的許久未見的臉孔，相當令人懷念。儘管氣氛熱鬧，但聊的都是高中時代的回憶，老實說有點不如預期。的確，學校生活的各種趣聞軼事，知道和不知道的人都能一起談笑風生。但難得都遇到同屆同學了，我更想聽大家現在的事，而不是只聊以前的事。45 歲過後正是人生的中間點，大家應該都有自己的工作、婚姻、小孩等各種課題吧。現在的生活已和 10 幾歲時不同，無論是煩惱還是炫耀，我期待的是同年紀的人才聊得來的新話題。

單字　**高校 こうこう**｜名｜高中　**同窓会 どうそうかい**｜名｜同學會
　　大いに おおいに｜副｜很；非常
　　盛り上がる もりあがる｜動｜情緒高漲
　　ほとんど｜副｜幾乎　**卒業 そつぎょう**｜名｜畢業
　　以来 いらい｜名｜以來　**再会 さいかい**｜名｜重逢
　　現在 げんざい｜名｜現在　**私達 わたしたち**｜名｜我們
　　たちまち｜副｜立刻　**高校生 こうこうせい**｜名｜高中生
　　姿 すがた｜名｜樣子　**思い出す おもいだす**｜動｜回想
　　目の前 めのまえ｜名｜眼前　**中年 ちゅうねん**｜名｜中年
　　あっという間 あっというま｜剎那間
　　年月 ねんげつ｜名｜歲月　**文化祭 ぶんかさい**｜名｜學園祭
　　体育祭 たいいくさい｜名｜體育祭　**クラスメイト**｜名｜同班同學
　　思い出 おもいで｜名｜回憶　**次々に つぎつぎに**｜陸陸續續
　　楽しい たのしい｜い形｜開心的　**〜ともなれば**｜到了〜
　　様々だ さまざまだ｜な形｜各式各樣的
　　抱える かかえる｜動｜有（負擔、問題等）
　　〜はずだ 應該〜　**参加 さんか**｜名｜參加
　　ある程度 あるていど｜名｜某種程度　**生活 せいかつ**｜名｜生活
　　安定 あんてい｜名｜穩定　**〜だろう**｜〜吧
　　考える かんがえる｜動｜思考　**同級生 どうきゅうせい**｜名｜同屆同學
　　状況 じょうきょう｜名｜狀況　**特別 とくべつ**｜副｜特別
　　〜と思う 〜とおもう 覺得〜
　　少しの間 すこしのあいだ｜名｜短時間　**若い わかい**｜い形｜年輕的
　　気持ち きもち｜名｜心情　**戻る もどる**｜動｜返回

活力 かつりょく｜名｜活力　**取り戻す とりもどす**｜動｜找回
気がする きがする 感覺
経つ たつ｜名｜經過　**案内 あんない**｜名｜介紹
心 こころ｜名｜心　**動く うごく**｜動｜動　**緊張 きんちょう**｜名｜緊張
〜つつも 儘管〜｜**楽しみにする たのしみにする** 期待
久しぶり ひさしぶり｜名｜相隔許久　**〜ばかり** 都是〜
なつかしい｜い形｜令人懷念的
高校時代 こうこうじだい｜名｜高中時代
少々 しょうしょう｜副｜稍微
期待外れ きたいはずれ｜名｜不如預期；期望落空
正直だ しょうじきだ｜な形｜老實的
確かに たしかに｜副｜的確
学校生活 がっこうせいかつ｜名｜學校生活　**エピソード**｜名｜趣聞軼事
笑い合う わらいあう｜動｜一起笑　**せっかく**｜副｜難得
昔 むかし｜名｜昔日　**後半 こうはん**｜名｜後半
まさに｜副｜正是　**人生 じんせい**｜名｜人生
中間点 ちゅうかんてん｜名｜中間點　**それぞれ**｜名｜各自
悩み なやみ｜名｜煩惱　**自慢 じまん**｜名｜炫耀
同じだ おなじだ｜な形｜相同的　**年齢 ねんれい**｜名｜年紀
だからこそ 正因如此

69

A 與 B 兩篇文章都有談論到的事為何？

1　到了 40 歲就會有工作、家庭等各種生活。
2　見到學生時代的友人時，有種立刻回到 10 幾歲時的感覺
3　不曉得參加同學會的每個人是否都過著穩定的生活。
4　在同學會聊了工作、家庭等許多話題，心滿意足。

解析　本題詢問的是 A 和 B 兩篇文章都有論述的內容。反覆出現在選項中的單字為「仕事や家庭（工作或家庭）、生活（生活）」，請在文中找出該單字與相關內容。文章 A 中間寫道：「40 代ともなれば皆、仕事、結婚、子供のことなど様々な問題を抱えているはずである（一旦到了 40 多歲，每個人都應該會面臨工作、婚姻、子女等諸多問題）」；文章 B 後半段寫道：「40 代後半、まさに人生の中間点である。それぞれ仕事、結婚、子供などいろいろあるだろう（40 歲後半正是人生的中間點，每個人都會有工作、婚姻、子女等各式各樣的事情吧）」。兩篇文章皆提到 40 多歲都會面臨與工作、婚姻、子女等有關的事情，因此答案要選 1 40 代ともなると、仕事や家庭のことなど様々な生活がある（到了 40 多歲，有著工作、家庭等各式各樣的生活）。2 和 3 僅出現在文章 A 中；4 兩篇文章中皆未提及。

單字　**友人 ゆうじん**｜名｜友人　**十代 じゅうだい**｜名｜10 〜 19 歲
　　戻ってくる もどってくる 回來　**〜かどうか** 是否〜
　　満足 まんぞく｜名｜滿足

70

A與B筆者對於在同學會發生的事有什麼看法？

1 A與B都想聊有關現在的各種問題。

2 A與B都聊到了高中時的回憶，氣氛活絡讓他們很滿意

3 A覺得能聊過往回憶很開心；B則想聊大家各自的現況

4 A想知道朋友們過著怎樣的穩定生活；B則想聽大家煩惱或炫耀的事

解析 題目提及「同窓会での話（同學會上的話題）」，請分別找出文章A和B當中的看法。文章A中間寫道：「教室や先生や文化祭、体育祭、クラスメイトのことなど思い出話が次々に出てきて、とても楽しかった（陸續聽到關於教室、老師、校慶、運動會、同班同學等往事，非常有趣）」；文章B中間寫道：「しかし、せっかく同級生に会ったのだから、昔の話ばかりでなく、皆の現在の話をもっと聞きたかった（但是，好不容易見到同學，不想只聽往事，還想聽大家聊聊現在的故事）」。綜合上述，答案要選3 A是昔の思い出話を楽しかったと考え，Bはそれぞれの今の状況について話したかったと考えている（A很享受過往的回憶；B想聊聊各自的近況）。

單字 〜について 關於〜｜自慢話 じまんばなし 图炫耀的事

71-73

現在社會正處於從「擁有」過渡到「使用」的時期。高檔車、名牌貨、畫作等各種領域陸續推出了租借服務，也就是租賃物品的服務。每月只要支付定額就能選擇喜歡的品項，據說有的經營模式還能讓人換貨，這種服務愈來愈便利且合理。

類似的新聞當中，出租「人」的服務蔚為話題。據說有某個人出租自己，但只當個「什麼都不做，只是待在那裡的人」。當事者表示：「歡迎大家在只需要一個人存在時使用本服務，像是想去一個人不好去的店，或是玩遊戲的人數不夠時」。這是個頗有意思的點子與活動。實際上，他接到了一千件以上的委託，主要的客群是年輕人，活動的紀錄還寫成書出版，等於事業獲得了成功。姑且不論這點，他接到的委託可說是五花八門，非常有趣。像是遞補演唱會的空位、監督案主念書以防偷懶、聽案主聊偶像的話題等等，人們會在各種場合需要「有一個人存在」，讓他因此受到重用。當中讓他印象最深刻的是目送案主搬家的委託。希望有人目送自己離開的心情是可以理解，但完全全的陌生人來送也無妨這點就無法理解了。沒想到竟然有人會在離別這種感傷的場合租借使用。我曾想過，被出租的人若不必擁有特定歷史或人格，人形機器人似乎也能取代。但我發現無論對象是人還是物品，找出其價值的或許是自己的內心也說不定。

物理上的「一個人的存在」可能幾乎等同於物品。而且即便是自己擁有的物品，若沒有想珍惜的意思，說「再見」也沒意義。委託目送自己搬家離開的人，就是藉由租借向自己說「再見」的存在，來打造一個受到重視的自己。而被出租的人或許就暫時成了「對案主很重要的人」。雖然只是暫時使用，卻能感到滿足感與慰藉（註）。

在這個無論人還是物品都能更便利、更合理地使用的社會，能否獲得滿足感與慰藉，也許取決於自己的內心吧。

（註）慰め：緩和悲傷、痛苦、寂寞等情緒，使內心感到快樂。

單字 世の中 よのなか 图社會｜所有 しょゆう 图擁有｜利用 りよう 图使用｜移行 いこう 图過渡｜高級車 こうきゅうしゃ 图高檔車｜ブランド品 ブランドひん 图名牌貨｜絵画 かいが 图畫作｜様々だ さまざまだ な形各式各樣的｜分野 ぶんや 图領域｜レンタルサービス 图租借服務｜つまり 圖也就是｜モノ 图物品｜貸す かす 動借出｜次々に つぎつぎに 圖陸續｜登場 とうじょう 图登場｜定額 ていがく 图定額｜品 しな 图商品｜選ぶ えらぶ 動選擇｜〜ことができる 能夠〜｜取り換え とりかえ 動更換｜可能 かのう 图可以｜ビジネスモデル 图商業模式｜ますます 圖更加｜便利だ べんりだ な形便利的｜合理的だ ごうりてきだ な形合理的｜話題 わだい 图話題｜ただ 圖僅僅｜貸し出す かしだす 動借出｜〜にくい 難以〜｜ゲーム 图遊戲｜足りない たりない 不足｜一人分 ひとりぶん 图一人份｜人間 にんげん 图人｜存在 そんざい 图存在｜興味深い きょうみぶかい い形有趣的｜思いつき おもいつき 图點子｜活動 かつどう 图活動｜実際 じっさい 图實際｜若い わかい い形年輕的｜中心 ちゅうしん 图中心｜件 けん 图件｜以上 いじょう 图以上｜依頼 いらい 图委託｜記録 きろく 图紀錄｜出版 しゅっぱん 图出版｜成功 せいこう 图成功｜〜わけだ 等於說〜｜〜はさておき 先不說〜｜コンサート 图演唱會｜席を埋める せきをうめる 填補空位｜〜てほしい 希望〜｜さぼる 動偷懶｜アイドル 图偶像｜場面 ばめん 图場合｜必要だ ひつようだ な形必要的｜引っ越し ひっこし 图搬家｜見送る みおくる 動目送｜印象的だ いんしょうてきだ な形印象深刻的｜気持ち きもち 图心情｜全く まったく 圖完全｜他人 たにん 图他人｜別れ わかれ 图離別｜感情的だ かんじょうてきだ な形容易動感情的｜歴史 れきし 图歷史｜人格 じんかく 图人格｜人型 ひとがた 图人形｜ロボット 图機器人｜考える かんがえる 動想｜対象 たいしょう 图對象｜価値 かち 图價值｜見出す みいだす 動找出｜心 こころ 图心｜〜かもしれない 或許〜｜気が付く きがつく 動發現｜物理的だ ぶつりてきだ な形物理的｜ほぼ 圖幾乎｜たとえ 圖即便｜大切だ たいせつだ な形重要的｜思う おもう 動認為｜作り出す つくりだす 動打造出｜一時的だ いちじてきだ な形暫時的｜〜にとって 對〜而言｜満足感 まんぞくかん 图滿足感｜慰め なぐさめ 图慰藉｜感じる かんじる 動感到｜より 圖更加｜得る える 動獲得｜心次第 こころしだい 图取決於心｜〜だろう 〜吧｜悲しみ かなしみ 图悲傷｜苦しみ くるしみ 图痛苦｜さびしさ 图寂寞

實戰模擬試題｜實戰模擬試題2 **217**

気をまぎらせる きをまぎらせる 緩和情緒
楽しませる たのしませる 動取悅

71

根據筆者所述，被租借的人會做什麼事？

1　教案主各種被委託的事。

2　單純以一個人的身分待著，什麼也不做。

3　和需要獨處的人一起做被委託的事。

4　和認為我們的存在很重要的人一起從事有趣的活動。

解析 題目提及「レンタルされた人はどのような事（被租借的人，什麼樣的事）」，請在文中找出相關內容。第二段中寫道：「人をレンタルするという話題が出ていた。ある人が自分を「出租人何もしないけれど、ただそこにいる人」として貸し出しているそうだ（談論到「出租自己」的話題，據說有人以「什麼事都不做，單純待在那裡的人」出租自己）」，因此答案為 2 一人の人としているだけで、何もしない（僅提供一人份的存在，什麼事也不做）。

72

對於租借真人來目送自己搬家一事，何者符合作者的想法？

1　反正是完全不認識的人，不用真人，請機器人來做也沒關係。

2　由於是感傷的場合，因此有價值與意義。

3　賦予租借一事價值與意義的是租借人自己。

4　由是完全不認識的人，等同於物品，因此目送沒有意義。

解析 本題詢問筆者的想法，因此請在文章後半段找出提及「引っ越しの見送りに人を借りること（出租為搬家送行的人）」之處，確認筆者的想法。第二段中寫道：「人でもモノでも対象に価値や意味を見出すのは自分の心なのかもしれないと気が付いた（我意識到無論是人還是物品，也許是由自己的內心找出該對象的價值和意義）」，因此答案為 3 借りることに価値や意味をつけるのは、借りた人自身である（由租借的人自己賦予出租的價值和意義）。

單字 かまわない 沒關係；不介意｜感情 かんじょう 图感情
つける 動賦予｜借りる かりる 動借入
自身 じしん 图自己

73

對於租借真人一事，筆者的想法如何？

1　能否透過租借來獲得滿足這點，會隨使用者的心情有所改變。

2　若能透過租借來獲得滿足，即便不擁有，物品也能成為重要的東西。

3　是否滿意不擁有這點，不問使用的人是不會了解的。

4　不擁有東西既便利又合理，滿意的人會愈來愈多。

解析 本題詢問筆者的想法，因此請在文章後半段找出提及「人をレンタルすること（出租人的行為）」之處，確認筆者的想法。第四段中寫道：「より便利に合理的に、人もモノも何

でも利用できる世の中で、満足や慰めを得られるかどうかは自分の心次第なのだろう（在這個無論人或物品，任何東西都能更為方便、合理使用的世界裡，能否得到滿足或安慰，取決於自己的內心）」，因此答案為 1 レンタルすることで満足できるかどうかは、利用する人の気持ちで変わる（對於出租是否感到滿足，取決於使用者的感受）。

單字 〜かどうか 是否〜｜変わる かわる 動改變
増える ふえる 動增加

74

瑪麗亞打算在下週末和 2 名同事在船上用餐。3 人的整體預算是 8 千日圓。可不選擇包廂。哪條觀光船航線符合瑪麗亞的需求？

1　周遊航線的午餐時段

2　周遊航線的下午茶時段

3　周遊航線的晚餐時段

4　單程航線

解析 本題要確認符合瑪莉亞期望的郵輪行程。題目列出的條件為：

(1)　週末（週末）：成人午餐時段的價格為 2500 日圓、下午茶時段為 2000 日圓、晚餐時段為 3500 日圓

(2)　同僚 2 人と（與兩位同事）：包含瑪莉亞在內共三人

(3)　船で食事（船上用餐）：下午茶非正餐，因此僅能選擇午餐或晚餐時段

(4)　全体の予算は 8 千円（總預算 8000 日圓）：三人的預算為 8000 日圓。午餐時段為 2500 日圓 x3 為 7500 日圓，符合預算

(5)　個室にしなくてもいい（不一定要是包廂）：不用支付額外的費用

綜合上述，答案要選 1 周遊コースのランチタイム（周遊行程的午餐時段）。

單字 来週末 らいしゅうまつ 图下週末｜同僚 どうりょう 图同事
船 ふね 图船｜全体 ぜんたい 图整體｜予算 よさん 图預算
希望 きぼう 图希望｜合う あう 動符合

75

崔先生想在下週末和孫子一起參加周遊航線的午餐時段。崔先生 67 歲，孫子 6 歲，他打算預約特別包廂。崔先生一行人的費用為多少錢？

1　崔先生 2,500 日圓，孫子免費，包廂額外收費 1,000 日圓

2　崔先生 2,000 日圓，孫子 1,000 日圓，包廂額外收費 1,000 日圓

3　崔先生 2,200 日圓，孫子 1,250 日圓，包廂額外收費 1,000 日圓

4　僅崔先生 2,500 日圓，孫子 1,000 日圓

解析 本題要確認崔先生一行人要支付的費用。題目列出的條件為：

(1)　週末に孫と一緒に周遊コースのランチタイムを利用（週末跟孫子一起參加週遊行程的午餐時段）：成人 2500 日圓、孩童 1250 日圓、老年人 2200 日圓

(2) チェさんは 67 歳（崔先生 67 歲）：65 歲以上長者的
價格為 2200 日圓

(3) 孫は 6 歲（孫子 6 歲）：年滿 4 歲尚未就讀國小者為
孩童，其價格為 1250 日圓

(4) 特別個室を予約（預約特殊包廂）：每間包廂需額外
支付 1000 日圓

綜合上述，答案要選 3 チェさん 2,200 円、孫 1,250 円、個
室追加料金 1,000 円（崔先生 2,200 日圓、孫子 1,250 日圓、
包廂額外收費 1,000 日圓）。

單字 孫 まご 图孫子｜無料 むりょう 图免費

74-75

観光船搭乗須知

橫濱客輪公司

橫濱客輪公司除了單程航線外，亦提供包含船上用餐與飲料的
觀光船航線。歡迎使用本公司的服務，留下美好的觀光回憶。

【周遊航線】

◎[75] 午餐時段　11:00~13:00（花費時間 2 小時）

	大人	兒童	銀髮族
平日	2,000 日圓	1,000 日圓	1,700 日圓
[74][75] 六日· 國定假日	[74]2,500 日圓	[75]1,250 日圓	[75]2,200 日圓

◎下午茶時段　15:00~16:00（花費時間 1 小時）僅附蛋
糕套餐

	大人	兒童	銀髮族
平日	1,500 日圓	750 日圓	1,200 日圓
六日· 國定假日	2,000 日圓	1,000 日圓	1,700 日圓

◎晚餐時段　18:00~20:30（花費時間 2.5 小時）

	大人	兒童	銀髮族
平日	3,000 日圓	1,500 日圓	2,700 日圓
六日· 國定假日	3,500 日圓	1,750 日圓	3,200 日圓

★可預約特別包廂★

橫濱客輪公司的觀光船航線為您準備了特別包廂。不妨與感
情融洽的好友家人在包廂邊用餐邊眺望美麗的海景。此外，
若您有攜帶兒童同行，包廂可讓您無需在意周遭眼光，悠閒
度過整段旅程，因此相當推薦。特別包廂每間（最多可 5 人
使用）將酌收 1,000 日圓的額外費用。

【單程航線】橫濱車站東側出口～橫濱港未來 21 ～山口公園

運行時間　10:00~18:00

出發時刻　每小時 00 分及 30 分出發。此為未付餐點、飲料
的單程 20 分航線。

收費（平日、六日及國定假日共通）大人 800 日圓／銀髮族
600 日圓／兒童 400 日圓

※ 兩航線共通

大人：國中以上／銀髮族：65 歲以上／兒童：4 歲～小學生
以下（3 歲以下免費）

預約 & 洽詢專線

橫濱客輪公司（代表）045-123-4455

單字 クルーズ 图客輪；觀光船｜案内 あんない 图介紹；須知
片道コース かたみちコース 图單乘航線｜船内 せんない 图船內
食事 しょくじ 图用餐；餐點｜セット 图套組
用意 ようい 图準備｜観光 かんこう 图觀光
思い出 おもいで 图回憶｜ぜひ 副務必｜利用 りよう 图使用
周遊コース しゅうゆうコース 图周遊航線
ランチタイム 图午餐時段｜所要 しょよう 图需要
シニア 图銀髮族｜平日 へいじつ 图平日
土日 どにち 图六日｜祝日 しゅくじつ 图國定假日
ティータイム 图下午茶｜ケーキセット 图蛋糕套餐
～のみ 助僅～｜ディナータイム 图晚餐時段
特別 とくべつ 副特別｜個室 こしつ 图包廂
予約 よやく 图預約｜可能 かのう 图可以
仲がよい なかがよい 感情融洽的｜友人 ゆうじん 图友人
眺める ながめる 動眺望｜～てみる ～看看
お子様 おこさま 图小孩｜場合 ばあい 图情況
周り まわり 图周遭｜気にする きにする 在意
過ごす すごす 動度過｜～ことができる 能夠～
おすすめ 图推薦｜最大 さいだい 图最多｜追加 ついか 图追加
料金 りょうきん 图費用｜いただく 動收取（もらう的謙讓語）
横浜駅 よこはまえき 图橫濱車站｜東口 ひがしぐち 图東側出口
運行 うんこう 图運行｜出発 しゅっぱつ 图出發
時刻 じこく 图時刻｜毎時 まいじ 图每小時｜および 接以及
ドリンク 图飲料｜無し なし 图無｜共通 きょうつう 图共通
中学生 ちゅうがくせい 图國中生｜以上 いじょう 图以上
小学生 しょうがくせい 图小學生｜以下 いか 图以下
問い合わせ先 といあわせさき 图客服聯絡方式
代表 だいひょう 图代表

聽解 p.95

☞ 請利用播放問題 1 作答說明和例題的時間，提前瀏覽第 1
至第 5 題的選項，迅速掌握內容。一旦聽到「では、始めま
す」，便準備開始作答。

1

[音檔]

事務所で、男の人と女の人が話しています。急にアルバイ
トに行けなくなったとき、何をしなければなりませんか。

M：えー、勤務の希望は前の月の20日までに、希望表にまるばつをつけて、提出してください。みなさんの希望を調整した上で、勤務スケジュールを作成します。

F：はい、わかりました。

M：もし、急な病気などで休む場合は、至急、私の携帯まで電話をください。

F：代わりに出勤できる人を探した方がいいんでしょうか。

M：いいえ、こちらで何とかしますので、心配いりません。それよりも、すぐに連絡をください。

F：わかりました。希望表なんですが、直接お渡ししたほうがいいですか。

M：メールで構いませんよ。

F：分かりました。

急にアルバイトに行けなくなったとき、何をしなければなりませんか。

[題本]
1 希望表を提出する
2 代わりの人を探す
3 電話をする
4 メールをする

中譯 男人正在事務所和女人交談。突然不能去打工的時候，必須做什麼事？

M：呃，想排班的日子請在前一個月的 20 號以前，在排班表上劃記圈又後繳交。我會調整大家的需求後製作上班時間表。

F：好的，了解。

M：如果突然因生病等事情請假，請立刻打我的手機。

F：是不是要找好可以代班的人比較好？

M：不用，我這邊會想辦法，你不需要擔心。比起這個，請先立刻聯絡我。

F：了解。關於排班表，直接交給妳就好了嗎？

M：可以寄電子郵件喔。

F：了解。

突然不能去打工的時候，必須做什麼事？

1 繳交排班表
2 找代班的人
3 打電話
4 寄郵件

解析 本題要從 1「繳交希望的班表」、2「找代班的人」、3「打電話」、4「傳郵件」當中，選出臨時沒辦法打工時，應該要做的事情。對話中，男子表示：「急な病気などで休む場合は、至急、私の携帯まで電話をください（如突然生病要請假時，請儘快打我手機）」，因此答案要選 3 電話をする（打

電話）。1 為排班表做的事情；2 為男子要做的事；4 為繳交希望的班表的方法。

單字 勤務 きんむ 图上班｜前の月 まえのつき 图前一個月

希望票 きぼうひょう 图排班表

まるばつをつける 劃記圈又｜提出 ていしゅつ 图繳交

みなさん 图大家｜調整 ちょうせい 图調整

スケジュール 图時間表｜作成 さくせい 图製作

急だ きゅうだ な形突然的｜場合 ばあい 图情況

至急 しきゅう 图立刻｜携帯 けいたい 图手機

代わりに かわりに 代替｜出勤 しゅっきん 图出勤

探す さがす 動尋找｜何とかする なんとかする 想辦法

心配 しんぱい 图擔心｜連絡 れんらく 图聯絡

直接 ちょくせつ 图直接｜メール 图郵件

構わない かまわない 不介意

2

[音檔]
ビルの受付で、男の人と女の人が話しています。男の人は、このあとまず何をしますか。

M：10時からこちらの会議室を予約しているんですが…。

F：はい。お待ちしておりました。

M：追加でマイクをお借りできないかと思っているんですが、可能ですか。

F：はい、ご用意できます。あとで、お部屋までお持ちします。

M：ありがとうございます。

F：では、こちらにお名前をご記入の上、お部屋にお進みください。

M：ええっと、料金の支払いは…。

F：料金はお帰りの際にいただきます。

M：分かりました。

男の人は、このあとまず何をしますか。

[題本]
1 会議室へ行く
2 マイクを取りに行く
3 名前を書く
4 料金を払う

中譯 男人和女人正在大樓的櫃檯交談。男人接下來會先做什麼事？

M：我從 10 點開始有預約這間會議室……

F：好的，正恭候您的蒞臨。

M：我想問能不能額外向您多借兩支麥克風，可以嗎？

F：好的，可以幫您準備。待會幫您拿到會議室裡。

M：謝謝。

F：那麼，請在這裡簽上您的大名後再前往會議室。

M：那個，關於付款……

F：費用會在您離開時向您收取。

M：了解。

男人接下來會先做什麼事？

1　去會議室

2　去拿麥克風

3　簽名

4　支付費用

解析 本題要從 1「到會議室去」、2「去拿麥克風」、3「填寫姓名」、4「繳費」當中，選出男子最先要做的事情。對話中，女子告知：「こちらにお名前をご記入の上、お部屋にお進みください（請在這裡寫下您的姓名，再進去會議室）」，因此答案要選 3 名前を書く（填寫姓名）。1 為寫完姓名後才要做的事情；2 為女子要做的事情；4 為用完會議室後才要做的事情。

單字 **会議室 かいぎしつ** 名會議室｜**予約 よやく** 名預約

追加 ついか 名追加｜**マイク** 麥克風｜**借りる かりる** 動借入

可能 かのう 名可以｜**用意 ようい** 名準備

記入 きにゅう 名寫上｜**進む すすむ** 動前往

料金 りょうきん 名費用｜**支払い しはらい** 名支付

帰り かえり 名回程｜**際 さい** 名時候

いただく 動收取（もらう的謙讓語）｜**払う はらう** 動支付

3

[音檔]

大学で、女の人と男の人が話しています。女の人は、このあとまず何をしますか。

F：新入生の歓迎会のお店だけど、駅前の新しい居酒屋でいいかな。昨日友達と行ってみたんだけど、料理もおいしかったし、とても清潔感があるお店だったよ。

M：広さは問題なかった？

F：お店の人に確認したら、50人までは入れるって。

M：へえ。けっこう広いんだね。いいんじゃない？

F：じゃあ、予約しちゃうね。駅からすぐだし、集合は店の前でいいよね？

M：いいと思うけど、一応、部長に相談したほうが安心かも。

F：そうだね。

M：じゃあ、それは僕がやるから、店の方よろしく。

F：ありがとう。集合場所が決まったら、参加者へメールするね。

女の人は、このあとまず何をしますか。

[題本]

1 店を予約する

2 集合場所を決める

---

3 部長に連絡する

4 参加者にメールをする

中譯 女人和男人正在大學裡交談。女人接下來會先做什麼事？

F：關於新生歡迎會的店家，車站前的新的居酒屋如何？我昨天有和朋友去看看，餐點好吃，看起來也很乾淨喔。

M：空間大小沒問題嗎？

F：我有向店員確認了，他說最多可容納50個人。

M：哇，還真大呢。挺不錯的嘛。

F：那我就直接預約囉。離車站很近，就約在店門口集合可以吧？

M：可以是可以，姑且還是跟社長商量一下可能比較安心。

F：也對。

M：那我來問，店家的部分就交給妳囉。

F：謝謝。集合地點確定的話，記得寄信給參加的人喔。

女人接下來會先做什麼事？

1　預約店家

2　決定集合地點

3　聯絡社長

4　寄信給參加者

解析 本題要從 1「向店家訂位」、2「決定集合地點」、3「聯絡部長」、4「發郵件給參加者」當中，選出女子最先要做的事情。對話中，女子提議到新開的居酒屋，空間大小也適合。而後女子表示：「じゃあ、予約しちゃうね（那我來訂位）」，因此答案要選 1 店を予約する（向店家訂位）。2和3皆為男子要做的事；4為決定集合地點後才要做的事情。

單字 **新入生 しんにゅうせい** 名新生｜**歓迎会 かんげいかい** 名歡迎會

駅前 えきまえ 名車站前｜**居酒屋 いざかや** 名居酒屋

清潔感 せいけつかん 名清潔感｜**広さ ひろさ** 名（面積）大小

確認 かくにん 名確認｜**予約 よやく** 名預約

集合 しゅうごう 名集合｜**一応 いちおう** 副姑且

部長 ぶちょう 名社長｜**相談 そうだん** 名商量

安心 あんしん 名安心｜**場所 ばしょ** 名地點

決まる きまる 動確定｜**参加者 さんかしゃ** 名參加者

メール 名郵件｜**決める きめる** 動決定

連絡 れんらく 名聯絡

4

[音檔]

美術館の窓口で、男の人と女の人が話しています。男の人は、全部でいくら支払いますか。

M：大人2人と子ども2人、お願いします。

F：はい。入場料は、大人1枚1,000円、子ども1枚800円ですが、本日は小学生以下のお子様は無料でございます。お子様はおいくつですか。

M：1人は中学生、もう1人は小学生だから、下の子は無料ですね。

F：はい。では、大人2枚、子ども1枚ですね。

M：あのう、ここに書いてあるお飲み物券って何ですか。

F：ああ、入場券1枚に付き300円追加で、施設内の喫茶店のお飲み物券が付くんです。いかがですか。

M：そうですか、うーん。今日は、入場券だけでいいです。

F：かしこまりました。

男の人は、全部でいくら支払いますか。

[題本]
1　2,000円
2　2,800円
3　3,600円
4　3,700円

中譯 男人和女人正在美術館的窗口交談。男人總共要付多少錢？

M：兩位大人和兩位小孩，麻煩了。

F：好的，入場費是成人票一張1000日圓、兒童票一張800元。今天小學生以下的兒童免費入場，您的小孩是幾歲呢？

M：一位是國中生，另一位是小學生，所以比較小的是免費對吧？

F：是的。那幫您準備成人票兩張，兒童票一張囉。

M：那個，這裡寫的飲料券是什麼啊？

F：啊，入場券每張多付300日圓的話，就會附上場館內的咖啡廳的飲料券，要不要參考看看？

M：這樣啊。嗯……那今天買入場券就好。

F：好的。

男人總共要付多少錢？

1　2000日圓

2　2800日圓

3　3600日圓

4　3700日圓

解析 本題要從1「2,000日圓」、2「2,800日圓」、3「3,600」日圓、4「3,700日圓」當中，選出男子應該要支付的金額。對話中，男子告知有2位大人和2個小孩。而後女子告知其中一名孩童為小學生，可免費入場，並再次確認：「大人2枚、子ども1枚ですね（兩張成人票、一張兒童票）」。成人票兩張2000日圓，加上兒童票一張800日圓，因此答案要選2 2,800円（2,800日圓）。

單字 入場料 にゅうじょうりょう 图入場費｜本日 ほんじつ 图今天
小学生 しょうがくせい 图小學生｜以下 いか 图以下
お子様 おこさま 图小孩｜無料 むりょう 图免費
中学生 ちゅうがくせい 图國中生

お飲み物券 おのみものけん 图飲料券｜追加 ついか 图追加
施設内 しせつない 图設施內｜付く つく 働附上
支払う しはらう 働支付

5

[音檔]
店で、女の人と男の人が話しています。男の人は、このあとまず何をしますか。

M：すみません。新しい携帯電話を買いたいんですが…。

F：では、こちらのカードを持って、お待ちください。番号順にご案内します。

M：どれくらい待ちますか。

F：今なら30分くらいですね。本日は免許証など、身分を証明できるものをお持ちですか。

M：免許証…。ああ、家に忘れてきてしまいました。ないと、契約できませんよね。

F：はい。申し訳ありませんが…。

M：妻が家にいると思うので、持ってきてくれるか聞いてみます。無理そうだったら、取りに帰ります。

F：お呼びした際にいらっしゃらない場合は、もう一度カードをとっていただくことになりますので、お気を付けください。

M：そうですか。じゃあ、家に戻ることになった時は、このカードは一度お返しします。

男の人は、このあとまず何をしますか。

[題本]
1　免許証を探す
2　妻に連絡する
3　家に帰る
4　カードを返す

中譯 女人和男人正在店裡交談。男人接下來會先做什麼事？

M：抱歉，我想買新的手機……

F：那，請領取這邊的號碼牌稍等。我們會按照號碼順序引導。

M：要等多久呢？

F：現在的話大概要等30分鐘左右。您今天有帶駕照等可以證明身分的文件嗎？

M：駕照啊……啊，我忘在家裡了。沒有的話就不能簽約對吧？

F：是的，很抱歉……

M：我老婆應該在家裡，我問問看她能不能拿過來。不行的話我再回家拿。

F：叫到您的時候若您不在現場，必須重新取號碼牌，還請留

意。

M：這樣啊。那，如果變成要回去一趟，我會先把這個號碼牌還給您。

男人接下來會先做什麼事？

1　尋找駕照

2　聯絡妻子

3　回家

4　歸還號碼牌

解析 本題要從1「找出駕照」、2「聯絡妻子」、3「回家」、4「返還號碼牌」當中，選出男子最先要做的事情。對話中，女子詢問是否有帶駕照等可以確認身份的證件。而後男子回應：「妻が家にいると思うので、持ってきてくれるか聞いてみます（我想我太太應該在家，我問問看她能不能幫我拿過來）」，因此答案要選2妻に連絡する（聯絡妻子）。1為已經做過的事；3為如果太太沒辦法幫忙拿身分證件來時，才會做的事；4為如果決定回家拿才要做的事情。

單字 携帯電話 けいたいでんわ 图手機｜カード 图牌子；卡片

番号順 ばんごうじゅん 图號碼順序｜案内 あんない 图引導

どれくらい 多少｜本日 ほんじつ 图今日

免許証 めんきょしょう 图駕照｜身分 みぶん 图身分

証明 しょうめい 图證明｜契約 けいやく 图契約｜妻 つま 图妻子

無理 むり 图不行；沒辦法｜際 さい 图時候

いらっしゃる 動在（いる的尊敬語）｜場合 ばあい 图情況

もう一度 もういちど 再次

気を付ける きをつける 留意

戻る もどる 動返回｜返す かえす 動歸還

探す さがす 動尋找｜連絡 れんらく 图聯絡

☞ 請利用播放**問題 2** 作答說明和例題的時間，提前瀏覽第 1 至第 6 題的選項，迅速掌握內容。一旦聽到「では、始めます」，便準備開始作答。

1

[音檔]

会社で女の人と男の人があるドラマについて話しています。女の人はこのドラマの何がおもしろいと言っていますか。

F：ねえ、昨日のドラマ、見た？

M：いや、昨夜はテレビドラマ、見てないけど。何かおもしろいの、あった？

F：うん、ほら、小さい工場のドラマ、話題になってるじゃない。

M：ああ、かっこいい俳優が出てるドラマね。あれ、おもしろいの？仕事の話だよね。

F：うん、まあ、そうなんだけど、大企業を辞めた男がつぶれかけた工場を立て直す話なんだよね。それでさ、

今までの話が今の私達の会社のことみたいで、ドキドキしちゃって。

M：え？もしかして、他の大企業と一緒になるっていう話？

F：そうそう。もちろんこの会社とはいろいろと違うんだけど、働いている人達の負けたような気持ちとか、新しい会社がどうなるのかっていう不安とか。まるで自分のことのようで、すごく夢中になって見てしまったの。とてもおもしろいから、ぜひ見てみて。

M：へえ、来週は見てみようかなあ。

女の人はこのドラマの何がおもしろいと言っていますか。

[題本]

1 かっこいい俳優が出ていること

2 男が大企業をやめたこと

3 見ていて不安になること

4 自分たちの会社に似ていること

中譯 女人正在公司和男人談論某齣戲劇。女人說這齣戲好看的地方在哪？

F：喂，昨天的電視劇你看了嗎？

M：沒有，我昨晚沒看電視劇。有什麼好看的地方嗎？

F：嗯，就是那部小工廠的戲，不是很多人討論嗎？

M：啊，有帥氣演員演的那部戲啊。那部好看嗎？它是工作的故事對吧？

F：嗯，是這樣沒錯，辭掉大企業工作的男人重新撐起瀕臨倒閉的工廠的故事。然後啊，目前為止的劇情就好像我們公司，讓我好興奮呀。

M：咦？該不會劇情也是要和其他的大企業合併吧？

F：沒錯。當然，戲裡的公司和這間公司有很多差異，但員工們的那種好像輸了的心情，還有對新公司未來走向感到不安等等，簡直就像在講自己的事情一樣，讓我看得非常入迷。真的非常好看，你一定要看看。

M：哇，那我下禮拜來看看好了。

女人說這齣戲好看的地方在哪？

1　帥氣的演員有參與演出

2　男人辭掉大企業的工作

3　看了會擔心

4　和她們的公司類似

解析 本題詢問女子為何覺得該部戲劇很有意思。各選項的重點為 1「帥氣的演員」、2「男生從大公司離職」、3「看了感到很不安」、4「跟自己的公司很像」。對話中，女子表示：「まるで自分のことのようで、すごく夢中になって見てしまったの（就像是我自己的事一樣，所以我看得非常入迷）」，因此答案為 4 自分たちの会社に似ていること（跟自己的公司很像）。1 為男子提到的事；對話中並未提到 2 和 3。

單字 ドラマ 图戲劇｜テレビドラマ 图電視劇

　　工場 こうじょう 图工廠｜話題 わだい 图話題

　　かっこいい い形帥氣的｜俳優 はいゆう 图演員

　　大企業 だいきぎょう 图大企業｜辞める やめる 動辭職

　　つぶれる 動倒閉｜立て直す たてなおす 動重振

　　私達 わたしたち 图我們｜ドキドキ 副怦然心動

　　もしかして 該不會｜他の ほかの 其他的

　　一緒になる いっしょになる 合併｜もちろん 副當然

　　人達 ひとたち 图人們｜負ける まける 動輸

　　気持ち きもち 图心情｜不安 ふあん 图不安｜まるで 副簡直

　　すごく 副非常｜夢中になる むちゅうになる 著迷

　　ぜひ 副務必｜不安だ ふあんだ な形不安的｜似る にる 動相似

2

[音檔]

男の人と女の人が話しています。男の人は旅行について何がよかったと言っていますか。

F：先週の旅行、どうだった？

M：ああ、楽しかったよ。初めてあの国を旅行したんだけど、僕の英語がうまく通じなくて、大変だったよ。まあ、絵を描いたりして、どうにかなったけどね。

F：へえ、食べ物は？ちゃんと食べられた？

M：うん、もちろん。とてもおいしくて、1日に何回もレストランやカフェに行っちゃったよ。本当にあそこの国の料理はおいしかったなあ。ぜひ行って食べるべきだよ。

F：それはよかったね。どんなホテルに泊まったんだっけ。

M：それがね、とてもいいホテルを日本から予約していったのに、なぜか予約できていなくてさ。しかたなく、駅のインフォメーションで探して、小さいホテルに泊まったんだ。そこ、家族でやってるホテルで、値段も安くて、部屋もよかったけど、そこのうちの子が小さくて。

F：へえ、じゃあ、かわいかったでしょ。

M：うーん、まあねえ、かわいいことはかわいいけど、お母さんが怒っている声とかも聞こえて。ちょっとね。

男の人は旅行について何がよかったと言っていますか。

[題本]

1 英語が話せたこと

2 絵でコミュニケーションできたこと

3 とてもいいホテルで泊まったこと

4 ホテルが安かったこと

中譯 男人正在和女人交談。對於旅行，男人說哪一點很棒？

F：上禮拜的旅行如何？

M：啊，很開心喔。我第一次去那個國家旅行，但我的英文無法順利溝通，很糟糕呢。總之我是靠畫畫之類的方式順利度過了。

F：哇，那吃的呢？有好好吃東西嗎？

M：嗯，當然有。非常好吃，所以我一去就去了好幾次餐廳和咖啡廳呢。那個國家的料理真的很好吃。妳應該去吃吃看喔。

F：那真是太好了。話說你是住哪種飯店去了？

M：這個嘛。我在日本預約了一間非常棒的飯店，但不知道為什麼沒預約到。束手無策之下，我只好在車站的服務台找，然後住進一間小飯店。那是一間家族經營的飯店，價格便宜，房間也很好。而且他們的小孩很小。

F：哇，那可愛嗎？

M：這個嘛，說可愛是有可愛的地方啦，但還是聽得到媽媽生氣的聲音，有點不太好說。

針對旅行，男人說哪一點很棒？

1 成功說到英語

2 成功用畫畫溝通

3 住在非常好的飯店

4 飯店很便宜

解析 本題詢問男子提到旅行中什麼地方不錯。各選項的重點為1「能夠說英語」、2「能用畫畫來溝通」、3「住到很棒的飯店」、4「飯店很便宜」。對話中，男子表示：「値段も安くて、部屋もよかったけど（價格便宜，房間也不錯）」，因此答案為4 ホテルが安かったこと（飯店很便宜）。1男子表示沒辦法用英語溝通；2對話中並未提到這點很不錯；3實際上住進的是很小的飯店。

單字 うまい い形順利的｜通じる つうじる 動意思相通

　　絵を描く えをかく 畫畫｜どうにかなる 總會有辦法

　　ちゃんと 副好好地｜もちろん 副當然｜カフェ 图咖啡廳

　　ぜひ 副務必｜泊まる とまる 動留宿｜日本 にほん 图日本

　　予約 よやく 图預約｜なぜか 不知為何｜しかたない い形沒辦法

　　インフォメーション 图服務台｜探す さがす 動尋找

　　値段 ねだん 图價格｜子 こ 图小孩｜怒る おこる 動生氣

　　聞こえる きこえる 動聽到

3

[音檔]

女の人と男の人が話しています。女の人はどうして会議に出席できないのですか。

F：あ、木村さんですか。すみません、吉田ですけど。

M：ああ、吉田さん、どうしたんですか。

F：お祭りの準備委員会の会議なんですが、次は土曜日の午後でしたよね。私、出席できなくなってしまったんです。

M：えっ。そうなんですか。困ったなあ。

F：すみません、子供のサッカーの試合があって。

M：あれ？サッカーの試合って、この間の日曜じゃなかったんですか？

F：そうだったんですけど、雨で延期になってしまったんです。試合の場所まで車で行かなきゃいけなくて。夫が連れて行ってもいいんですが、あいにくその日は、仕事があって…。

M：そうですか。それはしょうがないですね。わかりました。

女の人はどうして会議に出席できないのですか。

[題本]

1　サッカーの試合があるから
2　雨で延期になるから
3　車で行けないから
4　仕事があるから

中譯 女人正在和男人交談。女人為什麼無法出席會議？

F：啊，請問是木村嗎？抱歉，我是吉田。

M：啊，吉田啊，怎麼了嗎？

F：祭典的籌備委員會的會議是下週六下午對吧？我突然不能出席了。

M：唉呀，這樣啊。真煩惱呢。

F：抱歉，我小孩有足球比賽。

M：咦？足球比賽不是前陣子的禮拜天嗎？

F：是這樣沒錯，但因為下雨延期了。比賽地點必須開車過去。雖然讓老公帶小孩去也可以，但不巧他那天有工作……。

M：這樣啊，那也沒辦法了呢。我了解了。

女人為什麼無法出席會議？

1　因為有足球比賽
2　因為下雨延期
3　因為無法開車去
4　因為有工作

解析 本題詢問女子無法參加會議的理由。各選項的重點為 1「有足球賽」、2「因為下雨延期」、3「不能開車去」、4「有工作在身」。對話中，女子表示：「すみません、子供のサッカーの試合があって（不好意思，孩子要參加足球賽）」，因此答案為 1 サッカーの試合があるから（因為有一場足球賽）。2 原本為上個星期日的事；3 對話中並未提到；4 為女子的先生有工作要做。

單字 **会議 かいぎ** 图會議｜**出席 しゅっせき** 图出席

祭り まつり 图祭典｜**準備 じゅんび** 图準備

委員会 いいんかい 图委員會｜**サッカー** 图足球

試合 しあい 图比賽｜**この間 このあいだ** 图前陣子

延期 えんき 图延期｜**場所 ばしょ** 图地點｜**夫 おっと** 图丈夫

連れて行く つれていく 帶去｜**あいにく** 副不巧

日 ひ 图日子｜**しょうがない** 沒辦法

[音檔]

会社で同僚の男の人と女の人が話しています。男の人はどうして疲れているのですか。

F：おはよう。どうしたの？すごい顔してるけど、寝不足？昨日の飲み会で飲みすぎたの？

M：いや、飲んだことは飲んだけど、昨日は割と早く帰って、すぐに寝たんだ。それで、夜中に目が覚めてトイレに行ったんだけど、そうしたらキッチンの水が出ていて、止まらなくなってたんだよ。

F：えー、どうして？

M：どうも水道のネジが緩んだみたいで。それで、自分では直せなかったから、インターネットで夜中でも来てくれる修理屋さんを探したり、周りの物を片づけたり。修理屋さんが来て何とか水は止まったけど、もう朝になっちゃって、寝るに寝れなくてさ。

F：それは大変だったね。

M：本当に参ったよ。今日はもう早く帰って、とにかく寝たいよ。

F：あっ、さっき課長が、今日は私たちに残業してほしいって言ってたよ。

M：えー！どうして今日に限って残業なんだよ。嫌になるなあ。

男の人はどうして疲れているのですか。

[題本]

1　昨日、お酒を飲みすぎたから
2　昨日、夜中に目が覚めてしまったから
3　**夜、水が止まらなくて、寝られなかったから**
4　課長に残業を頼まれたから

中譯 男人和女人兩個同事正在公司裡交談。男人為什麼很累？

F：早安，怎麼了嗎？你的臉色很差，睡眠不足了嗎？還是昨天聚餐喝太多？

M：不是，我是有喝，但昨天意外地比較早回去，我馬上就睡了。然後我半夜醒來去廁所，發現廚房的水噴出來，停都停不住呢。

F：哇，為什麼呢？

M：好像是水龍頭的螺絲鬆掉了。因為我自己修不好，所以就在網路上找可以半夜來的修理工，然後收拾周圍的東西。修理工來了以後總算把水止住了，但也到早上了，要睡也睡不了。

F：你可真辛苦呢。

M：真是敗給了它。總之我已經想早點回去睡覺了。

F：啊，剛才課長說希望我們今天加班喔。

M：什麼！為什麼偏偏是今天加班啦。真討厭。

必要だ ひつようだ 因形 必要的｜考える かんがえる 動 思考

参加者 さんかしゃ 名 参加者｜集まる あつまる 動 到齊

締め切る しめきる 動 截止

金メダリスト きんメダリスト 名 金牌選手

早めに はやめに 副 早點｜申し込む もうしこむ 動 報名

混雑 こんざつ 名 擁擠｜初級レベル しょきゅうレベル 名 初級程度

文化 ぶんか 名 文化｜伝える つたえる 動 傳達

決める きめる 動 決定｜動かす うごかす 動 活動

お互いに おたがいに 副 互相｜感想 かんそう 名 心得

話し合う はなしあう 動 一同談論

言語知識（文字・語彙）

問題 1	1 3	2 1	3 2	4 3	5 4	
問題 2	6 4	7 1	8 3	9 4	10 1	
問題 3	11 2	12 2	13 3	14 4	15 1	
問題 4	16 2	17 1	18 4	19 1	20 3	21 4	22 4
問題 5	23 4	24 3	25 1	26 4	27 2	
問題 6	28 2	29 4	30 1	31 3	32 4	

言語知識（文法）

問題 7	33 2	34 1	35 2	36 4	37 2	38 3
	39 4	40 3	41 3	42 4	43 2	44 1
問題 8	45 1	46 3	47 4	48 1	49 4	
問題 9	50 2	51 4	52 3	53 2	54 1	

讀解

問題 10	55 3	56 3	57 1	58 3	59 4	
問題 11	60 3	61 1	62 2	63 1	64 3	65 1
	66 2	67 3	68 3			
問題 12	69 1	70 3				
問題 13	71 2	72 4	73 1			
問題 14	74 4	75 1				

聽解

問題 1	1 3	2 2	3 3	4 2	5 3	
問題 2	1 4	2 3	3 1	4 4	5 1	6 2
問題 3	1 2	2 3	3 2	4 4	5 2	
問題 4	1 3	2 3	3 1	4 2	5 3	6 1
	7 2	8 1	9 3	10 1	11 2	12 2
問題 5	1 2	2 3	3 第1小題 4 第2小題 3			

1

在找壽命長且耐用的傘。

解析 「寿命」的讀音為 3 じゅみょう。請注意じゅ為濁音。
單字 **寿命 じゅみょう** 图壽命｜**探す さがす** 動尋找

2

下班回家途中發現迷路的小孩。

解析 「迷子」的讀音為 1 まいご。請注意「迷子」為訓讀名詞，
「迷（まい）」和「子（ご）」皆屬訓讀。
單字 **迷子 まいご** 图迷路的小孩｜**仕事帰り しごとがえり** 图下班回家
途中｜**見つける みつける** 動發現

3

這起事件找不到證據與犯人。

解析 「証拠」的讀音為 2 しょうこ。請注意しょう為長音，「拠」
的讀音為こ，並非長音。
單字 **証拠 しょうこ** 图證據｜**事件 じけん** 图事件｜**犯人 はんにん** 图犯人
見つかる みつかる 動找到

4

最近貓一直弄髒車子，讓我很傷腦筋。

解析 「汚す」的讀音為 3 よごす。
單字 **汚す よごす** 動弄髒｜**最近 さいきん** 图最近｜**ずっと** 副一直
悩む なやむ 動煩惱

5

參加了刊登在徵才網站上的公司的面試。

解析 「求人」的讀音為 4 きゅうじん。請注意「人」有兩種讀法，
可以唸作じん或にん，寫作「求人」時，要唸作じん。
單字 **求人 きゅうじん** 图徵才｜**サイト** 图網站
載る のる 動刊登
面接を受ける めんせつをうける 參加面試

6

我的團隊是由優秀的選手構成。

解析 「こうせい」對應的漢字為 4 構成。先分辨「講（こう）」
和「構（こう）」，刪去選項1和選項2，再分辨「盛（せ
い）」和「成（せい）」，刪去選項3。
單字 **構成 こうせい** 图構成｜**我がチーム わがチーム** 图我的團隊
優秀だ ゆうしゅうだ な形優秀的｜**選手 せんしゅ** 图選手

7

最好別說會招致誤解的話。

解析 「まねく」對應的漢字為 1 招く。
單字 **招く まねく** 動招來｜**呼ぶ よぶ** 動叫來｜**送る おくる** 動遞送
迎える むかえる 動迎接｜**誤解 ごかい** 图誤解

8

聽了他的演講，人們都感動落淚。

解析 「かんげき」對應的漢字為 3 感激。先分辨「恩（お
ん）」和「感（かん）」，刪去選項1和選項4，再分辨「極（き
ょく）」和「激（げき）」，刪去選項2。
單字 **感激 かんげき** 图感動｜**スピーチ** 图演講
人々 ひとびと 图人們｜**涙 なみだ** 图眼淚｜**流す ながす** 動流

9

我覺得去面試時畫濃妝不好。

解析 「こい」對應的漢字為 4 濃い。
單字 **濃い こい** い形濃的｜**深い ふかい** い形深的｜**薄い うすい** い形薄的
厚い あつい い形厚的｜**面接 めんせつ** 图面試
化粧 けしょう 图化妝

10

這個蛋糕放在冰箱保存。

解析 「ほぞん」對應的漢字為 1 保存。先分辨「保（ほ）」和「補
（ほ）」，刪去選項2和選項4，再分辨「存（ぞん）」和
「在（ざい）」，刪去選項3。
單字 **保存 ほぞん** 图保存｜**ケーキ** 图蛋糕

11

春節期間飯店和旅館的住宿（　　）會變貴。

| 1 | 額 | **2** | **費** |
| 3 | 值 | 4 | 金 |

解析 本題要選出適當的字詞，搭配括號前方的單字「宿泊（住
宿）」，因此答案為接尾詞2料，組合成「宿泊料（住宿
費）」。
單字 **宿泊料 しゅくはくりょう** 图住宿費｜**正月 しょうがつ** 图春節
旅館 りょかん 图旅館

12

這棟圖書館是知名建築（　　）設計的建築物。

| 1 | 員 | **2** | **家** |
| 3 | 師 | 4 | 者 |

解析 本題要選出適當的字詞，搭配括號前方的單字「建築（建
築）」，因此答案為接尾詞2家，組合成「建築家（建築
師）」。

單字 **建築家 けんちくか** 图建築家｜**設計 せっけい** 图設計

13

乖巧又會彈鋼琴的妹妹與活潑又會踢足球的姐姐呈（　　）。

1　反對比　　　　　　　　2　正對比
3　明顯對比　　　　　　4　逆對比

解析 本題要選出適當的字詞，搭配括號後方的單字「対照（對
　　比）」，因此答案為接頭詞3好，組合成「好対照（鮮明對
　　比）」。

單字 **好対照 こうたいしょう** 图明顯對比｜**ピアノ** 图鋼琴
　　得意だ とくいだ な形擅長的｜**おとなしい** い形乖巧的
　　サッカー 图足球｜**活発だ かっぱつだ** な形活潑的

14

我想查電車時刻，所以從包包（　　）了智慧型手機。

1　供奉　　　　　　　　　2　提出
3　停止　　　　　　　　**4　拿出**

解析 本題要選出適當的字詞，搭配括號前方的單字「取る
　　（拿）」，因此答案為4出した，組合成複合詞「取り出す
　　（拿出來）」。

單字 **取り出す とりだす** 動拿出｜**時刻 じこく** 图時刻
　　調べる しらべる 動查詢｜**スマートフォン** 图智慧型手機

15

不能把食物（　　）演唱會的會場。

1　帶進去　　　　　　　2　帶去放入
3　帶出　　　　　　　　　4　傳閱

解析 本題要選出適當的字詞，搭配括號前方的單字「持つ（攜
　　帶）」，因此答案為1込む，組合成複合詞「持ち込む（帶
　　進）」。

單字 **持ち込む もちこむ** 動攜入｜**コンサート** 图演唱會
　　会場 かいじょう 图會場

16

世界有各種資源，當中最（　　）資源之一是水。

1　嚴重的　　　　　　　**2　珍貴的**
3　大規模的　　　　　　　4　重大的

解析 四個選項皆為な形容詞。括號加上其後方內容表示「貴重な
　　資源の一つ（珍貴資源之一）」最符合文意，因此答案為2
　　貴重な。其他選項的用法為：1厳重な警戒（嚴加戒備）；3
　　多大な損害（極大的損害）；4重大な仕事（重大的任務）。

單字 **世界 せかい** 图世界｜**様々だ さまざまだ** な形各種的
　　資源 しげん 图資源｜**厳重だ げんじゅうだ** な形嚴重的
　　貴重だ きちょうだ な形珍貴的｜**多大だ ただいだ** な形大規模的
　　重大だ じゅうだいだ な形重大的

17

這個家充（　　）了和家人的回憶，讓我很難離它遠去。

1　滿　　　　　　　　　　2　完美
3　清楚　　　　　　　　　4　恰好

解析 四個選項皆為副詞。括號加上前後方內容表示「思い出がぎ
　　っしり詰まっていて（充滿著回憶）」最符合文意，因此答
　　案為1ぎっしり。其他選項的用法為：2予想がばっちり当
　　たる（跟預料的一樣）；3顔がはっきり見える（清楚地看
　　到臉）；4サイズがぴったり合う（尺寸剛剛好）。

單字 **思い出 おもいで** 图回憶｜**詰まる つまる** 動裝滿
　　離れる はなれる 動離開｜**ぎっしり** 副滿滿地
　　ばっちり 副完美地｜**はっきり** 副清楚地
　　ぴったり 副洽好地

18

快放暑假了，差不多該制訂旅行的（　　）了。

1　設計　　　　　　　　　2　模型
3　風格　　　　　　　　**4　計畫**

解析 四個選項皆為名詞。括號加上前後方內容表示「旅行のプラ
　　ンを立てなきゃいけない（得制定旅遊計畫才行）」最符合
　　文意，因此答案為4プラン。其他選項的用法為：1昔のデ
　　ザイン（以前的設計）；2雑誌のモデル（雜誌模特兒）；3
　　流行のスタイル（流行的風格）。

單字 **そろそろ** 副差不多｜**立てる たてる** 動制定｜**デザイン** 图設計
　　モデル 图模特兒｜**スタイル** 图風格｜**プラン** 图計畫

19

到目前為止幾乎沒用過，所以不太擅長電腦的（　　）。

1　操作　　　　　　　　2　運轉
3　運用　　　　　　　　　4　動作

解析 四個選項皆為名詞。括號加上前後方內容表示「パソコンの
　　操作はあまり得意ではありません（不擅長操作電腦）」最
　　符合文意，因此答案為1操作。其他選項的用法為：2車の
　　運転（駕駛汽車）；3資金の運用（運用資金）；4すばやい
　　動作（動作敏捷）。

單字 **パソコン** 图電腦｜**得意だ とくいだ** な形擅長的
　　操作 そうさ 图操作｜**運転 うんてん** 图運轉｜**運用 うんよう** 图運用
　　動作 どうさ 图動作

20

配合去年開始的事業拓展，決定再（　　）員工。

1　工作　　　　　　　　　2　任職
3　聘僱　　　　　　　　4　賺取

解析 四個選項皆為動詞。括號加上前後方內容表示「社員を雇う
　　ことに（決定僱用員工）」最符合文意，因此答案為3雇う。
　　其他選項的用法為：1地元で働く（在當地工作）；2会社に
　　勤める（在公司上班）；4お金を稼ぐ（賺錢）。

單字 **事業 じぎょう**　名事業｜**拡大 かくだい**　名擴展｜**さらに**　副再
　　社員 しゃいん　名員工｜**働く はたらく**　動工作
　　勤める つとめる　動任職｜**雇う やとう**　動聘僱
　　稼ぐ かせぐ　動賺取

21

將來的夢想是當（　　），所以現在有去學校上課。

1　翻譯　　　　　　　　　　2　直譯
3　英文翻譯　　　　　　　　**4　口譯員**

解析 四個選項皆為名詞。括號加上其後方內容表示「通訳になる
　　（當口譯）」最符合文意，因此答案為 4 通訳。其他選項的用
　　法為：1 日本語に翻訳する（翻譯成日語）；2 文章を直譯す
　　る（直譯句子）；3 英訳で読む（用英語閱讀）。
單字 **将来 しょうらい**　名將來｜**夢 ゆめ**　名夢想｜**通う かよう**　動來往
　　翻訳 ほんやく　名翻譯｜**直訳 ちょくやく**　名直譯
　　英訳 えいやく　名英文翻譯｜**通訳 つうやく**　名口譯員

22

在運動會看到（　　）好動的孩子們，心情開心了起來。

1　順利　　　　　　　　　　2　容易
3　輕鬆　　　　　　　　　　**4　活潑**

解析 四個選項皆為な形容詞。括號加上前後方內容表示「運動会
　　で活発に動く子供達（孩子在運動會上表現活躍）」最符合
　　文意，因此答案為 4 活発に。其他選項的用法為：1 順調に
　　進む会議（會議順利進行）；2 容易にできる仕事（容易完
　　成的工作）；3 気楽に暮らす生活（輕鬆安逸的生活）。
單字 **運動会 うんどうかい**　名運動會｜**動く うごく**　動活動
　　子供達 こどもたち　名孩子們｜**気分 きぶん**　名心情
　　順調だ じゅんちょうだ　な形順利的
　　容易だ よういだ　な形容易的
　　気楽だ きらくだ　な形輕鬆的｜**活発だ かっぱつだ**　な形活潑的

23

這個用法有尊敬對方的心情。

1　覺得懷念　　　　　　　　2　覺得不好
3　平等對待　　　　　　　　**4　慎重對待**

解析 うやまう的意思為「尊敬」，選項中可替換使用的是 4 大切
　　にあつかう，故為正解。
單字 **表現 ひょうげん**　名表達方式｜**相手 あいて**　名對方
　　うやまう　動尊敬｜**気持ち きもち**　名心情
　　含まれる ふくまれる　動含有
　　なつかしい　い形懷念的｜**思う おもう**　動覺得
　　平等だ びょうどうだ　な形平等的｜**あつかう**　動對待
　　大切だ たいせつだ　な形重要的

24

這條路直直走有座幽靜的公園。

1　知名的　　　　　　　　　2　老舊的

3　安靜的　　　　　　　　　4　美麗的

解析 ひっそりした的意思為「幽靜的」，選項中意思最為相近的
　　是 3 静かな，故為正解。
單字 **ひっそり**　副幽靜｜**有名だ ゆうめいだ**　な形知名的
　　古い ふるい　い形老舊的｜**静かだ しずかだ**　な形安靜的
　　美しい うつくしい　い形美麗的

25

計畫的執行應該極為困難。

1　非常　　　　　　　　　2　果然
3　當然　　　　　　　　　　4　實際

解析 きわめて的意思為「極其」，選項中意思最為相近的是 1 非
　　常に，故為正解。
單字 **計画 けいかく**　名計畫｜**実行 じっこう**　名執行
　　きわめて　副極為｜**非常に ひじょうに**　副非常
　　やはり　副果然｜**当然 とうぜん**　副當然
　　実際に じっさいに　副實際

26

近期要搬家到車站附近。

1　暫時　　　　　　　　　　2　突然
3　最近　　　　　　　　　　**4　快要**

解析 近々的意思為「近期」，選項中意思最為相近的是 4 もうす
　　ぐ，故為正解。
單字 **近々 ちかぢか**　副過幾天｜**引っ越す ひっこす**　動搬家
　　しばらく　副暫時｜**急に きゅうに**　副突然
　　最近 さいきん　名最近｜**もうすぐ**　副快要

27

我覺得他的判斷很妥當。

1　搞錯了　　　　　　　　　**2　符合情況**
3　太快決定　　　　　　　　4　沒有辦法

解析 妥当だった的意思為「妥當的」，選項中可替換使用的是 2
　　状況に合っていた，故為正解。
單字 **判断 はんだん**　名判斷｜**妥当だ だとうだ**　な形妥當的
　　間違う まちがう　動搞錯｜**状況 じょうきょう**　名狀況
　　早い はやい　い形快的｜**合う あう**　動符合
　　決める きめる　動決定｜**しかたがない**　沒有辦法

28

失望

1　她之前明明那麼失望，現在卻好像找到新男友了。
**2　竟然把自己的疏失向部長報告說是別人的疏失，我對他很
　　失望。**
3　沒考到想念的大學，失望也什麼都不想做。
4　常去的餐廳公休，吃不到午餐很失望。

此外在愛爾蘭，住宅本身就配備家具和家電，因此搬家時不會產出大型垃圾，自然也能減少「沒辦法只好丟掉」的狀況。

　　聽到這些例子，日本對回收的觀念可說尚嫌薄弱。中古品買賣服務和中古品販賣店雖然存在，但不需要的東西大多是當垃圾丟掉。應動員國家和企業設計適合日本的回收方式，致力推動環境教育。

（註1）埋め立て：將垃圾堆置在河川或海洋埋住
（註2）キャッシュバック：退還金錢
（註3）備え付ける：在該處準備設備

單字 スウェーデン 图瑞典｜捨てる すてる 動丟棄｜ゴミ 图垃圾
　　埋め立て うめたて 图掩埋｜処理 しょり 图處理｜たった 副僅
　　残り のこり 图剩餘｜処理場 しょりじょう 图處理廠
　　燃やす もやす 動燃燒｜際 さい 图時｜電力 でんりょく 图電力
　　変える かえる 動轉換｜再利用 さいりよう 图再利用
　　現在 げんざい 图現在｜世帯分 せたいぶん 图家庭的量
　　さらには 而且｜国内 こくない 图國內｜量 りょう 图量
　　足りない たりない 不足｜輸入 ゆにゅう 图進口
　　～だけでなく 不只～｜続ける つづける 動持續
　　工夫 くふう 图設法｜増やす ふやす 動增加
　　努力 どりょく 图致力｜他に ほかに 其他
　　例えば たとえば 副例如｜ドイツ 图德國｜スーパー 图超市
　　回収 かいしゅう 图回收｜ボックス 图箱子
　　ペットボトル 图寶特瓶｜瓶 びん 图瓶子｜ほど 图大約
　　返る かえる 動返回｜制度 せいど 图制度｜～によって 透過～
　　徹底 てってい 图落實｜アイルランド 图愛爾蘭
　　住宅 じゅうたく 图住宅｜もともと 副本來｜家具 かぐ 图傢俱
　　家電 かでん 图家電｜備え付ける そなえつける 動配備
　　引っ越し ひっこし 图搬家｜済む すむ 動解決
　　よって 接因此｜仕方ない しかたない い形沒辦法
　　状況 じょうきょう 图狀況｜自然だ しぜんだ な形自然的
　　減らす へらす 動減少｜～ことができる 能夠～
　　まだまだ 副尚｜意識 いしき 图觀念
　　中古品 ちゅうこひん 图中古品｜売買 ばいばい 图買賣
　　サービス 图服務
　　中古品販売店 ちゅうこひんはんばいてん 图中古品販賣店
　　存在 そんざい 图存在｜ものの 雖然～｜必要 ひつよう 图必要
　　企業 きぎょう 图企業｜合う あう 動適合｜方法 ほうほう 图方法
　　考案 こうあん 图設計
　　環境教育 かんきょうきょういく 图環境教育｜力 ちから 图力量
　　～べきだ 應該～｜積み上げる つみあげる 動累積
　　払い戻す はらいもどす 動退還

60

瑞典進口垃圾的原因為何？
1 因為瑞典擅長使用在國外被丟棄的垃圾來回收或轉換成電力
2 因為想獲得更多的垃圾來增加國外也能使用的電力
3 **因為光靠國內的垃圾無法產出夠 25 萬戶家庭使用的電力**
4 因為獲得更多垃圾，回收的功力就會愈好

解析 題目提及「スウェーデンがゴミを輸入しているの（瑞典正在進口垃圾）」，請在文中找出相關內容。第二段中寫道：「この電力で 25 万世帯分もの電力が作られている。さらには、国内から出るゴミの量だけでは足りなくなり、外国からゴミを輸入しているというのだ（這些電力用於為 25 萬戶發電。此外，光靠國內所製造的垃圾量仍不夠，所以正從國外進口垃圾）」，因此答案為 3 国内のゴミだけでは、25 万世帯分の電力が作れなくなったため（僅靠國內的垃圾無法生產 25 萬戶的電力）。

單字 転換 てんかん 图轉換｜得意だ とくいだ な形擅長的
　　国外 こくがい 图國外

61

關於正設法讓垃圾可持續回收，致力讓垃圾量不再增加這段敘述，下列何者正確？
1 **德國針對回收的人導入了「現金回饋制度」。**
2 德國超市的回收箱可體驗回收。
3 愛爾蘭禁止丟棄像傢俱這樣的大型垃圾。
4 愛爾蘭的中古品販賣店正逐漸減少。

解析 請仔細閱讀文中提及「リサイクルを続けるための工夫や、ゴミを増やさないための努力（想辦法持續回收再利用，努力避免垃圾增加）」前後方的內容，選出內容相符的選項。下一段寫道：「ドイツでは、スーパーに置いてあるリサイクル用の回収ボックスにペットボトルや瓶を入れると、30 円ほどのお金が返ってくる（在德國，如果將塑膠瓶或瓶子放進超市的回收箱中回收，就能獲得約 30 日圓的回饋金）」，因此答案為 1 ドイツでは、リサイクルした人への「キャッシュバック制度」を導入している（德國引進對資源回收者的「現金回饋制度」）。

單字 導入 どうにゅう 图導入｜体験 たいけん 图體驗
　　禁止 きんし 图禁止

62

根據筆者所言，日本回收觀念薄弱的原因為何？
1 因為日本的住宅不會配備傢俱和電器用品
2 **因為在日本沒有用的東西大多會當垃圾丟棄**
3 因為日本使用中古品買賣服務的人愈來愈少
4 因為日本沒有在學校施行環境教育

解析 題目提及「日本でリサイクルに対する意識が低い理由（日本資源回收意識低落的原因）」，請在文中找出相關內容。最後一段中寫道：「中古品の売買サービスや、中古品販売店は存在するものの、必要のない物はゴミとして捨てられていることの方が多い（雖然有二手貨交易服務和二手商店，但大多是偏向把不需要的物品當成垃圾扔掉）」，因此答案為 2 日本では、必要のない物はゴミとして捨てられていることが多いから（在日本，不需要的物品很多都被當成垃圾扔掉）。

單字 電化製品 でんかせいひん 图電器用品
　　利用者 りようしゃ 图使用者｜減る へる 動減少

日本的國土面積僅占全球的 0.28%，但全球芮氏規模 6 級以上的地震有 20.5% 發生在日本，全球也有 7% 的活火山座落在日本。不僅地震，日本國土天災頻繁，全年都有可能發生颱風、大雨、大雪、洪水、土石災害、海嘯、火山爆發等自然災害。既然住在日本，就有必要時時留意會發生哪些災害。

比較辛苦的是，人們必須依災害的種類和自己的所在地來改變避難場所。例如發生洪水就逃到遠離河川的地方，發生地震就逃到周遭沒有高大建築物的地方，發生颱風就逃到穩固的建築物裡。此外，地震不僅會引起海嘯，也會引發土石災害。災害發生時，必須先考慮自己身處在何種場所再採取行動。

然而，日本人並不總是害怕災害地過每一天。像建造一般住宅時，日本會根據當地的地形設計可耐震耐水的結構。若發生災害，公共設施可當作避難場所使用。他們經常思考災害的事，並盡可能採取對策。

（註 1）国土：國家的土地
（註 2）水害：洪水造成的災害
（註 3）耐える：這裡指不會壞
（註 4）施設：為某種目的建造的建築物

單字 **日本 にほん** 名日本｜**面積 めんせき** 名面積
全世界 ぜんせかい 名全球｜**たった** 副僅
起こる おこる 動發生｜**マグニチュード** 名芮氏規模
以上 いじょう 名以上｜**地震 じしん** 名地震
活火山 かっかざん 名活火山｜**さらに** 副而且
台風 たいふう 名颱風｜**大雨 おおあめ** 名大雨
大雪 おおゆき 名大雪｜**洪水 こうずい** 名洪水
土砂 どしゃ 名土石｜**災害 さいがい** 名災害
津波 つなみ 名海嘯｜**火山 かざん** 名火山
噴火 ふんか 名噴發｜**自然 しぜん** 名自然｜**常に つねに** 副時常
何らか なんらか 哪些｜**意識 いしき** 名意識
必要 ひつよう 名必要｜**離れる はなれる** 名遠離
場所 ばしょ 名場所｜**周り まわり** 名周遭｜**具合 ぐあい** 名情況
種類 しゅるい 名種類｜**~に応じて ~におうじて** 依據~
避難 ひなん 名避難｜**変える かえる** 動改變｜**まず** 首先
考える かんがえる 動思考｜**行動 こうどう** 名行動
恐れる おそれる 動害怕｜**過ごす すごす** 動度過
~わけではない 並非~｜**例えば たとえば** 副例如
一般 いっぱん 名一般｜**住宅 じゅうたく** 名住宅
建てる たてる 動建造｜**際 さい** 名時｜**地域 ちいき** 名地區
地形 ちけい 名地形｜**水害 すいがい** 名水災
耐える たえる 動耐受｜**設計 せっけい** 名設計
公共施設 こうきょうしせつ 名公共設施｜**対策 たいさく** 名對策

63

在日本必須事先留意災害的原因為何？
1 因為日本是個全年都容易發生自然災害的國家
2 因為日本是個全年不斷發生地震的國家
3 因為全球有兩成的地震發生在日本
4 因為全球有 7% 的活火山在日本

解析 題目提及「日本で、災害を意識しておかなければいけない理由（在日本，不得不意識到災害的理由）」，請在文中找出相關內容。第一段中寫道：「日本は、地震だけでなく、台風、大雨、大雪、洪水、土砂による災害、津波、火山噴火などの自然災害が一年中起こりやすい国土です（日本不僅是地震，全年都容易發生颱風、暴雨、暴雪、洪水、土砂災害、海嘯、火山爆發等自然災害）」，因此答案為 1 日本是一年中、自然災害が発生しやすい国だから（因為日本是一個整年都容易發生自然災害的國家）。

單字 **発生 はっせい** 名發生｜**絶える たえる** 動停止｜**約 やく** 副大約
割 わり 名~成

64

原文提到比較辛苦的是，是什麼事情？
1 必須時時刻刻留意災害可能發生
2 會發洪水或地震等各種災害
3 必須依災害的種類改變避難所
4 必須思考避難場所的所在地來採取行動

解析 請仔細閱讀文中提及「大変なことに（艱辛的是）」前後方的內容，找出令人感到艱辛的地方。其後方寫道：「災害の種類や自分のいる場所に応じて避難する先を変えないといけません（必須根據災害的類型和自己的所在位置，改變避難場所）」，因此答案為 3 災害の種類によって、避難場所を変えなければならないこと（必須根據災害的類型改變避難場所）。

65

關於日本的災害，下列敘述何者與筆者的看法相符？
1 日本經常蒙受各種自然災害，但總會思考災害並採取對策。
2 日本一整年會發生好幾種自然災害，因此必須依據各種災害打造避難場所。
3 即便發生自然災害，只要能思考自己處在何種地方，就能安心生活。
4 由於蓋好的民宅可承受某種程度的地震和水災，因此何時發生自然災害都沒關係。

解析 本題詢問筆者的看法，請於文章後半段中找出關鍵字「日本の災害（日本的災害）」，確認筆者對於日本災害的看法。第三段開頭寫道：「日本人は常に災害を恐れながら、毎日を過ごしているわけではありません（日本人並非每一天都在害怕災害中度過）」，以及最後寫道：「常に災害につい

て考え、できるだけの対策をしているのです（時時刻刻都在思考災害，並盡可能去採取應對的措施）」，因此答案為 1 日本では、何らかの自然災害の被害を受けることは多いが、常に災害について考え、対策をしている（在日本，雖然經常遭受某種自然災害的傷害，但是總是在思考災害，並採取應對措施）。

單字 被害を受ける ひがいをうける 受害｜～ごと 各個～

安心 あんしん 图安心｜暮らす くらす 動生活｜ある 某種

程度 ていど 图程度

有個詞叫「豐富閱歷」，意思是累積對某件事的經驗來習慣它。我第一次知道累積經驗的意義是在我 20 歲的時候。成年的我被父親邀去吃飯，但去的不是家人常去的地方，而是沒有固定菜單的和食店。我很期待會端出什麼菜色，上來每道菜都是我第一次嚐到的滋味，父親一道一道告訴我名字並教我享用時的禮儀。雖然我曾在書和電視上學過，但許多地方實際體驗起來和想像中不同，那是個如果父親沒帶我來就無法了解的世界。

後來我不只從父親身上學習，工作後也從上司和前輩們身上同樣是「大人的店」裡學到了用餐的方法、禮儀，以及和店員的應對進退等許多事。現在即便去到第一次去的地方，我幾乎能表現得毫無差錯，這完全多虧了這段時期的經驗。

但是，假如我當時什麼都不想，只是單純享用料理的話，可能什麼都學不到吧。「我當時竟然對店員這麼說呢」、「付錢的時候這麼做比較聰明吧」每次事後回想都會創造下一個機會。<u>工作和人際交流等等也是相同道理</u>，想變屬害的話就要不斷累積經驗。豐富閱歷才有機會增加更多才能。

單字 場数を踏む ばかずをふむ 豐富閱歷｜経験 けいけん 图經驗

積む つむ 動累積｜慣れる なれる 動習慣｜意義 いぎ 图意義

成人 せいじん 图成人｜食事 しょくじ 图吃飯

誘う さそう 動邀請｜場所 ばしょ 图場所

決まる きまる 動固定｜メニュー 图菜單｜和食 わしょく 图和食

お店 おみせ 图店｜ワクワク 副興奮期待｜味 あじ 图滋味

食べ方 たべかた 图吃法｜マナー 图禮儀

教わる おそわる 動學習｜実際 じっさい 图實際

体験 たいけん 图體驗｜想像 そうぞう 图想像

連れて行く つれていく 帶去｜世界 せかい 图世界

就職後 しゅうしょくご 图工作後｜上司 じょうし 图上司

先輩達 せんぱいたち 图前輩們｜スタッフ 图工作人員

やり取り やりとり 图交流｜多く おおく 图許多

ほとんど 副幾乎｜トラブル 图問題｜振舞う ふるまう 動表現

全て すべて 副完全｜おかげ 图功勞｜楽しむ たのしむ 動享受

身に付く みにつく 學到｜支払う しはらう 動支付

スマートだ な形聰明的｜思い返す おもいかえす 動回想

機会 きかい 图機會｜つながる 動導致

付き合い つきあい 图交際｜～ことだ 就該～

増やす ふやす 動增加｜チャンス 图機會

筆者了解累積經驗的重要性的契機為何？
1 和家人一起去和食店
2 父親帶他去吃飯
3 被父親叮嚀用餐的禮儀
4 在沒有菜單的店感到緊張

解析 題目提及「経験を積むことの大切さを知ったきっかけ（意識到累積經驗的重要性）」，請在文中找出相關內容。第一段中寫道：「私が初めて経験を積むことの意義を知ったのは、20 歳の時である。成人した私を、父が食事に誘ってくれたのだ（我在 20 歲的時候，第一次體會到累積經驗的意義。當時父親請長大成人的我吃飯）」，因此答案為 2 父が食事に連れて行ってくれたこと（父親帶自己去吃飯一事）。

單字 大切さ たいせつさ 图重要性｜きっかけ 图契機

注意 ちゅうい 图叮嚀｜緊張 きんちょう 图緊張

筆者透過與各種人吃飯學會了什麼事？
1 在沒去過的餐廳用餐
2 在第一次去的地方不知所措時的應對方式
3 在大人會去吃飯的地方該如何表現
4 在享用料理的同時與店員交談

解析 題目提及跟各式各樣的人吃過飯後，「何ができるようになった（能做到什麼事）」，請在文中找出相關內容。第二段中寫道：「同じような「大人の店」で食事のしかたやマナー、お店のスタッフとのやり取りなど、多くのことを教わった。今では初めての場所でも、ほとんどトラブルなく振舞うことができる（我在類似的「大人的店」學到很多關於用餐的方法、禮節、與店內服務人員互動等知識。現在就算是第一次去的地方，我在行動上也幾乎沒有什麼問題）」，因此答案為 3 大人が行くような食事の場所での振舞い（在成人前往的用餐地點中的行為）。

單字 対処 たいしょ 图應對｜会話 かいわ 图交談

文中提到<u>工作和人際交流等等也是相同道理</u>，是指什麼相同？
1 透過後續回顧來尋找下一個機會
2 不僅要享受，也要學習說話技巧等事
3 透過親身經歷，讓下次機會來臨時表現得更得心應手
4 一邊增加會的事，一邊享受工作

解析 請仔細閱讀文中提及「仕事や人との付き合い方なども同じで（工作和與人互動的方式也是同樣的概念）」前後方的內容，找出同樣的概念所指為何。畫底線處與後方寫道：「仕事や人との付き合い方なども同じで、上手になりたかったら、何度も経験することだ（工作和與人互動的方式也是同樣的概念，如果想要變得擅長，就要有多次的經驗）」，因此答案為 3 経験することで、次の機会により上手になるこ

と（透過經驗，在下次的機會中做得更好）。

單字 探す さがす 動尋找｜学ぶ まなぶ 動學習

定期的だ ていきてきだ な形定期的
やはり 副果然｜高める たかめる 動增進

69-70

A

近幾年針對刷牙的研究有所起色，人們的觀念也隨之開始變化。過去多數日本人都是早晚刷牙，一天合計約兩次。但最近有愈來愈多的機會，可在電視節目的特集或廣告學到刷牙的知識，讓人們了解了刷牙的重要性。因此白天也會刷牙的人愈來愈多，飯後刷牙可說已開始成為一種習慣。儘管如此，飯後刷牙也必須留意一件事。由於飯後立刻刷牙也可能導致牙齒溶解。因此也有些牙醫建議最好飯後經過約 30 分鐘後再刷牙，而不是飯後立刻刷。不僅是蛀牙，若要維持牙齒健康，應留意刷牙的方式。

B

一份針對日本人的問卷調查結果顯示，人們只有在自己發覺有牙齒問題時才會去看牙醫。但是在瑞典，看牙醫已成為一種習慣。事前看牙醫為的就是避免牙齒發生問題。此外，牙齒附著的汙垢隨著時間經過變得難以去除。因此飯後盡快確實地刷牙相當重要，這樣才能預防蛀牙。最近開始看到日本人的刷牙習慣改變，許多人除了牙刷之外也會用牙線、齒間刷以及漱口水等用品，定期看牙醫的人也愈來愈多。果然還是要像這樣增進對牙齒的保健觀念，才能維持健康的牙齒。

單字 歯 名牙齒｜～について 針對～｜研究 けんきゅう 名研究
　　進む すすむ 動有起色｜～にともなって 隨著～
　　意識 いしき 名觀念｜変化 へんか 名變化｜かつて 副過去
　　日本人 にほんじん 名日本人｜多く おおく 名許多
　　合計 ごうけい 名合計｜程度 ていど 名程度
　　最近 さいきん 名最近｜番組 ばんぐみ 名節目
　　特集 とくしゅう 名特集｜コマーシャル 名廣告
　　歯磨き はみがき 名刷牙｜学ぶ まなぶ 動學習
　　機会 きかい 名機會｜増える ふえる 動增加
　　食後 しょくご 名飯後｜習慣 しゅうかん 名習慣
　　とはいえ 接儘管如此｜注意 ちゅうい 名留意
　　必要だ ひつようだ な形必要的｜溶ける とける 動溶解
　　ほど 名大約｜経つ たつ 動（時間）經過｜すすめる 動推薦
　　歯科医 しかい 名牙醫｜虫歯 むしば 名蛀牙｜仕方 しかた 名方法
　　気をつける きをつける 留意｜～べきだ 應該～
　　アンケート 名問卷｜～によると 根據～
　　歯医者 はいしゃ 名牙醫｜タイミング 名時間點
　　トラブル 名問題｜自覚 じかく 名自覺｜スウェーデン 名瑞典
　　起こす おこす 動引起｜事前 じぜん 名事前
　　付着 ふちゃく 名附著｜汚れ よごれ 名污漬｜～とともに 隨著～
　　とれる 動脫落｜～にくい 難以～｜予防 よぼう 名預防
　　早く はやく 副快｜きちんと 副確實地｜ブラシ 名刷子
　　～だけでなく 不僅～｜フロス 名牙線｜歯間 しかん 名齒間
　　液体 えきたい 名液體｜使用 しよう 名使用

69

關於日本人的刷牙習慣，A 與 B 文如何敘述？

1 A 與 B 文皆敘述日本人的刷牙習慣開始變好。
2 A 與 B 文皆敘述日本人的刷牙習慣從古至今都未改變。
3 A 文敘述日本沒有吃完午餐後刷牙的習慣；B 文敘述日本人很注重牙齒保健。
4 A 文敘述吃完午餐後刷牙的人變多；B 文敘述即便刷牙污漬也很難去除。

解析 題目提及「日本人の歯磨き（日本人刷牙）」，請分別找出文章 A 和 B 當中的看法。文章 A 中間寫道：「昼にも歯を磨く人が増え、食後には歯を磨くという習慣になってきたといえる（白天刷牙的人越來越多，可以說飯後刷牙已變成一種習慣）」；文章 B 後半段寫道：「最近では日本人の歯磨き習慣にも変化が見えていて、歯ブラシだけでなく、フロスや歯間ブラシ、液体歯磨きなども使用する人や、定期的に歯医者へ行く人も増えた（最近，日本人的刷牙習慣也產生了變化，有越來越多的人不僅使用牙刷，還使用牙線、牙間刷、液體牙膏，並定期去看牙醫）」綜合上述，答案要選 1 AもBも、日本人の歯磨きの習慣はよくなってきていると述べている（A 和 B 皆表示日本人的刷牙習慣越來越好）。

單字 述べる のべる 動敘述｜昔 むかし 名以前
　　変わる かわる 動改變｜昼食 ちゅうしょく 名午餐

70

關於維持牙齒健康的重要事項，A 與 B 文的看法如何？
1 A 與 B 文皆認為是定期看牙醫。
2 A 與 B 文皆認為是改變對牙齒的觀念。
3 A 文認為是刷牙的方式；B 文認為是增進牙齒保健觀念。
4 A 文認為是飯後應立即刷牙；B 文認為是增進牙齒保健觀念。

解析 題目提及「よい歯でいるために大切なこと（為擁有好的牙齒，重要的事情）」，請分別找出文章 A 和 B 當中的看法。文章 A 最後寫道：「良い歯でいるためには、歯磨きの仕方に気をつけるべきである（想要擁有一口好牙，就要注意刷牙的方法）」；文章 B 最後寫道：「こうした歯への意識を高めることで、良い歯でいることができるのだろう（提高這些對於牙齒的意識，也許能夠擁有一口好牙）」綜合上述，答案要選 3 A は歯磨きの仕方だと述べ、B は歯への意識を高めることだと述べている（A 表示為刷牙的方法；B 則表示為提高對於牙齒的相關意識）。

從前有一頭叫「花子」的大象住在東京。泰國出生的牠在 1949 年來到日本。據說當時有個泰國的企業家呼籲要帶給因戰爭受傷的日本孩童笑容，花子因此被贈送給日本。後來，活到 69 歲的花子在待在東京的期間，幾乎都是在小小的動物園過著被人們包圍的生活。

花子的故事在 2015 年透過網路傳遍了全世界。大象本來就不是可獨自生活的動物。花子幾十年都被放進狹窄的地方獨自生活，實在非常可憐。聽說這在世界掀起了一片聲浪，動物園因此收到了許多希望能改善花子生活環境的意見。

最近動物園的世界似乎流行起一股「行動展示」的風潮。據說這種展示方式會盡力打造接近大自然的環境，讓人們看到動物具備的能力和行動，而不只是單純的展示。在日本以北海道的動物園為首，許多動物園也開始舉辦行動展示。各種動物會在園裡奔跑、游泳、飛翔。目的是為了讓人們見識動物起來的瞬間有多麼精彩美麗。如果讓許多人對動物有興趣，進而來動物園，或許也能增加動物園的收入。若收入增加，或許也能為動物們打造更好的環境。最重要的是，這樣就能把時間和金錢花在「動物的調查研究」以及「保護動物的多樣性」這兩個動物園的目的上。

動物園是個不可思議的地方。許多動物在籠子裡，人們則是在外面看。當然，動物不是為了娛樂我們而存在的，但動物園是提供人們教育與休閒的場所，這一點千真萬確。希望至少能為在那裡的動物們打造一個可以悠哉奔跑、游泳、飛翔的場所。

花子或許從來日本之後就再也沒有奔跑過了吧。現在的動物園應打造優良的環境，讓眾多動物能過著與花子不同的生活。

（註 1）あまりに：非常
（註 2）多樣性：有各式各樣的種類
（註 3）檻：放入動物，避免動物出來的圍欄或房間

單字 ゾウ 图大象｜東京 とうきょう 图東京｜タイ 图泰國
日本 にほん 图日本｜**戰争 せんそう** 图戰争
傷つく きずつく 動受傷｜**子ども達 こどもたち** 图孩子們
笑顔 えがお 图笑容｜**実業家 じつぎょうか** 图企業家
呼びかけ よびかけ 图呼籲｜**きっかけ** 图契機
贈る おくる 動贈送｜**生きる いきる** 動活｜**間 あいだ** 图期間
ほとんど 副幾乎｜**動物園 どうぶつえん** 图動物園
囲む かこむ 動圍繞｜**生活 せいかつ** 图生活
インターネット 图網路｜**世界 せかい** 图世界
広まる ひろまる 動廣傳｜**もともと** 副原本
暮らす くらす 動生活｜**場所 ばしょ** 图場所｜**あまりに** 副太過
かわいそうだ な形可憐的｜**集まる あつまる** 動匯集
環境 かんきょう 图環境｜**変える かえる** 動改變
多く おおく 图許多｜**意見 いけん** 图意見｜**届く とどく** 動送抵
最後 さいご 图最後｜**最近 さいきん** 图最近
行動展示 こうどうてんじ 图行動展示｜**はやる** 動流行
ただ 副僅僅｜**自然 しぜん** 图自然｜**能力 のうりょく** 图能力

方法 ほうほう 图方法｜**北海道 ほっかいどう** 图北海道
それぞれ 副各自｜**動く うごく** 動動｜**瞬間 しゅんかん** 图瞬間
すごい い形精彩的｜**美しい うつくしい** い形美麗的
人々 ひとびと 图人們｜**興味 きょうみ** 图興趣
来園 らいえん 图蒞臨園區｜**収入 しゅうにゅう** 图收入
増える ふえる 動增加｜**可能 かのう** 图能夠
～かもしれない 或許～｜**目的 もくてき** 图目的
調査研究 ちょうさけんきゅう 图調査研究
多樣性 たようせい 图多樣性｜**守る まもる** 動保護
不思議だ ふしぎだ な形不可思議的｜**檻 おり** 图籠子
もちろん 副當然｜**楽しむ たのしむ** 動享受
存在 そんざい 图存在｜**～わけではない** 並非～
教育 きょういく 图教育｜**レジャー** 图休閒
確かだ たしかだ な形確實的｜**せめて** 至少｜**のびのび** 副悠哉
おそらく 副或許｜**求める もとめる** 動要求

根據筆者敘述，大象花子為何在 2015 年紅遍全球？
1　因為花子活得非常久
2　因為在不好的環境生活
3　因為花子的照片出現在網路上
4　因為花子的環境到最後都沒變

解析　題目提及「2015 年にゾウのはな子が世界中で有名になったの（2015 年，大象花子紅遍世界）」，請在文中找出相關內容與其原因。第二段中寫道：「狭い場所に入れられて、何十年も 1 頭でいるのはあまりにかわいそうではないか。そんな声が世界中から集まり、はな子の環境を変えてほしいという多くの意見が動物園に届いたと聞いている（「被關在狹小的空間裡獨處幾十年，是不是太可憐了？」這樣的聲音來自世界各地，聽說動物園收到了許多意見，大家都希望改變花子的環境）」，因此答案為 2 はな子がよくない環境で生活しているから（因為花子生活在不好的環境當中）。

根據筆者敘述，動物園進行「行動展示」的目的為何？
1　為了增加動物園的收入，養育大量的動物
2　為了引起大家對動物的興趣，進而來動物園
3　為了改變動物們的環境，獲得客人讚賞
4　為了在接近大自然的環境展示動物的能力和行動時的樣子

解析　題目提及「行動展示（行動展示）」，請在文中找出相關內容與其目的。第三段中寫道：「できるだけ自然に近い環境を作り、動物の持つ能力やその行動を見せる方法だそうだ（算是一種盡可能營造接近自然環境，並展示動物所具有的能力和行動的方式）」，因此答案為 4 自然に近い環境で、動物の能力や行動している様子を見せるため（為的是在接近自然的環境中，展示動物的能力和行動）。

單字 **増やす ふやす** 動增加｜**育てる そだてる** 動養育
お客さん おきゃくさん 图客人｜**様子 ようす** 图樣子

73

筆者希望動物園今後能有何種改變？

1 希望能為動物們打造接近大自然的環境。

2 希望多致力於大眾教育。

3 希望能打造動物們能奔跑的地方。

4 希望花更多錢在調查研究上。

解析 本題詢問筆者的想法，因此請在文章後半段找出提及「これからの動物園（未來的動物園）」之處，確認筆者的想法。第四段中寫道：「そこにいる動物達のために、せめてのびのびと走れる、泳げる、飛べる場所を作ってあげたい（我想為那裡的動物創造一個至少可以自由奔跑、游泳和飛行的地方）」，因此答案為 1 動物達のため、自然に近い環境を作ってほしい（希望為動物創造一個接近自然的環境）。

劉先生下個月將帶妻子和兩個小孩去日本旅遊。滯留期間為五天，預計在北海道住三晚，大阪住兩晚。住北海道的晚上想在飯店吃日本料理；住大阪則打算外食。他們要預約哪間飯店才好？

1 預約北海道的③號飯店，以及大阪的⑤號飯店。

2 預約北海道的④號飯店，以及大阪的⑥號飯店。

3 預約北海道的③號飯店，以及大阪的⑥號飯店。

4 預約北海道的④號飯店，以及大阪的⑤號飯店。

解析 本題要確認劉先生適合預訂的飯店。題目列出的條件為：

(1) 妻と子供 2 人を連れて（帶著妻子與兩個孩子）：②、③、④、⑤、⑥皆為有家庭房型的飯店。

(2) 北海道に 3 泊, 大阪に 2 泊（北海道住 3 晚、大阪住 2晚）：飯店③和④位在北海道、飯店⑤和⑥位在大阪。

(3) 北海道では、夜、ホテルで日本食（在北海道，晚上在飯店吃日式料理）：晚餐提供日式料理的飯店為④

(4) 大阪では外食（在大阪出外用餐）：未提供餐食的飯店為⑤

綜合上述，答案要選 4 北海道では④、大阪では⑤を予約する（預訂位在北海道的④、位在大阪的⑤）。

單字 **妻 つま** 图妻子 **連れる つれる** 動帶著

日本 にほん 图日本 **滯在 たいざい** 图滯留 **期間 きかん** 图期間

北海道 ほっかいどう 图北海道 **大阪 おおさか** 图大阪

予定 よてい 图預定 **日本食 にほんしょく** 图日本料理

外食 がいしょく 图外食 **つもり** 图打算 **予約 よやく** 图預約

鄭先生下個月將因公前往日本拜訪各地企業。預計在大阪住七晚，東京住六晚。出差時會搭乘新幹線造訪各地。他正在尋找有洗衣間的東京飯店。此外他也打算在飯店或搭乘新幹線移動時工作。他要預約哪間飯店和哪種新幹線的車票才好？

1 預約大阪的⑤號飯店，東京的②號飯店，以及新幹線車票 III。

2 預約大阪的⑤號飯店，東京的①號飯店，以及新幹線車票 II。

3 預約大阪的⑥號飯店，東京的②號飯店，以及新幹線車票 VI。

4 預約大阪的⑥號飯店，東京的①號飯店，以及新幹線車票 V。

解析 本題要確認鄭先生適合預訂的飯店和新幹線車票。題目列出的條件為：

(1) 仕事で日本各地の企業を訪問（因工作拜訪日本各地的企業）：①、②、③、⑤為適合商務客入住的飯店。

(2) 大阪に 7 泊、東京に 6 泊（大阪住 7 晚、東京住 6 晚）：飯店⑤和⑥位在大阪、飯店①和②位在東京

(3) 出張中は新幹線で（出差期間搭乘新幹線）：14 日車票方案為 III 和 IV。

(4) 東京では洗濯室があるホテル（東京有洗衣間的飯店）：設有洗衣間的飯店為②。

(5) 移動中は仕事（搭車期間工作）：想要工作的人，適合搭乘新幹線綠色車廂 I、III、V。

綜合上述，答案要選 1 ホテルは大阪では⑤、東京では②、**新幹線チケット は III を予約する**（預訂位在大阪的飯店⑤、位在東京的飯店②、新幹線車票 III）。

單字 **各地 かくち** 图各地 **企業 きぎょう** 图企業

訪問 ほうもん 图拜訪 **東京 とうきょう** 图東京

出張 しゅっちょう 图出差 **新幹線 しんかんせん** 图新幹線

洗濯室 せんたくしつ 图洗衣間 **探す さがす** 動尋找

移動 いどう 图移動 **チケット** 图票券

◆ 地區別　飯店指南 ◆

東京		
	飯店①	飯店②
住宿類型	* 單人	單人／家族 * 皆可
適合族群	商務人士	商務人士、觀光客
住宿費	每晚 4000 日圓／人	每晚 6000 日圓／人
用餐	僅供早餐（西式）	僅供早餐（日式、西式）
附加服務	FREE Wi-Fi	FREE Wi-Fi、洗衣間

北海道		
	飯店③	飯店④
住宿類型	單人／家族皆可	家族
適合族群	商務人士、旅客	觀光客
住宿費	每晚 8000 日圓／人	每晚 12000 日圓／人
用餐	僅供早餐（西式）	供早晚餐（皆日式）
附加服務	FREE Wi-Fi、洗衣間	FREE Wi-Fi、附設溫泉

大阪		
	飯店⑤	飯店⑥
住宿類型	單人／家族皆可	家族
適合族群	商務人士、觀光客	觀光客
住宿費	每晚 4000 日圓／人	每晚 10000 日圓／人
用餐	無供餐	供早晚餐（皆日式）
附加服務	FREE Wi-Fi、洗衣間	FREE Wi-Fi、附設溫泉

* 單人：單獨一人住宿　　* 家族：家人一同住宿

外國觀光客用　新幹線價目表

種類	綠色車廂		普通車廂	
適合族群	需要寬敞座位 想處理工作 想安靜度過		想盡量省錢 想和家人愉快聊天	
7 天	I	38880	II	29110
14 天	III	62950	IV	46390
21 天	V	81870	VI	59350

單字 **地域別 ちいきべつ** 图地區別　**案内 あんない** 图指南
宿泊費 しゅくはくひ 图住宿費　**タイプ** 图類型
シングル 图單人　**ファミリー** 图家族　**両方 りょうほう** 图雙方
ビジネス 图商務　**観光客 かんこうきゃく** 图觀光客
食事 しょくじ 图用餐　**朝食 ちょうしょく** 图早餐
洋食 ようしょく 图西餐　**オプション** 图附加服務
夕食 ゆうしょく 图晚餐　**ともに** 副一起
温泉 おんせん 图溫泉　**付き つき** 图附有　**なし** 图無
単身 たんしん 图獨自一人　**旅行者用 りょこうしゃよう** 图旅客用
料金 りょうきん 图費用　**表 ひょう** 图表　**種類 しゅるい** 图種類
グリーン車 グリーンしゃ 图綠色車廂
普通車 ふつうしゃ 图普通車廂　**座席 ざせき** 图座位
過ごす すごす 動度過　**なるべく** 副盡量　**会話 かいわ** 图交談
楽しむ たのしむ 動享受

☞ 請利用播放**問題 1**作答說明和例題的時間，提前瀏覽第 1 至第 5 題的選項，迅速掌握內容。一旦聽到「では、始めます」，便準備開始作答。

1

[音檔]
会社で男の人と女の人が話しています。男の人はこのあと何をしますか。
M：佐藤さん、新しいパンフレットが届いたよ。
F：あ、届いたんだ。これ、社員全員に配らなきゃいけないんだよね。時間かかるなあ。
M：手伝おうか。このまま配ればいいの？
F：うん、特に何もすることないと思う。あ、その前に、メールでみんなに知らせておいた方がいいかな。

M：そっか、それなら、それぞれが取りに来るようにしたほうが、簡単だよね。どう？
F：そうだね。じゃあ、取りに来てほしいって、メールで連絡しよう。でも、課長には直接渡しておいたほうがいいよね。今から私が渡しに行くね。
M：じゃあ、僕は全員に知らせるよ。
F：お願いしていい？ありがとう。

男の人はこのあと何をしますか。

[題本]
1 パンフレットを社員全員に配る
2 パンフレットが届いたことを知らせる
3 パンフレットを取りに来るよう知らせる
4 課長にパンフレットを持って行く

中譯 男人和女人正在公司裡交談。男人接下來會做什麼事？
M：佐藤，新的手冊到囉。
F：啊，到了啊。這個得發給所有員工才行。感覺很費時呢。
M：我來幫忙吧。直接發就可以了嗎？
F：嗯，應該不用再做什麼。啊，發之前先寄郵件告訴大家好像比較好。
M：這樣啊，那是不是請他們各自來拿比較簡單，如何？
F：也是。那，就寄郵件請大家來拿吧。但是課長還是直接親手交給他比較好呢。我現在拿去給他吧。
M：那我來通知大家。
F：那就麻煩你囉？謝謝。

男人接下來會做什麼事？
1 發手冊給所有員工
2 通知手冊已寄達
3 通知大家來領手冊
4 拿手冊給課長

解析 本題要從 1「把手冊發給全體員工」、2「通知手冊已抵達」、3「通知前來領取手冊」、4「拿手冊去給課長」當中，選出男子接下來要做的事情。對話中，女子表示：「取りに来てほしいって、メールで連絡しよう（發送郵件，告知希望他們前來領取）」。而後男子回應：「全員に知らせるよ（我會通知所有人）」，因此答案要選 3 パンフレットを取りに来るよう知らせる（通知前來領取手冊）。對話中提到 1 很花時間；2 改成通知員工自行來領取；4 為女子要做的事情。
單字 **パンフレット** 图手冊　**届く とどく** 動寄達
社員全員 しゃいんぜんいん 图全體員工
配る くばる 動發放　**かかる** 動花費（時間、金錢）
手伝う てつだう 動幫忙　**このまま** 副維持原樣
特に とくに 副特別　**メール** 图郵件
知らせる しらせる 動通知　**それなら** 接那麼

それぞれ 图各自｜取りに来る とりにくる 來拿
簡単だ かんたんだ 丙形簡單的｜じゃあ 圏那麼
連絡 れんらく 图聯絡｜課長 かちょう 图課長
直接 ちょくせつ 图直接

2

[音檔]
大学の図書館で男の学生と職員が話しています。男の学生はこのあとどうしますか。

M：すみません、本を探しているんですが、どこを探せばいいのかわからなくて、手伝っていただきたいんですが。

F：はい、何という本ですか。

M：この表の中の、経済学入門という本が見つけられなくて。

F：ああ、それですね。お調べします。ええと、今、貸出中ですね。

M：貸出中かあ。誰かが借りてるんですね。

F：ええ、返却予定は来週の土曜日です。待つんでしたら、戻ってきたときにお知らせしますが、待ちますか。

M：土曜日だと間に合わないんです。金曜の授業までに読んでおかなきゃいけなくて。買ったほうがいいかなあ。

F：ほかの大学から取り寄せもできますが、5日くらいかかってしまいますねえ。

M：5日ですか。来週の火曜だと、ちょっと読むのが大変かも。どうしよう。

F：大学の中の本屋なら、あると思いますよ。

M：じゃあ、そちらに行きます。ありがとうございました。

男の学生はこのあとどうしますか。

[題本]
1 図書館に本が戻るのを待つ
2 大学の中の本屋で買う
3 金曜までにもう一度探す
4 他の大学から借りる

中譯 男學生正在大學的圖書館裡和職員交談。男學生接下來會怎麼做？

M：抱歉，我在找一本書但不知道去哪找，可以幫我一下嗎？

F：好的，是哪一本書呢？

M：我找不到這張表裡面一本叫《經濟學入門》的書。

F：啊，這樣啊。我來為您查詢。這本書目前借出中喔。

M：借出中啊。是誰借走的呢？

F：這個嘛，預計下週六會還書。要等的話，書回來之後會通知您，您要等嗎？

M：週六的話會來不及。我必須在週五上課前看。是不是用買

的比較好呢。

F：這邊也可以幫您從其他大學調書，但要等 5 天左右喔。

M：5 天啊。下週二的話可能會看得很辛苦。該怎麼辦呢。

F：大學裡的書店應該有喔。

M：那我去那邊吧。謝謝你。

男學生接下來會怎麼做？

1 等書還回圖書館

2 在大學裡的書店購買

3 週五前再找一次

4 從其他大學借

解析 本題要從 1「等書還回圖書館」、2「在大學裡的書店購買」、3「週五前再找找看」、4「從別所大學借閱」當中，選出男學生接下來要做的事情。對話中，男學生表示要直接去買書，女子告訴他：「大学の中の本屋なら、あると思いますよ（我想大學裡的書店應該有）」。而後男子回應：「じゃあ、そちらに行きます（那我過去那裡）」，因此答案要選 2 大學的中的本屋で買う（在大學裡的書店購買）。1 男學生沒辦法等到週六；3 對話中並未提到；4 男學生表示得等上 5 天，可能來不及讀。

單字 探す さがす 動尋找｜手伝う てつだう 動幫忙｜表 ひょう 图表
経済学入門 けいざいがくにゅうもん 图經濟學入門
見つける みつける 動找到｜借りる かりる 動借入
調べる しらべる 動查詢｜貸し出し中 かしだしちゅう 图借出中
返却予定 へんきゃくよてい 图預計歸還
戻ってくる もどってくる 回來｜知らせる しらせる 動通知
間に合う まにあう 動來得及｜取り寄せる とりよせる 動調貨
かかる 動花費（時間、金錢）｜本屋 ほんや 图書店
戻る もどる 動回歸｜もう一度 もういちど 副再一次

3

[音檔]
女の人と男の人が話しています。女の人はこのあとまず何をしますか。

F：前田さん、私、新しい自転車を買ったんだけど、駅前の自転車置き場って、どうしたら使えるんだっけ。

M：自転車？あそこ今、置くところ、あるかなあ。係の人に聞かないと使えるかどうか、わからないけど。でも、申し込むなら、あそこは毎月お金を払えば使えるよ。

F：ああ、毎月払うのね。1か月2,000円だよね。もう10日だけど、それでも1か月分なの？

M：確か、そうだったはず。安くならないんだよね。あ、申し込むときは保険証とか、免許証とか、何か名前と住所がわかるものが必要だよ。

F：え？そうなの？じゃあ、一度家に帰って、保険証を持って来なきゃ。あそこの事務所って、何時までだっけ。

M：事務所は夕方6時までだから、それまでに行って、申込書を出せば大丈夫だよ。

F：わかった、そうする。6時までね。

女の人はこのあとまず何をしますか。

[題本]
1 係の人に使えるかどうか聞く
2 自転車置き場の利用料を払う
3 **保険証を取りに家に帰る**
4 申込書を事務所に出す

中譯 女人和男人正在交談。女人接下來會先做什麼事？

　　F：前田，我買了新的腳踏車，車站前的腳踏車停車場要怎樣才能用？

　　M：腳踏車？不知道那裡現在有沒有位置能停呢。沒問負責的人不知道能不能用，但是申請的話，每個月付錢就能用那個停車場囉。

　　F：啊，要每個月付錢啊。1個月2,000日圓對吧。今天已經10號了，這樣也要付1個月的金額嗎？

　　M：應該是這樣吧，不會變比較便宜。啊，申請的時候好像需要保險證、駕照等可以辨識姓名和地址的證件。

　　F：咦？真的嗎？那我得回家一趟拿保險證來才行。那邊的辦公室開到幾點呢？

　　M：辦公室開到傍晚6點，在那之前過去交申請表就沒問題囉。

　　F：我懂了，就這麼辦。到6點對吧。

女人接下來會先做什麼事？
1 詢問負責人能否使用
2 支付腳踏車停車場的使用費
3 **回家拿保險證**
4 把申請表交到辦公室

解析 本題要從1「詢問管理員能否使用」、2「繳交自行車停放處的使用費」、3「回家拿保險證」、4「向辦公室繳交申請書」當中，選出女子最要先做的事情。對話中，男子表示申請時要出示保險卡、駕照等能確認姓名和地址的證件。而後女子回應：「一度家に帰って、保険証を持って来なきゃ（那我得回家拿保險證過來才行）」，因此答案要選3保險證を取りに家に帰る（回家拿保險證）。1對話中並未提到；2為提出申請後要做的事情；4為回家拿保險證後才要做的事情。

單字 駅前 えきまえ 图車站前
　　自転車置き場 じてんしゃおきば 图腳踏車停車場
　　係りの人 かかりのひと 图負責人｜申し込む もうしこむ 動申請
　　払う はらう 動支付｜それでも 麗儘管如此｜分 ぶん 图份量
　　確かだ たしかだ な形確實的｜保険証 ほけんしょう 图保險證
　　免許証 めんきょしょう 图駕照｜住所 じゅうしょ 图地址
　　必要だ ひつようだ な形必要的｜事務所 じむしょ 图辦公室

申込書 もうしこみしょ 图申請表｜利用料 りょうりょう 图使用費

4

[音檔]
電話で男の人と女の人が話しています。女の人は最初の授業の日までに何をしますか。

M：はい、カルチャーセンターです。

F：すみません、着物の着方の初心者コースに申し込みたいんですが。

M：ありがとうございます。では、ぜひ一度、見学にお越しください。見学日は次の日曜日が最後になるんですが、ご都合いかがですか。

F：次の日曜日ですか…。ちょっとその日は用事がありまして。

M：では、授業の初日に見学をしていただいて、そのときに受講をお決めになってもかまいませんよ。クラスの様子がわかってからのほうがいいと思いますので。

F：実は、友人がそちらの初心者コースで習っていて、勧められたんです。それで、申し込もうかなと思っていまして。見学しないとだめですか。

M：見学が必ずというわけではございませんので、大丈夫ですよ。では、お申し込みですね。このお電話でお申し込みもできますが、インターネットからのお申し込みですと、授業料から1,000円引かせていただいています。

F：そうなんですか。じゃあ、あとでやっておきます。

M：ありがとうございます。授業開始日までにお願いいたします。それから、お着物などはお持ちですか。

F：いえ、それが何もないんです。

M：でしたら、無料で貸し出しをしていますので、ご利用ください。そちらのお申し込みもご一緒にインターネットでお願いします。着物などを買いたい場合はお店を紹介することもできますので、授業のときに講師にお聞きください。

F：わかりました。ありがとうございました。

女の人は最初の授業の日までに何をしますか。

[題本]
1 カルチャーセンターで授業を見学する
2 インターネットでコースを申し込む
3 電話で着物の貸し出しを申し込む
4 着物の店を紹介してもらう

中譯 男人和女人正在電話裡交談。女人要在第一天上課前做什麼事？

M：您好，這裡是文化中心。

F：抱歉，我想報名和服穿法的初學者課程。

M：謝謝您。那請您一定要前來觀摩一次。下週日是最後一場觀摩日，您的時間方便嗎？

F：下週日啊……當天我有點事。

M：那，您也可以在第一天上課時觀摩，再當場決定是否報名喔。先了解課堂情況再報名比較好。

F：其實我朋友現在在初學者課程上課，是他推薦我的，我才想說來報名。沒觀摩的話就不能報名嗎？

M：沒有規定非觀摩不可，所以沒問題喔。那關於報名，我們可以電話報名，但透過網路報名的話可以折 1,000 日圓的課程費。

F：這樣啊，那我待會來報名。

M：謝謝您。請記得在課程開始前完成報名。還有，請問您有和服嗎？

F：沒有，我什麼都沒有。

M：這樣我們可以免費出借，還請多加利用。和服一樣請您透過網路申請。如果想購買和服，我們也能介紹店家，請在上課時詢問講師。

F：我了解了。謝謝。

女人要在第一天上課前做什麼事？

1　在文化中心觀摩課堂

2　在網路上報名課程

3　打電話申請借用和服

4　請中心介紹和服店家

解析 本題要從 1「在文化中心觀摩課堂」、2「在網路上報名課程」、3「打電話申請和服租借」、4「請中心介紹和服店」當中，選出女子在第一堂課前應該要做的事情。對話中，男子告知：「インターネットからのお申し込みですと、授業料から 1,000 円引かせていただいています（如果您在網路上報名，可以為您扣除 1000 日圓的學費）」，並補充：「授業開始日までにお願いいたします（請於開課當天之前完成）」，因此答案要選 2 インターネットでコースを申し込む（在網路上報名課程）。1 並未規定要事先參觀課程；3 在網路上報名時一併申請；4 為開課後要做的事情。

單字 カルチャーセンター 图文化中心｜着物 きもの 图和服

着方 きかた 图穿法｜初心者 しょしんしゃ 图初學者

コース 图課程｜申し込む もうしこむ 動報名；申請

では 接那麼｜ぜひ 副務必｜見学 けんがく 图觀摩

お越しになる おこしになる 图來（來る的尊敬語）

見学日 けんがくび 图觀摩日｜最後 さいご 图最後

都合 つごう 图時間情況｜用事 ようじ 图事情

初日 しょにち 图首日｜いただく 動領取（もらう的尊敬語）

受講 じゅこう 图上課｜決める きめる 動決定

様子 ようす 图樣子｜実は じつは 副其實

勧める すすめる 動推薦｜それで 接所以

だめ 图不行｜必ず かならず 副一定｜インターネット 图網路

授業料 じゅぎょうりょう 图課程費

授業開始日 じゅぎょうかいしび 图課程開始日

無料 むりょう 图免費｜貸し出す かしだす 動出借

利用 りよう 图使用

5

[音檔]

電話で男の学生と女の学生が話しています。女の学生はこのあとまず何をしますか。

M：もしもし。

F：ああ、どうしたの。

M：来週の発表用のデータ、メンバーのみんなに送ってくれたよね。あれ、直す前のデータだったよ。

F：え、ほんとに？ごめん。うっかりしてた。すぐ送るね。今、大学のパソコンルームにいるから、すぐ送れるよ。

M：まだ直せてないんだったら、僕がやるよ。どこを直すかメモがあるから。

F：ううん、間違えて直す前のを送ってしまっただけで、もう直してあるの。だから、大丈夫。

M：じゃあさ、発表のときに見せる写真のファイルも一緒に送ってくれる？

F：あ、それは今、ちょうど選んでいるところだから。

M：そうなんだ。じゃあ、送るの、一緒でいいよ。

F：わかった。そんなに時間かからないはずだから、お昼までには。

M：ありがとう。それからさ、みんなで集まって発表の準備、しないといけないよね。だれがどこを発表するかも、まだ決めてなかったよね。

F：そう言えば、そうね。

M：いつ時間があるかみんなに聞いておくよ。

F：わかった。

女の学生はこのあとまず何をしますか。

[題本]

1　直した発表用のデータを送る

2　発表用のデータを直す

3　発表のときに見せる写真を選ぶ

4　発表のたんとうしゃを決める

中譯 男學生和女學生正在電話裡交談。女學生接下來會先做什麼事？

　　M：喂。

　　F：啊，怎麼了嗎？

　　M：下禮拜發表用的檔案妳寄給我們所有組員了對吧？那個是

修改前的檔案喔。

F：咦，真的嗎？抱歉，我沒注意到。我立刻寄喔。我現在在大學的電腦教室，可以馬上寄。

M：還沒改的話我可以改喔，我有記下來要改哪裡。

F：嗯，我只是搞錯檔案寄成修改前的而已，已經改好了，所以沒問題。

M：那，可以把發表時要給大家看的照片和檔案一起寄給我們嗎？

F：啊，那個我現在剛好在挑選。

M：這樣啊，那可以一起寄喔。

F：了解。應該不會花太多時間，中午前寄給你們。

M：謝謝。還有，大家是不是該集合準備發表的事呀？我們還沒決定誰要發表哪個部分呢。

F：說起來的確是這樣呢。

M：我來問問大家什麼時候有時間。

F：了解。

女學生接下來會先做什麼事？
1 寄送修改後的發表用檔案
2 修改發表用的檔案
3 挑選報告時要展示的照片
4 決定報告的人選

解析 本題要從 1「寄送修改後的發表用檔案」、2「修改發表用的檔案」、3「挑選報告時要展示的照片」、4「決定報告的人選」當中，選出女學生最先要做的事情。對話中，男學生提出：「発表のときに見せる写真のファイルも一緒に送ってくれる（可以麻煩妳把報告時要展示的照片檔案一併發給我嗎？）」。而後女學生回應：「ちょうど選んでいるところだから（我剛好在挑照片）」，因此答案要選 3 発表のときに見せる写真を選ぶ（挑選報告時要展示的照片）。1 為挑完照片後要做的事情；2 為已經完成的事情；4 要先詢問所有人有空的時間。

單字 **発表用 はっぴょうよう** 图發表用｜**データ** 图檔案
メンバー 图組員｜**送る おくる** 動寄送｜**直す なおす** 動修改
うっかり 副疏忽｜**パソコンルーム** 图電腦教室｜**メモ** 图筆記
間違う まちがう 動搞錯｜**発表 はっぴょう** 图發表
ファイル 图檔案｜**選ぶ えらぶ** 動挑選｜**そんなに** 副那麼地
時間がかかる じかんがかかる 費時
集まる あつまる 動集合｜**準備 じゅんび** 图準備
決める きめる 動決定｜**担当者 たんとうしゃ** 图負責人

☞ 請利用播放**問題 2** 作答說明和例題的時間，提前瀏覽第 1 至第 6 題的選項，迅速掌握內容。一旦聽到「では、始めます」，便準備開始作答。

1

[音檔]
男の学生と女の学生が話しています。発表会の日にちが変更になった理由は何ですか。

M：今度の研究発表会、来週の17日だったっけ？

F：ああ、そうだったんだけど、あれ、27日に変更になったんだよね。

M：え、そうなんだ。でも、教室も予約してあったんじゃなかった？

F：うん、先生も私達も予定を合わせて準備を進めていたんだけどね。

M：準備が間に合わなかったの？

F：ううん、そういう人もいたかもしれないけど、そうじゃなくて、学校側の都合みたい。何でもその日に急に工事をすることになったらしくて。

M：工事って、教室を直すわけじゃないんでしょう？

F：うん、ちょうど予約していた教室の外でするみたいで、音がうるさいからって。

M：そうなんだ。

F：ほかの教室じゃ狭いでしょう？だから工事の後の27日になったの。

発表会の日にちが変更になった理由は何ですか。

[題本]
1 教室の予約ができなかったから
2 先生の都合が合わなかったから
3 準備が間に合わなかったから
4 学校で工事をするから

中譯 男學生正在和女學生交談。發表會日期更改的原因為何？

F：這次的研究發表會是下週 17 號對吧？

M：啊，是沒錯，但已經改到 27 號囉。

F：咦，這樣啊。但教室不是也預約好了嗎？

M：嗯，老師和我們都配合時程在準備了說。

F：是因為來不及準備嗎？

M：不是，可能有人來不及，但不是這樣的，好像是學校的問題。好像說當天無論如何都要臨時施工。

F：施工該不會是整修教室吧？

M：嗯，好像剛好就在我們預約的教室外，聲音會很吵。

F：這樣啊。

M：其他的教室不是很小嗎？所以才延到施工後的 27 號。

發表會日期更改的原因為何？

1 因為預約不到教室

2 因為老師時間不方便

3 因為來不及準備

4 因為學校要施工

解析 本題詢問更改發表會日期的理由。各選項的重點為 1「因為預約不到教室」、2「因為老師時間不方便」、3「因為尚未準備」、4「因為學校要施工」。對話中，女學生表示：「その日に急に工事をすることになったらしくて（好像突然要在那天施工）」，因此答案為 4 学校で工事をするから（因為學校要施工）。1 已經預約好教室；2 女學生提到自己跟老師都有按照原訂時間做準備；3 女學生提到有做好準備。

單字 発表会 はっぴょうかい 图發表會｜変更 へんこう 图更改

今度 こんど 图這次

研究発表会 けんきゅうはっぴょうかい 图研究發表會

予約 よやく 图預約｜私達 わたしたち 图我們

予定 よてい 图預定時程｜合わせる あわせる 動配合

準備 じゅんび 图準備｜進める すすめる 動進行

間に合う まにあう 動來得及｜そういう 那樣的｜側 かわ 图邊

都合 つごう 图時間情況｜日 ひ 图日｜急に きゅうに 副突然

工事 こうじ 图施工｜直す なおす 图整修｜音 おと 图聲音

2

[音檔]

会社で女の人と男の人が話しています。女の人が心配しているのはどんなことですか。

M：最近、すごく忙しそうだけど、大丈夫？

F：うん、実は新しい仕事が始まったんだけど、することがたくさんありすぎて。

M：へえ、今の人数じゃ、足りないんじゃない？

F：ああ、人数はまあ、大丈夫なんだけど。新しく私のグループに来た人達は、仕事の流れがわからないでしょう？だから、ちょっと時間がかかってるんだよね。

M：ああ、それはしょうがないね。

F：時間がかかるのは今だけだと思うから、そんなに心配はしていないんだけど。それより、予算のほうがね。

M：足りなさそうなの？

F：思ったより支払う金額が多くて、間に合うかどうか。課長にもう一度、相談してみようかなあ。

M：リーダーは考えなきゃいけないことがたくさんあるから、大変だよね。

女の人が心配しているのはどんなことですか。

[題本]

1 人の数がたりないこと

2 仕事に時間がかかること

3 予算がたりなくなること

4 考えることが多いこと

中譯 女人和男人正在公司交談。女人擔心的是什麼事？

M：妳最近好像很忙，沒事吧？

F：嗯，其實是因為新工作開始了，要做的事太多。

M：哇，現在的人數應該不夠吧？

F：唉呀，人數還算沒問題。但進我團隊的新人都不了解工作流程，所以有點花時間。

M：這樣啊，這也是沒辦法的呢。

F：我覺得應該只有現在這時期會比較花時間，所以沒那麼擔心。比起這個，預算就……。

M：感覺不夠嗎？

F：要支付的金額比我想像中的還多，不曉得來不來得及。我再找課長商量看看好了。

M：組長得思考的事還真多，真是辛苦了。

女人擔心的是什麼事？

1 人數不夠

2 工作費時

3 預算不足

4 要思考的事情很多

解析 本題詢問女子正在擔心的事情。各選項的重點為 1「人數不夠」、2「工作費時」、3「預算不足」、4「要思考的事很多」。對話中，女子提到問題出在預算方面，並表示：「思ったより支払う金額が多くて、間に合うかどうか（要付的錢比想像中多，不曉得預算是否足夠）」，因此答案為 3 予算がたりなくなること（預算不足）。1 女子表示人數沒問題；2 僅有現在比較花時間，所以他並不擔心；4 為男子所提及的內容。

單字 心配 しんぱい 图擔心｜最近 さいきん 图最近｜すごく 副非常

実は じつは 副其實｜人数 にんずう 图人數

足りない たりない 不足｜グループ 图團隊

人達 ひとたち 图人們｜流れ ながれ 图流程｜だから 圈所以

時間がかかる じかんがかかる 費時｜しょうがない 沒辦法

そんなに 副那麼地｜予算 よさん 图預算

支払う しはらう 動支付｜金額 きんがく 图金額

間に合う まにあう 動來得及｜課長 かちょう 图課長

もう一度 もういちど 副再次｜相談 そうだん 图商量

リーダー 图組長｜考える かんがえる 動思考｜数 かず 图數量

[音檔]

男の人と女の人が話しています。男の人はどうして旅行をやめることにしましたか。

M：ねえ、聞いてよ。来週から旅行することにしてたんだけどさ。

F：ああ、奥さんと二人で旅行するって言ってたよね。どうしたの？

M：旅行、行かないことにしたんだ。

F：え？どうして？楽しみにしてたんじゃなかったっけ。

M：うん、せっかくいいホテルに泊まろうと思ってたんだけど、実は、うちの両親が、自分達も連れてけって言いだして。

F：一緒に行けばいいじゃない。

M：それもいいかなと思ったんだけど、ホテル、追加で予約できなくて。だから、今回は妻と二人で行くって言ったら、父が怒っちゃってさ。それで、また別の機会にしようってことになって、僕たちの旅行もやめることにしたんだ。

F：じゃあ、今回の旅行のお金は、次の機会に取っておかなきゃね。

男の人はどうして旅行をやめることにしましたか。

[題本]

1 ホテルが4人分予約できなかったから
2 妻が行きたくないと言ったから
3 両親が旅行に反対したから
4 旅行のお金がたりなくなったから

中譯 男人和女人正在交談。男人為什麼決定不去旅行？

M：欸，我跟妳說。我原本已經決定下禮拜開始去旅行。

F：啊，你之前說過要和太太兩個人去旅行對吧。怎麼了嗎？

M：後來決定不去旅行了。

F：咦？為什麼？你們不是很期待嗎？

M：嗯，我們想說機會難得，要來住好一點的飯店。結果我爸媽開始喊說要帶他們去。

F：一起去就好了不是嗎？

M：我也覺得可以，但飯店沒辦法再多預約，我就說這次我和老婆兩個人去就好，結果我爸就生氣了。所以後來決定另外找機會去，我們也放棄旅行了。

F：那，這次旅行的錢得留到下次機會了對吧。

男人為什麼決定不去旅行？

1 因為預約不到4個人的飯店房間

2 因為妻子說不想去

3 因為父母反對旅行

4 因為旅行的錢不夠

解析 本題詢問男子決定不去旅遊的原因。各選項的重點為1「因為預約不到4個人的飯店房間」、2「因為妻子說不想去」、3「因為父母反對旅行」、4「因為旅行的錢不夠」。對話中，男子提到父母說想要一起去旅遊，並表示：「ホテル、追加で予約できなくて。だから、今回は妻と二人で行くって言ったら、父が怒っちゃってさ（飯店預訂沒辦法追加人數，所以我說這次我跟太太單獨去，爸爸就生氣了）」，因此答案為1ホテルが4人分予約できなかったから（因為沒辦法為四個人訂到飯店）。2對話中並未提到；3父母說想要一起去；4對話中並未提到。

單字 やめる 動放棄｜楽しみ たのしみ 名期待

せっかく 副難得｜泊まる とまる 動住宿｜実は じつは 副其實

うち 名我家｜自分達 じぶんたち 名我們｜連れる つれる 動帶著

言い出す いいだす 動說出口｜追加 ついか 名追加

予約 よやく 名預約｜だから 接所以

今回 こんかい 名這次｜妻 つま 名妻子｜怒る おこる 動生氣

それで 接因此｜別 べつ 名別的｜機会 きかい 名機會

じゃあ 接那麼｜取っておく とっておく 動事先留起來

反対 はんたい 名反對｜たりない 不夠

[音檔]

女の人と男の人が話しています。女の人はこの店の何がいいと言っていますか。

F：昨日、新しいラーメン屋に行ったんですよ。ほら、駅の近くに先月できた店。

M：ああ、あそこ。混んでますよね。

F：昼休みの時間に行ったんですけど、やっぱり人が並んでて、10分くらい待っちゃいました。

M：へえ、人が並んで待つくらい、おいしいんでしょうか。味はどうでした？

F：あそこ、辛いラーメンしかないんですが、辛さを選べるんです。私は、普通を選んだんですが、友達は辛くしてもらって、そちらもおいしそうでした。

M：そうですか。辛いのはちょっと苦手なんですよね。

F：ああ、辛なしというのもありましたよ。ラーメンがおいしいのはもちろんですが、店もきれいだし、スタッフも元気で明るいし、おすすめです。そしてなにより、有名な俳優がやってるお店なんです。ほら、朝のドラマで主役だった…。

M：えっ！あの人のお店なんですか？

F：そうなんですよ。まさか、あの人がラーメン作ってくれるなんて、びっくりしました。私、明日も行こうと思っています。

女の人はこの店の何がいいと言っていますか。

[題本]

1 あまり待たなくていいこと
2 辛さが選べておいしいこと
3 スタッフが元気で多いこと
4 有名な人のお店だということ

中譯 女人和男人正在交談。女人說這間店的哪一點好？

　　F：我昨天去了新開的拉麵店喔。就是上個月車站附近開幕的那家。

　　M：啊，那一家啊。很多人對吧。

　　F：我是午休時間去的，還是排了很多人，等了 10 分鐘左右。

　　M：哇，竟然還要排隊等，應該很好吃吧。味道如何？

　　F：那裡只有辣味拉麵，可以選辣度。我選了普通，朋友有請店家加辣，看起來也很好吃。

　　M：這樣啊。我不太敢吃辣呢。

　　F：啊，它也可以選不辣喔。拉麵的話當然是好吃，店面很乾淨，店員也很有朝氣又開朗，我很推薦。而且最重要的是，它可是知名演員開的店。就是那個演晨間劇主角的……。

　　M：什麼！是那個人的店嗎？

　　F：沒錯。真沒想到那個人會幫我煮拉麵，我嚇了一跳。我打算明天再去。

　　女人說這間店的哪一點好？

　　1　不用等太久

　　2　可以選辣度

　　3　店員有朝氣且人數多

　　4　名人開的店

解析 本題詢問女子覺得這家店哪一點好。各選項的重點為 1「不用等太久」、2「可以選辣度」、3「員工有朝氣且人數多」、4「名人開的店」。對話中，女子表示：「**そしてなにより、有名な俳優がやってるお店なんです**（而且最重要的是，這是知名演員開的店）」，因此答案為 4 有名な人のお店だということ（名人開的店）。1 女子提到排隊等了十分鐘；對話中雖然有提到 2 和 3，但並非女子偏好該間店的主因。

單字 ラーメン屋 ラーメンや 图拉麵店｜混む こむ 動擁擠
　　昼休み ひるやすみ 图午休｜やっぱり 副果然
　　味 あじ 图滋味｜選ぶ えらぶ 動選擇｜普通 ふつう 图普通
　　苦手だ にがてだ な形不擅長的｜もちろん 副當然
　　スタッフ 图工作人員｜元気だ げんきだ な形有朝氣的
　　おすすめ 图推薦｜なにより 副比什麼都～
　　俳優 はいゆう 图演員｜ドラマ 图連續劇
　　主役 しゅやく 图主角｜まさか 副沒想到｜びっくり 图嚇一跳

5

[音檔]
男の人と女の人が話しています。男の人はどうして病院に通っているのですか。

M：最近、病院に通ってるんだ。

F：へえ、どこか悪いの？

M：うん、なんか肩が痛くて。仕事のしすぎかなあ。パソコンをずっと使っているからだって言われたんだけど。

F：座ってばかりいると、体によくないもんね。なにかスポーツはしてる？

M：前はバスケットボールをしてたんだけど、ここ数年は全然してないな。一回、骨折しちゃって。スポーツをしたら、肩も楽になるの？

F：うん、動かさないことがよくないんだって。仕事中でも1時間に1回、簡単に体を動かしてみたら？

M：仕事に夢中になってると、時間を忘れちゃうんだよね。肩だけじゃなくて、疲れも取れないんだ。朝、起きたときも疲れたと思っちゃうくらいで、気になってるんだ。そっちも病院に行くべきかなあ。

F：それはよくないねえ。ちょっと仕事、休んだほうがいいんじゃない？

男の人はどうして病院に通っているのですか。

[題本]

1 肩が痛いから
2 骨折したから
3 疲れているから
4 仕事に行けないから

中譯 男人和女人正在交談。男人為什麼要往返醫院？

　　M：我最近都在往返醫院。

　　F：咦，你哪裡不舒服呢？

　　M：嗯，我總覺得肩膀很痛，應該是工作太操勞吧。醫生說因為我一直在用電腦。

　　F：老是坐著對身體不好喔。你有在做什麼運動嗎？

　　M：之前有在打籃球，但這幾年完全沒打了呢，因為我骨折過一次。運動的話肩膀也會比較放鬆嗎？

　　F：嗯，聽說不動是不好的。你要不要試試，在工作的時候每小時簡單活動一次筋骨？

　　M：工作太投入就會忘記時間呢。不只肩膀，我的疲勞也消除不了，累到早上起床時也覺得累，我一直有在注意這點。這應該也要就醫吧？

　　F：這樣可不妙呢。你要不要稍微放下工作休息呢？

　　男人為什麼要往返醫院？

1 **因為肩膀痛**

2 因為骨折

3 因為疲勞

4 因為無法去上班

解析 本題詢問男子去醫院的理由。各選項的重點為 1「因為肩膀痛」、2「因為骨折」、3「因為疲憊」、4「因為無法去上班」。對話中，男子提到：「病院に通ってるんだ（我都在往返醫院）」，並表示：「なんか肩が痛くて（不知道為什麼，肩膀很痛）」，因此答案為 1 肩が痛いから（因為肩膀痛）。2 為以前發生的事情；3 僅提到他為此煩惱是否去看醫生；4 對話中並未提到。

單字 通う かよう 動往返｜最近 さいきん 名最近

なんか 副總覺得｜肩 かた 名肩膀｜パソコン 名電腦

ずっと 副一直｜バスケットボール 名籃球

数年 すうねん 名數年｜全然 ぜんぜん 副完全

骨折 こっせつ 名骨折｜楽になる らくになる 放鬆

動く うごく 動活動｜夢中 むちゅう 名投入

疲れが取れる つかれがとれる 疲勞消除

起きる おきる 名起床｜気になる きになる 在意

6

[音檔]

テレビで女の人が新しいサービスについて話しています。このサービスはどのように使いますか。

F：最近、インターネットを使ったネットショッピングの利用が急激に増えていますが、今日、ご紹介するコンビニ受け取りサービスは、ご自宅での荷物の受け取りが難しい人向けに作られました。まず、注文のときに近くのコンビニを登録してもらい、配達の人はコンビニにあるロッカーに荷物を入れておきます。受け取る人は配達の人が指定したパスワードを入れて、ロッカーから荷物を取り出します。普通、荷物の配達は朝8時から夜9時までですが、その時間帯に家にいない方も多いです。人がいない家に配達に行って、その荷物を持ち帰ることでコストもかかります。受け取る人にとって便利なだけではなく、配達する人にとってもいいサービスですね。

このサービスはどのように使いますか。

[題本]

1 ロッカーでパスワードを設定する
2 **注文の時にコンビニを登録する**
3 持ち帰った荷物について連絡する
4 受け取りの前に配達の時間を指定する

中譯 女人正在電視上談論新的服務。這項服務該如何使用？

F：最近使用網路來進行網路購物的人暴增，今天要介紹的超商取貨服務，是專為不方便在自家收取貨物的人所推出。首先，請在訂購商品時登錄鄰近的便利商店，送貨員會把貨物放進便利商店裡的置物櫃。收件人再輸入送貨員指定的密碼，就能從置物櫃取出貨物。一般貨物的配送是早上8點到晚上9點，但這個時段有許多人不在家，送貨員把貨物配送到沒人在的家再拿回來也很耗成本。這項服務不只對收件人來說相當方便，對送貨員來說也很棒呢。

這項服務該如何使用？

1 在置物櫃設定密碼

2 **訂購時登錄便利商店**

3 聯絡查詢被送貨員帶回去的貨物

4 收件前指定配送的時間

解析 本題詢問該項服務的使用方法。各選項的重點為 1「設定置物櫃的密碼」、2「下單時登錄超商」、3「針對帶回來的東西聯繫」、4「指定送貨時間」。對話中，女子表示：「まず、注文のときに近くのコンビニを登録してもらい（首先，下單時登錄附近的超商）」，因此答案為 2 注文の時にコンビニを登録する（下單時登錄超商）。1 為送貨員要做的事；女子並未提到 3 和 4。

單字 サービス 名服務｜最近 さいきん 名最近｜インターネット 名網路

ネットショッピング 名網路購物｜利用 りよう 名使用

急激だ きゅうげきだ な形急遽的｜増える ふえる 動增加

紹介 しょうかい 名介紹｜コンビニ 名便利商店

受け取る うけとる 動收取｜自宅 じたく 名自家

荷物 にもつ 名貨物｜まず 副首先｜注文 ちゅうもん 名訂購

登録 とうろく 名登錄｜配達の人 はいたつのひと 名送貨員

ロッカー 名置物櫃｜指定 してい 名指定

パスワード 名密碼｜取り出す とりだす 動取出

普通 ふつう 副一般｜時間帯 じかんたい 名時段

持ち帰る もちかえる 動帶回｜コスト 名成本

かかる 動花費｜設定 せってい 名設定

連絡 れんらく 名聯絡

☞ **問題 3** 的試題本上不會出現任何內容。因此請利用播放例題的時間，事先回想概要理解大題的解題策略。一旦聽到「では、始めます」，便準備開始作答。

1

[音檔]

ラジオで男の人が話しています。

M：えー、野菜を作っている農家として話をしていますが、聞いてくださっている皆さんにひとつ、お願いがあります。最近、インターネット上でご自分の撮った写真を共有することが非常にはやっています。私の畑にも時

地域全体 ちいきぜんたい 图整個地區

借金 しゃっきん 图借錢、負債 ｜ 失業 しつぎょう 图失業

どうか 副務必 ｜ 理由 りゆう 图原因 ｜ 関係 かんけい 图關係

々写真を撮りに来ている人がいるみたいで、車や人が通った跡が残っていることがあるんですが、勝手に畑に入るのはやめてください。外部から来た人の靴の裏や車のタイヤについた土から、野菜によくない病気が広がることがあります。そうするとその土地での野菜作りはその後何年もできなくなるのです。その地域全体が借金をして失業することもありえます。どうか、このことを覚えておいてください。

男の人は何について話していますか。

1 写真の共有のよくない点
2 畑に入ってはいけない理由
3 野菜の病気の広がり方
4 野菜の病気と失業の関係

中譯 男人正在廣播裡說話。

M：呃…身為一個種菜的農民，在這裡對各位聽眾有個請求。最近很流行把自己拍到的照片分享到網路上，我的田有時好像也會有人來拍照。有時候車子和人經過會留下足跡，希望大家不要擅自進入田裡。附著在來自外部的人的鞋底或車子輪胎上的泥土，有時會傳播對蔬菜有害的疾病。這麼一來，那片土地之後會好幾年都無法種植蔬菜。整個地區也可能因負債而失業。請大家務必記住這一點。

男人在談論什麼？

1 分享照片的壞處
2 不能進田裡的原因
3 蔬菜的疾病的傳播方式
4 蔬菜的疾病與失業的關係

解析 情境說明中僅提及一名男子，因此預計會針對該段話的主題或此人的中心思想出題。男子提到：「人の靴の裏や車のタイヤについた土から、野菜によくない病気が広がること（人的鞋底和車子輪胎上的泥土，會傳播對蔬菜有害的疾病）」、「野菜作りはその後何年もできなくなるの（接下來的好幾年，將會沒辦法再種菜）」，以及「その地域全体が借金をして失業（整個區域負債和失業）」，而本題詢問的是男子談論的內容為何，因此答案要選 2 畑に入ってはいけない理由（不能進入田裡的理由）。

單字 野菜を作る やさいをつくる 種菜 ｜ 農家 のうか 图農民

最近 さいきん 图最近 ｜ インターネット 图網路

共有 きょうゆう 图分享 ｜ 非常に ひじょうに 副非常

はやる 動流行 ｜ 畑 はたけ 图田 ｜ 通る とおる 動通過

跡 あと 图痕跡 ｜ 残る のこる 動殘留

勝手だ かってだ な形擅自的 ｜ やめる 動停止

外部 がいぶ 图外部 ｜ 靴の裏 くつのうら 图鞋底

タイヤ 图輪胎 ｜ つく 動附著 ｜ 土 つち 图土

広がる ひろがる 動傳播 ｜ 土地 とち 图土地

野菜作り やさいづくり 图種菜

2

[音檔]

会社で女の人が話しています。

F：こちらが今度、新しく開発したお弁当です。どうぞ、召し上がってみてください。ポイントはカロリーが控えめなのに、たくさん食べたと思ってもらえるようなボリュームです。健康への意識の高まりとともに、どこのコンビニでも野菜が多くて、カロリーが低いお弁当に力を入れています。当社でも今までの低カロリーのお弁当は、どうしても野菜中心になっていました。しかし、この商品は肉や魚も入っています。油を使わず、料理のしかたを工夫して、カロリーが低くても、肉も魚もしっかり食べられます。こちらの商品で、お弁当の売り上げを昨年の1.5倍にできればと考えております。

女の人は何について話していますか。

1 売れているお弁当のカロリー
2 お弁当のおかずの作り方
3 新しいお弁当の特徴
4 去年のお弁当の売り上げ

中譯 女人正在公司裡說話。

F：這是這次新開發的便當，敬請享用。這次的亮點是份量，熱量偏低卻能讓人覺得大吃了一頓。隨著民眾對健康的觀念提升，每間超商都致力於開發蔬菜多且低熱量的便當。本公司至今推出的低熱量便當都是以蔬菜為主，但是這次的商品裡有魚和肉。我們不使用油，並且在料理方式上下了功夫，即使熱量低也能確實吃到魚和肉。我們認為，這次的商品可以讓便當的銷售額提升至去年的 1.5 倍。

女人在談論什麼？

1 熱賣便當的熱量
2 便當配菜的作法
3 新便當的特色
4 去年的便當的銷售額

解析 情境說明中僅提及一名女子，因此預計會針對該段話的主題或此人的中心思想出題。女子提到：「新しく開発したお弁当（新開發的便當）」、「ポイントはカロリーが控えめなのに、たくさん食べたと思ってもらえるようなボリューム（亮點是熱量偏低，但份量卻能讓人覺得大吃了一頓）」、「この商品は肉や魚も入っています（該商品含有肉和魚）」，而本題詢問的是女子談論的內容為何，因此答案要選 3 新しいお弁当の特徴（新便當的特色）。

單字 今度 こんど 图這次｜開発 かいはつ 图開發
召し上がる めしあがる 图吃（食べる的尊敬語）
ポイント 图亮點｜カロリー 图熱量
控えめ ひかえめ 图偏低｜ボリューム 图份量
健康 けんこう 图健康｜意識 いしき 图觀念
高まる たかまる 動提升｜コンビニ 图便利商店
力 ちから 图力量｜当社 とうしゃ 图本公司
商品 しょうひん 图商品｜油 あぶら 图油
しかた 图方式｜工夫 くふう 图功夫｜しっかり 副確實地
売り上げ うりあげ 图銷售額｜昨年 さくねん 图去年
倍 ばい 图倍｜考える かんがえる 图思考｜売れる うれる 動熱賣
おかず 图配菜｜特徴 とくちょう 图特色

3

[音檔]
レポーターが男の人にインタビューをしています。
F：最近、仕事を休むときや遅刻する時に、会社にケータイのメッセージアプリで連絡する人がいるようですが、どう思いますか。
M：えー、悪くないと思いますよ。電車の中にいる時なんか、電話できないですから、便利ですよね。でも、私は使えないですね。やっぱり、電話で話したほうが確実に伝わりますから、そのほうがいいですよ。それに、うちの会社では、会社の中で個人のケータイの使用は禁止されているんです。会社の情報を守るためなんですけどね。

男の人はケータイの使用についてどう思っていますか。
1 便利だから使いたい
2 電話を使ったほうがいい
3 禁止したほうがいい
4 情報を守るために使わない

中譯 記者正在訪問男人。

F：最近好像有很多人向公司請假或遲到時，會用手機的通訊軟體聯絡公司，您怎麼看呢？

M：呃……我覺得不錯啊。像在電車裡不能打電話，這時就很方便。但我是不會用啦。還是用電話講比較好，才能確實傳達。而且我們公司禁止使用個人手機。因為要保護公司的資訊。

男人對手機的使用有何種看法？

1 很方便所以想用

2 打電話比較好

3 禁用比較好

4 為了保護資訊不使用

解析 情境說明中提及有一名女記者和一名男子，因此預計會針對

第二個提及的人（男子）的想法、或行為目的出題。對話中，女記者詢問男子對於向公司請假或遲到時，使用通訊軟體聯絡有何看法。對此男子回應：「やっぱり、電話で話したほうが確実に伝わりますから、そのほうがいいですよ（還是打電話說比較好，能夠較為明確地傳達）」，而本題詢問的是男子對於使用手機的看法，因此答案要選 2 電話を使ったほうがいい（偏好使用電話）。

單字 最近 さいきん 图最近｜遅刻 ちこく 图遲到｜ケータイ 图手機
メッセージ 图訊息｜アプリ 图應用程式｜連絡 れんらく 图聯絡
思う おもう 動想｜〜なんか 助〜之類
便利だ べんりだ な形方便的｜やっぱり 還是
確実だ かくじつだ な形確實的｜伝わる つたわる 動傳達到
それに 接而且｜個人 こじん 图個人｜使用 しよう 图使用
禁止 きんし 图禁止｜情報 じょうほう 图資訊
守る まもる 動保護

4

[音檔]
ラジオで女の人が話しています。
F：外国から日本に来た観光客に、抹茶が大人気だそうです。空港のお土産品売り場では、抹茶の入ったクッキーやチョコレートなど、いろいろな種類のお菓子をよく見かけます。外国の皆さんに抹茶が受け入れられている反面、私達日本人がお茶のお店でお茶の葉を買うことは少なくなっているそうです。行ったことがない人もいるんじゃないでしょうか。お茶屋さんはお茶の葉だけでなく、お茶を飲むための道具なども置いてあります。お勧めしたいのは、お茶の葉を保管しておく缶、茶葉缶というんですが、湿気が入らない缶ですので、いろいろなものを入れるのに便利です。ぜひ一度、町のお茶屋さんに行って、商品を見てみてください。

女の人は何の話をしていますか。
1 人気がある抹茶の種類
2 お茶の葉を買う回数の減少
3 お茶の葉と湿気の関係
4 お茶の店で売っているもの

中譯 女人正在廣播裡說話。

F：聽說抹茶在日本的外國觀光客之間大受歡迎。機場的伴手禮賣場經常可看到含有抹茶的餅乾、巧克力等種類五花八門的點心。抹茶擄獲了外國人的心，但另一方面，聽說我們日本人卻愈來愈少在茶店買茶葉，或許還有人沒去過呢。茶店裡不只有茶葉，架上也擺放了用來喝茶的用具等商品。我想推薦大家一個叫茶葉罐，用來保存茶葉的罐子。這種罐子濕氣進不去，所以用來裝各種東西都很方便。請大家一定要到市區的茶店瞧瞧商品。

女人在談論什麼？

1　人氣抹茶的種類
2　買茶葉的次數減少
3　茶葉與溼氣的關係
4　茶店販賣的東西

解析　情境說明中僅提及一名女子，因此預計會針對該段話的主題或此人的中心思想出題。女子提到：「お茶屋さんはお茶の葉だけでなく、お茶を飲むための道具なども置いてあります（茶店不僅有茶葉，還有喝茶的用具）」，而本題詢問的是女子談論的內容為何，因此答案要選 4 お茶の店で売っているもの（茶店販售的東西）。

單字　**日本 にほん** 图日本｜**観光客 かんこうきゃく** 图觀光客
　　抹茶 まっちゃ 图抹茶｜**大人気 だいにんき** 图大受歡迎
　　空港 くうこう 图機場
　　お土産品売り場 おみやげひんうりば 图伴手禮賣場
　　クッキー 图餅乾｜**チョコレート** 图巧克力
　　種類 しゅるい 图種類｜**見かける みかける** 動看見
　　受け入れる うけいれる 動接受｜**反面 はんめん** 图另一方面
　　私達 わたしたち 图我們｜**日本人 にほんじん** 图日本人
　　お茶の葉 おちゃのは 图茶葉｜**お茶屋さん おちゃやさん** 图茶店
　　道具 どうぐ 图用具｜**お勧め おすすめ** 图推薦
　　保管 ほかん 图保存｜**缶 かん** 图罐子
　　茶葉缶 ちゃばかん 图茶葉罐｜**湿気 しっけ** 图濕氣
　　便利だ べんりだ な形方便的｜**ぜひ** 副務必
　　商品 しょうひん 图商品｜**人気 にんき** 图人氣
　　回数 かいすう 图次數｜**減少 げんしょう** 图減少
　　関係 かんけい 图關係

5

[音檔]
町の市民講座で、男の人が話しています。

M：えー、自分の価値観を見つけるというのは、それほど難しいことではありません。まず、あなたの人生で死ぬまでにしたいことを考えてください。今、したいことではなく、死ぬまでにしたいことです。欲しいものや、仕事、家族のこと、勉強したいこと、行きたいところ、なんでも構いません。次に、なぜ、それがしたいのか、どうしたら実現できるのかを考えてみましょう。たくさんある人は、やりたい順番をつけてください。このような作業から、あなたの大切にしたいものが見えてくるはずです。自分探しをすると言いながら、旅行したり、仕事を離れたりする人がいますが、あなたの大切なものは、日常の中から見つかるはずです。

男の人は何の話をしていますか。
1　価値観を見つけることの難しさ

2　自分の大切なものを見つける方法
3　死ぬまでにしたいことの選び方
4　したいことに順番をつける意味

中譯　男人正在市區的市民講座裡說話。

M：呃……找尋自己的價值觀沒有這麼困難。首先，請思考你想在死前的這段人生做什麼事。不是現在想做的事，而是死前想做的事。無論是想要的東西、工作、家人的事、想學的東西、想去的地方等等，什麼都行。接著請思考看看為什麼想做這些事，以及要怎麼做才會實現。有許多項的人請排好想做的順序。透過這樣的實作，你應該能開始釐清想珍惜的東西。有些人會說要尋找自我，同時去旅行或是遠離工作，但你重要的東西，或許能在日常生活中找到。

男人在談論什麼？

1　找尋價值觀的困難點
2　找到自己的重要東西的方法
3　選擇死前想做的事的方法
4　替想做的事排順序的意義

解析　情境說明中僅提及一名男子，因此預計會針對該段話的主題或此人的中心思想出題。男子提到：「あなたの人生で死ぬまでにしたいことを考えてください（想想在死之前，你在人生中想做些什麼事）」，以及「このような作業から、あなたの大切にしたいものが見えてくるはずです（在這樣的過程中，你會看到你想想要珍惜的東西）」，而本題詢問的是男子談論的內容為何，因此答案要選 2 自分の大切なものを見つける方法（找到自己的重要東西的方法）。

單字　**価値観 かちかん** 图價值觀｜**見つける みつける** 動尋找
　　それほど 副那樣地｜**まず** 副首先｜**人生 じんせい** 图人生
　　考える かんがえる 動思考｜**構う かまう** 動介意
　　実現 じつげん 图實現
　　順番をつける じゅんばんをつける 排順序
　　作業 さぎょう 图操作、實作｜**見える みえる** 動看得見
　　自分探し じぶんさがし 尋找自我｜**離れる はなれる** 動遠離
　　日常 にちじょう 图日常｜**見つかる みつかる** 動發現
　　方法 ほうほう 图方法｜**選ぶ えらぶ** 图選擇

☞ **問題 4**，試題本上不會出現任何內容。因此請利用播放例題的時間，事先回答即時應答大題的解題策略。一旦聽到「では、始めます」，便準備開始作答。

1

[音檔]
F：田中さん、昨日メールで送った資料をプリントアウトして、佐々木さんに届けてくれる？
M：1 あ、すみません。まだ届けていません。

2 はい。プリントアウトしてありますよ。
3 はい、分かりました。後で届けておきます。

中譯 F：田中，昨天用電子郵件寄的資料，可以幫我印出來交給佐佐木嗎？

　M：1　啊，抱歉，我還沒有送。

　　　2　好的，已經有人印好了喔。

　　　3　好的，了解。我待會會送過去。

解析 本題情境中，女生請男生（田中）把資料印出來交給佐佐木。

　1（×）不符合「請男生轉交資料」的情境。

　2（×）不符合「尚未印出資料」的情境。

　3（○）回答「我待會會送過去」，故為適當的答覆。

單字 **メール**图郵件｜**送る おくる**動送交｜**資料 しりょう**图資料

　プリントアウト图列印｜**届ける とどける**图遞送

2

[音檔]

F：いらっしゃいませ。本日はどのようなご用でしょうか。

M：1　ちょっと私にもわかりませんねえ。

　　2　天気が良くて、気持ちいい日ですね。

　　3　営業の吉田様にお会いしたいのですが。

中譯 F：歡迎光臨。請問今天有何貴事？

　M：1　我也不太清楚呢。

　　　2　今天天氣很好，是個很舒服的日子呢。

　　　3　我想找業務部的吉田。

解析 本題情境中，女生在櫃檯接待客人。

　1（×）不符合「男生有事來訪」的情境。

　2（×）不符合「女生詢問男生來意」的情境。

　3（○）告知「我是來見吉田的」，故為適當的答覆。

單字 **本日 ほんじつ**图今天｜**ご用 ごよう**图貴事

　気持ち きもち图感覺｜**日 ひ**图日子｜**営業 えいぎょう**图業務

3

[音檔]

M：ここ、図書館なんで、静かにしてくれません？

F：1　あ、すみません。

　　2　困ったもんですね。

　　3　え？図書館なのに？

中譯 M：這裡是圖書館，可以安靜一點嗎？

　F：**1　啊，抱歉。**

　　　2　很困擾嘛。

　　　3　咦？明明是圖書館耶？

解析 本題情境中，男生請對方在圖書館保持安靜。

　1（○）回答「啊，很抱歉」，故為適當的答覆。

　2（×）主詞有誤，感到困擾的人為男方。

3（×）重複使用「図書館（としょかん）」，為陷阱選項。

4

[音檔]

F：昨日の映画、おもしろかったよ。一緒に来ればよかったのに。

M：1　来たからよかったよね。

　　2　そうか、行けばよかったな。

　　3　一緒ならおもしろいよね。

中譯 F：昨天的電影很有趣喔。你如果也一起來就好了。

　M：1　幸好有來呢。

　　　2　這樣啊，如果有去就好了。

　　　3　一起看的話很有趣喔。

解析 本題情境中，女生表示昨天的電影很好看，如果對方有一起看就好了。

　1（×）不符合「男生昨天沒一起去看電影」的情境。

　2（○）回答「我應該要去的」，故為適當的答覆。

　3（×）重複使用「一緒（いっしょ）」，為陷阱選項。

5

[音檔]

M：来週、試合でしょ。今度こそ勝てるといいね。

F：1　なかなか試合に行けないからね。

　　2　いつも勝ってるからね。

　　3　そうだね、見に来てくれる？

中譯 M：下禮拜不是要比賽嗎？這次能贏就太好了。

　F：1　因為我都不能去比賽呢。

　　　2　因為我們老是在贏。

　　　3　是呀，你會來看嗎？

解析 本題情境中，男生希望對方能在下週的比賽獲勝。

　1（×）重複使用「試合（しあい）」，為陷阱選項。

　2（×）根據男生所說的話，可以推測先前從未獲勝過。

　3（○）回答「是呀，你會來看嗎？」，故為適當的答覆。

單字 **試合 しあい**图比賽｜**今度 こんど**图這次｜**勝つ かつ**動贏

　なかなか副不容易（下接否定）

6

[音檔]

F：あのう、昨日の授業で、何か配ったものありましたか？

M：1　ああ、特になかったよ。

　　2　昨日も授業、あったよ。

　　3　うん、ばったり会ったよ。

中譯 F：那個，昨天上課有發什麼東西嗎？

　M：**1　啊，沒有發什麼喔。**

　　　2　昨天也有上課喔。

3 嗯，我們碰巧遇到囉。

解析 本題情境中，女生詢問昨天課堂上是否有發下什麼東西。

1（○）回答「沒有特別發什麼」，故為適當的答覆。

2（×）女生並非詢問昨天是否有課。

3（×）使用「会う（あう）」，與「ある」的發音相似，為陷阱選項。

單字 配る くばる 動發放｜特に とくに 副特別｜ばったり 副碰巧

7

[音檔]

M：悪いけど、この書類、あっちに置いといてほしいんだけど。

F：1 あれを全部、持ってきますね。

2 ここにあるの、全部ですか。

3 これから、謝りに行きます。

中譯 M：抱歉，這個文件可以放到那邊嗎？

F：1 我全部拿過來喔。

2 這裡的全部都要嗎？

3 我現在去道歉。

解析 本題情境中，男生請對方把資料放到另一邊。

1（×）不符合「請女生把資料移至另一邊」的情境。

2（○）反問「這裡的全部都要嗎？」，故為適當的答覆。

3（×）使用「謝る（道歉）」，僅與「悪い（抱歉）」有所關聯。

單字 悪い わるい い形抱歉｜書類 しょるい 名文件

謝る あやまる 動道歉

8

[音檔]

F：すみませんが、これ、プレゼント用に包んでもらえますか。

M：1 はい、かしこまりました。

2 いいえ、大丈夫です。

3 ええと、ちょっと困るんですが。

中譯 F：抱歉，這可以幫我包成禮物嗎？

M：**1 好的，了解。**

2 不會，沒關係。

3 這……有點困擾。

解析 本題情境中，女生表示要送禮，請對方包裝。

1（○）回答「是，我知道了」，故為適當的答覆。

2（×）不符合「女生請男生包裝」的情境。

3（×）不符合「女生請男生包裝」的情境。

單字 プレゼント用 プレゼントよう 名送禮用｜包む つつむ 動包裝

かしこまる 動了解（わかる的謙讓語）

9

[音檔]

M：待ち合わせは、駅の前でどう？

F：1 いいえ、どうにもなりません。

2 ええと、それって駅の前だっけ？

3 うん、それでいいんじゃない？

中譯 M：在車站前集合如何？

F：1 不，我做不到。

2 呃……那是車站前對吧？

3 嗯，就那裡吧？

解析 本題情境中，男生提議在車站前碰面。

1（×）重複使用「どう」，為陷阱選項。

2（×）不符合「男生提議在車站前碰面」的情境。

3（○）回答「好，可以在那邊碰面」，故為適當的答覆。

單字 待ち合わせ まちあわせ 等待集合

駅の前 えきのまえ 名車站前

10

[音檔]

F：うちの会社、給料には文句ないんだけどねえ。

M：1 じゃあ、何が不満なの？

2 注文があるときはどうするの？

3 それはなによりですね。

中譯 F：我對我們公司的薪資是沒什麼要抱怨的啦。

M：**1 那你有什麼不滿？**

2 有訂單的時候要怎麼辦？

3 沒有比這更好的了呢。

解析 本題情境中，女生表示沒有不滿意公司的薪資。

1（○）反問「那妳是對什麼感到不滿？」，故為適當的答覆。

2（×）使用「ある（有）」，僅與「ない（沒有）」有所關聯。

3（×）根據女生所述，可推測她是對薪資以外的事情感到不滿。

單字 給料 きゅうりょう 名薪資｜文句 もんく 名抱怨

不満 ふまん 名不滿｜注文 ちゅうもん 名訂購｜なにより 名最好

11

[音檔]

M：佐藤さん、今いないけど、何か言っとこうか？

F：1 何も言わないほうがいいと思うよ。

2 じゃあ、伝言お願いできる？

3 どこにも行かないらしいけどね。

中譯 M：佐藤現在不在，要幫妳向他說什麼嗎？

F：1 我覺得什麼都不要說比較好喔。

　　2 那，可以麻煩你留言嗎？

　　3 他似乎哪裡都沒去耶。

解析 本題情境中，男生表示佐藤現在不在，詢問對方有什麼事。

　　1（×）不符合「男生詢問有什麼事」的情境。

　　2（○）反問「可以麻煩你留言嗎？」，故為適當的答覆。

　　3（×）不符合「佐藤現在不在位置上」的情境。

單字 **伝言 でんごん**图留言、傳話

12

[音檔]

F：よろしかったら、ボランティアに参加^{さん}^かなさいませんか。

M：1 それはよくないかもしれません。

　　2 ちょっと考^{かんが}えてみます。

　　3 ええ、なると思^{おも}います。

中譯 F：方便的話，要不要來參加志工呢？

　　M：1 那可能不好。

　　　2 我考慮看看。

　　　3 是的，我覺得會成為志工。

解析 本題情境中，女生建議對方參加志工活動。

　　1（×）使用「よい」，為「よろしい」的同義詞，屬陷阱選項。

　　2（○）回答「我考慮看看」，故為適當的答覆。

　　3（×）使用「なる」，與「なさる」的發音相似，為陷阱選項。

單字 **よろしい**^{な形}好的｜**ボランティア**图志工

　　参加 さんか图參加｜**考える かんがえる**動思考

☞ 請聆聽**問題 5** 的長篇對話文。本大題不會播放例題，因此請直接開始作答。建議在題本上寫下你所聽到的內容，再進行作答。

1

[音檔]

不動産屋^{ふ　どうさん　や}で、店員^{てんいん}と男^{おとこ}の学生^{がくせい}が話^{はな}しています。

F：どんなお部屋^{へ　や}をお探^{さが}しですか。

M：えーと、駅^{えき}から歩^{ある}ける距離^{きょ　り}で、家賃^{や　ちん}6万円^{まんえん}ぐらいまでの部屋^{へ　や}を探^{さが}しています。今^{いま}住^すんでいる寮^{りょう}は周^{まわ}りに買^かい物^{もの}するところがなくて不便^{ふ　べん}なので、近^{ちか}くにコンビニがあるところが希望^{き　ぼう}です。

F：はい、少々^{しょうしょう}お待^まちください。えー、条件^{じょうけん}に近^{ちか}いお部屋^{へ　や}が4つございます。一^{ひと}つ目^めは、こちらです。駅^{えき}から徒歩^{と　ほ}3分^{ふん}。駅^{えき}の近^{ちか}くですから、お店^{みせ}はたくさんありますよ。家賃^{や　ちん}は7万円^{まんえん}で少^{すこ}し高^{たか}めですが、この環境^{かんきょう}の割^{わり}に

は大変^{たいへん}お得^{とく}だと思^{おも}います。二^{ふた}つ目^めはこちら。家賃^{や　ちん}は6万^{まん}2千円^{せんえん}です。通^{とお}りを挟^{はさ}んだところにコンビニがあります。駅^{えき}からは歩^{ある}いて10分^{ぷん}ですね。

M：どちらも、6万円^{まんえん}は超^こえてしまうんですね。

F：三^{みっ}つ目^めのお部屋^{へ　や}は、5万^{まん}7千円^{せんえん}です。駅^{えき}からは徒歩^{と　ほ}15分^{ふん}で…、あー、残念^{ざんねん}ながら近^{ちか}くのコンビニは、去年^{きょねん}クリーニング店^{てん}になってしまっていますね。

M：コンビニの条件^{じょうけん}は捨^すてがたいんですよね。

F：では、この四^{よっ}つ目^めのお部屋^{へ　や}はいかがでしょう。建物^{たてもの}の裏^{うら}がコンビニで、家賃^{や　ちん}は5万円^{まんえん}です。

M：へえ、安^{やす}いですね。

F：ただ駅^{えき}から歩^{ある}いて25分^{ふん}の距離^{きょ　り}なので、自転車^{じ　てんしゃ}がないと厳^{きび}しいかもしれません。

M：うーん。やっぱりできるだけ駅^{えき}から歩^{ある}けるところにしたいので、この部屋^{へ　や}について詳^{くわ}しく聞^きかせてください。2千円^{せんえん}くらいなら、アルバイトを少^{すこ}し増^ふやせば大丈夫^{だいじょうぶ}だと思^{おも}うんで。

男^{おとこ}の学生^{がくせい}は、どの部屋^{へ　や}について詳^{くわ}しく話^{はなし}を聞^きくことにしましたか。

1 一^{ひと}つ目^めの部屋^{へ　や}

2 二^{ふた}つ目^めの部屋^{へ　や}

3 三^{みっ}つ目^めの部屋^{へ　や}

4 四^{よっ}つ目^めの部屋^{へ　や}

中譯 店員和男學生在房仲公司交談。

　　F：您在找怎樣的房間呢？

　　M：呃……我在找從車站走路可到、房租 6 萬日圓左右的房間。現在住的宿舍周遭沒有買東西的地方，很不方便，所以希望找附近有便利商店的地方。

　　F：好的，請稍等。呃……條件相近的房間有 4 個。第一間是這個。車站走路 3 分鐘。它在車站附近，所以有很多店家喔。雖然房租 7 萬日圓偏高，但以這個環境來說相當划算。第二間是這個。房租 6 萬 2 千日圓。路邊有便利商店。從車站走路 10 分鐘。

　　M：兩間都超過 6 萬日圓呢。

　　F：第三間房是 5 萬 7 千日圓。從車站走路 15 分鐘。啊，很可惜，附近的便利商店去年變成洗衣店了。

　　M：便利商店這條件很難割捨呢。

　　F：那，第四間房如何？建築物裡面就有便利商店，房租 5 萬日圓。

　　M：哇，很便宜耶。

　　F：不過它從車站走路要 25 分鐘，沒有腳踏車可能會很辛苦。

　　M：嗯。我還是希望盡可能選能從車站走到的地方，我想詢問

這間房的細節。2千日圓左右的話，稍微多打點工應該就沒問題。

男學生決定詢問哪間房的細節？

1 第一間房
2 第二間房
3 第三間房
4 第四間房

解析 請仔細聆聽對話中針對各選項提及的內容與男學生最終的選擇，並快速寫下重點筆記。

〈筆記〉男學生→可步行至車站、房租不超過6萬日圓、附近有超商
　　　　①第一間：離車站3分鐘、很多店家、7萬日圓→貴
　　　　②第二間：6萬2千日圓、超商、離車站10分鐘→貴
　　　　③第三間：5萬7千日圓、離車站5分鐘、沒超商→放棄超商✗
　　　　④第四間：超商、5萬日圓、離車站25分鐘→遠
　　　　男學生→希望可步行至車站、超過2000日圓OK

本題詢問男學生選擇哪一間房子。綜合上述，答案要選2二つ目の部屋（第二間房子）。

單字 **不動産屋 ふどうさんや** 名 房仲公司｜**探す さがす** 動 尋找
距離 きょり 名 距離｜**家賃 やちん** 名 房租｜**寮 りょう** 名 宿舍
周り まわり 名 周遭｜**不便だ ふべんだ** な形 不方便的
コンビニ 名 便利商店｜**希望 きぼう** 名 希望
少々 しょうしょう 副 稍微｜**条件 じょうけん** 名 條件
徒歩 とほ 名 走路｜**高め たかめ** 名 稍高
環境 かんきょう 名 環境｜**大変 たいへん** 副 非常
得 とく 名 划算｜**通り とおり** 名 路｜**挟む はさむ** 動 包夾
超える こえる 動 超越｜**残念だ ざんねんだ** な形 可惜的
クリーニング店 クリーニングてん 名 洗衣店
捨てる すてる 動 丟棄｜**裏 うら** 名 裡面
厳しい きびしい い形 艱辛的｜**やっぱり** 副 果然
詳しい くわしい な形 詳細的｜**聞かせる きかせる** 動 告訴
アルバイト 名 打工｜**増やす ふやす** 動 增加

2

[音檔]
学生3人が、新入生の歓迎会について話しています。

F1： ごめん、今度の歓迎会の場所なんだけどさ、みんながいいって言ってた駅前のレストラン、予約ができなかったの。
M： えっ、あそこ、だめだったの？
F1： うん、次の週にするのはどう？
M： 次の週は、新入生はなんか予定があるんじゃなかったっけ。
F2： ああ、そうだ。バスで1年生だけ旅行だった。日にちは変えられないね。

F1： 他のレストランを探そうか。
F2： 駅のそばで大勢入るレストランって、ないんじゃないかな。レストランじゃなくて、学校の集会室を借りるというのは？料理はどこかに注文して、届けてもらえば。
M： えっ？料理を配達してもらうことができるの？
F1： うん、今、いろんなレストランが料理を配達してくれるから、おいしそうなところを探せばいいよ。
M： うーん、でも、やっぱりレストランのほうがいいんじゃない？場所の準備もいらないし。金曜じゃなくて土曜の夜なら予約できるでしょう？
F2： 土曜日だと、授業がないから学校の近くに集まるのは大変じゃないかな。
M： そうかあ。じゃあ、おいしい料理を配達してくれるレストランを探しておいてね。駅前のレストランはしてる？
F1： あー、あそこはしてないかも。

3人は歓迎会をどうすることにしましたか。
1 土曜日に駅前のレストランでする
2 同じ日に他のレストランでする
3 同じ日に学校の集会室でする
4 次の週に学校の集会室でする

中譯 3名學生正在談論有關新生歡迎會的事。

F1：抱歉，關於這次的歡迎會場地，大家都說好的那間車站前的餐廳沒辦法預約。
M：咦？那邊不行嗎？
F1：嗯，改到下禮拜如何？
M：下禮拜新生感覺好像有行程了。
F2：啊，沒錯。1年級生有他們自己的巴士旅行。日期不能改呢。
F1：來找找其他餐廳吧。
F2：車站附近應該沒有可以容納一大群人的餐廳吧。還是不要訂餐廳，借學校的集會室如何？餐點的話就找地方訂，請店家送來就好。
M：咦？可以請他們外送餐點過來呀？
F1：嗯，現在很多餐廳都能幫我們外送餐點，找間看起來好吃的店就好囉。
M：嗯……但還是餐廳比較好吧？這樣也不用準備場地。撇除禮拜五，禮拜六晚上不是可以預約嗎？
F2：禮拜六沒課，還要到學校附近集合很辛苦吧。
M：這樣啊。那就找找能幫我們外送美食的餐廳吧。車站前的餐廳有在做外送嗎？
F1：啊，那邊可能沒在外送。

3人決定歡迎會如何舉辦？

1 星期六在車站前的餐廳舉辦

2 同一天在其他餐廳舉辦

3 同一天在學校的集會室舉辦

4 下禮拜在學校的集會室舉辦

解析 請仔細聆聽後半段對話中三人最終達成的協議，並快速寫下重點筆記。

〈筆記〉歡迎會地點、車站前餐廳訂位 ✕

　　─改成下週？：新生沒辦法參加

　　─其他餐廳？：可能找不到

　　─租借學校集會室？：食物可叫外送

　　─週六餐廳：集合上有困難

　　─尋找可外送美味餐點的餐廳

本題詢問歡迎會決定要怎麼做，因此答案要選 3 同じ日に学校の集会室でする（同一天在學校集會室舉辦）。

單字 **新入生 しんにゅうせい** 图新生｜**歓迎会 かんげいかい** 图歡迎會

今度 こんど 图這次｜**場所 ばしょ** 图場地

駅前 えきまえ 图車站前｜**予約 よやく** 图預約

だめだ な形不行的｜**次の週 つぎのしゅう** 图下禮拜

予定 よてい 图預定行程｜**日にち ひにち** 图日期

変える かえる 動改變｜**他の ほかの** 其他的

探す さがす 動尋找｜**集会室 しゅうかいしつ** 图集會室

借りる かりる 動借入｜**注文 ちゅうもん** 图訂購

届ける とどける 動遞送｜**配達 はいたつ** 图配送

やっぱり 副還是｜**準備 じゅんび** 图準備｜**集まる あつまる** 動集合

3

[音檔]

映画のおすすめ情報を聞いて、父と娘が話しています。

M1： 今月、公開予定のおすすめの映画作品を4本、ご紹介します。1本目は、家族の愛がテーマのアニメーションです。両親と幼い2人の子供の4人家族が、過去と未来を旅しながら家族の大切さを知る映画です。2本目は、人気作家のサスペンス小説を映画化したミステリーです。ホテルで起きる事件を解決していくストーリーです。ホテルを訪れる人々を演じる俳優がとても豪華です。3本目は、めったにコンサートを開かない人気歌手の今までのライブを基にしたドキュメンタリー映画です。貴重なコンサートを再現しているのが見どころです。最後は、2人の人気アイドルのラブストーリーです。パティシエになる夢に向かって頑張る女性と、思いを寄せながら彼女を励ます青年の恋愛物語です。

M2： 今月は、お父さんと映画を見に行かないか。

F1： えー。どうしようかなあ。

M2： このアニメーションは、優しい家族のお話だから、感動するぞ。

F1： うーん。私はアニメを映画館で見るのはちょっとね。

M2： そうなんだ。じゃ、サスペンスはどうだ。

F1： 怖い映画はドキドキしちゃうんだよね。

M2： この歌手はお父さんたちと同じ年代の人からなあ。

F1： やっぱり、私は友達とロマンチックな映画が見たいわ。お父さん、ごめんね。

M2： なんだ。残念だな。しょうがないなあ。じゃ、お母さんは音楽ならなんでも好きだから、この映画に誘ってみるか。実は、お父さんはこの歌手の大ファンなんだよ。

質問1 娘は、どの映画に行きますか。

質問2 父は、どの映画に行きますか。

[題本]

質問1

1 アニメーション

2 サスペンス

3 ドキュメンタリー

4 ラブストーリー

質問2

1 アニメーション

2 サスペンス

3 ドキュメンタリー

4 ラブストーリー

中譯 父親與女兒聽了電影的推薦資訊後在交談。

M1: 為您介紹預計本月上映的4部推薦電影。第1部是以家人的愛為主題的動畫片。父母與兩個年幼小孩組成的4人家庭將展開穿梭過去與未來的旅程，同時了解家人的重要性。第2部是人氣作家的懸疑小說改編而成的懸疑推理片。故事裡將解決發生在飯店的事件。飾演造訪飯店的人們的演員陣容非常豪華。第3部是紀錄片，取材自鮮少開演唱會的人氣歌手至今的現場表演。重現珍貴的演唱會畫面是本片的亮點。最後是2位人氣偶像的愛情片。描寫一名朝甜點師傅夢想努力的女性，與一名愛慕她且鼓勵她的青年之間的愛情故事。

M2: 這個月要不要和爸爸一起去看電影？

F1: 呃……該怎麼辦呢。

M2: 這部動畫片是講溫馨的家人故事，會很感動喔。

F1: 不要，我覺得在電影院看有點……。

M2: 這樣啊。那懸疑片如何？

F1: 恐怖電影太緊張了啦。

M2：這個歌手是和老爸同一個年代的人呢。

F1：我還想比較想和朋友去看浪漫的電影。抱歉了老爸。

M2：什麼嘛，真可惜。沒辦法了。那，你媽只要音樂的話都喜歡，我就邀她看這部片吧。其實老爸我可是這個歌手的狂粉喔。

問題1 女兒會去看哪部電影？

問題2 父親會去看哪部電影？

問題1

1 動畫片

2 懸疑片

3 紀錄片

4 愛情片

問題2

1 動畫片

2 懸疑片

3 紀錄片

4 愛情片

解析 請仔細聆聽獨白中針對各選項提及的內容，並快速寫下重點筆記。接著聆聽對話，確認兩人各自的選擇為何。

〈筆記〉4部電影

　　　①動畫片：穿越過去和未來、家人的重要性

　　　②懸疑片：人氣小說改編電影、飯店事件、豪華演員陣容

　　　③紀錄片：重現人氣歌手演唱會

　　　④愛情片：人氣偶像、甜點師、戀愛

　　　女兒→想跟朋友看愛情電影

　　　爸爸→媽媽喜歡音樂、該歌手的粉絲

問題1詢問女兒選擇的電影。女兒表示想看愛情電影，因此答案為4ラブストーリー（愛情片）。

問題2詢問爸爸選擇的電影。爸爸表示媽媽喜歡音樂，且自己是這位歌手的粉絲，因此答案為3ドキュメンタリー（紀錄片）。

單字 おすすめ 推薦｜情報 じょうほう 图資訊｜娘 むすめ 图女兒
公開 こうかい 图上映｜予定 よてい 图預定
作品 さくひん 图作品｜紹介 しょうかい 图介紹｜愛 あい 图愛
テーマ 图主題｜アニメーション 图動畫片
幼い おさない い形年幼的｜過去 かこ 图過去
未来 みらい 图未來｜旅 たび 图旅行｜人気 にんき 图人氣
作家 さっか 图作家｜サスペンス 图懸疑片
小説 しょうせつ 图小說｜映画化 えいがか 改編成電影
ミステリー 图推理片｜起きる おきる 動發生
事件 じけん 图事件｜解決 かいけつ 图解決｜ストーリー 图故事
訪れる おとずれる 動造訪｜人々 ひとびと 图人們
演じる えんじる 動飾演｜俳優 はいゆう 图演員
豪華だ ごうかだ な形豪華的｜めったに 副鮮少
コンサート 图演唱會｜歌手 かしゅ 图歌手｜ライブ 图現場表演
ドキュメンタリー 图紀錄片｜貴重だ きちょうだ な形珍貴的
再現 さいげん 图重現｜見どころ みどころ 图看頭；亮點

最後 さいご 图最後｜アイドル 图偶像
ラブストーリー 图愛情故事｜パティシエ 图甜點師傅
夢 ゆめ 图夢想｜向かう むかう 動朝向
頑張る がんばる 動努力｜女性 じょせい 图女性
思いを寄せる おもいをよせる 愛慕
励ます はげます 動鼓勵｜青年 せいねん 图青年
恋愛 れんあい 图戀愛｜物語 ものがたり 图故事
優しい やさしい い形溫馨的｜感動 かんどう 图感動
怖い こわい い形可怕的｜ドキドキ 副緊張
年代 ねんだい 图年代｜やっぱり 副還是
ロマンチックだ な形浪漫的｜残念だ ざんねんだ な形可惜的
しょうがない 沒辦法｜誘う さそう 動邀約
実は じつは 副其實｜ファン 图粉絲